大方
sight

祝羽捷 编著

羽来信

关于"如何过好这一生"的30场提问_

中信出版集团 | 北京

图书在版编目（CIP）数据

羽来信：关于"如何过好这一生"的30场提问 / 祝
羽捷编著. — 北京：中信出版社，2022.1
ISBN 978-7-5217-3485-0

Ⅰ. ①羽... Ⅱ. ①祝... Ⅲ. ①祝羽捷–书信集 Ⅳ.
①K825.6

中国版本图书馆CIP数据核字（2021）第170921号

羽来信——关于"如何过好这一生"的30场提问

编　　著：祝羽捷
出版发行：中信出版集团股份有限公司
　　　　　（北京市朝阳区惠新东街甲4号富盛大厦2座　邮编　100029）
承　印　者：浙江新华数码印务有限公司

开　　本：880mm×1230mm　1/32　　印　张：12.25　　字　　数：230千字
版　　次：2022年1月第1版　　　　　印　　次：2022年1月第1次印刷
书　　号：ISBN 978-7-5217-3485-0
定　　价：58.00元

爱、信念与我们的困惑

陈嘉映：如何建构富有
想象力的理想生活

每一个思想者都是谦抑的思想者，
思的目标不是伟大，而是真诚。

陈嘉映老师：

你好！很高兴以书信的形式和您交流，这也是我一整年都在努力尝试和恢复的——能不能回到一种更加古典的方式和诸位老师们沟通。回到鱼雁往返是不现实了，但至少不只是在手机上给大家点赞，转发和评论微博，或者在直播上看到大家，给大家送上虚拟的花束。我喜欢的艺术家马列维奇说过"人类生发出来的知觉比人类本身更加强烈"，他认为人类造飞机的初衷不是为了把商业信函从柏林运到莫斯科，而是为了满足对于速度、飞翔的知觉。我想这也能解释我为什么开始这个通信计划，并非真得铺开信纸、贴上邮票，大费周折地投送，而是需要共同找回典雅交流的知觉。

疫情最严重的时期，每个人不能出门，我像只痴情的蜘蛛趴在互联网上，疾速地缉捕新闻，立竿见影做出反应。为不相干的事情，网友们时不时地厮打成一团，片言难尽，鱼死网破，很少人愿意饱含耐心地听你把话说完，交流变得即时且粗暴，还有一部分人进入"假死"的状态——他们不再表明自己的态度，曾经不少网上的大 V "金盆洗手"，不问网络，沉默是另一种态度，更是失望的表现。大概有三个月的时间，我没有见过家人以外的任何一个朋友，有人在网上建了一个直播房间，邀请我进去和大家"云喝酒"，仿佛网络为我们提供了穿越时空的可能性，可那并不是真正的"在场"，终归不能感受到彼此身体的温度，也不能听见酒杯真正碰撞在一起的声音。如果空间的改变还只是浮光掠影，我感受到人们相处时的心态、共鸣出现了衰退的迹象。我坚信，与人分享感情和记忆是每个人的本能，比任何时候，我都渴望与人交流。

有个朋友开旧书店，偶然间在收回来的旧物里发现了几封1982年的手写信，东西是以接近废品的价格买回来的，朋友打电话过去问需不需要送还。卖旧物的人回答说，信是父亲和朋友写的，父亲在医院，情况并不乐观，东西都不要了。朋友把信用坚固的透明文件夹保存起来，恰好被我看到，我如获至宝地读，仿佛走进了一个人的内心深处。写信人是重庆机械厂的一位工人，写给上海钢铁厂的另一位工人，先是关心了彼此身体的状况，然后讲起喜欢的古典乐，谈到柴可夫斯基、约翰·施特劳斯，并拜托对方用录音机转录这些音乐家的磁带。一纸写竟，有些字写错了，写信人就划掉改正。这样一封信在世上存留了四十年，纸张发黄，薄如蝉翼，再次读的时候仍觉得鲜活，这样感染人，唤起了我对于书信的记忆。

我从小过着平静规律的生活，觉得有人来递信、大人拆信、读信、裁下五花八门的邮票都是顶有意思的事情。对书信的兴趣被激起，我才惊觉自己书柜里就有不少书信集。奈保尔、傅雷、梁启超、曾国藩的家书，都颇具智慧；在民国文人的情书里，徐志摩肉麻直白，读得我鸡皮疙瘩起了一身；最喜欢的是朱生豪写给宋清如的，活泼生动，怪不得大家都说他一生就干过两件事：翻译《莎士比亚全集》，给宋清如写情书；谷林与扬之水持续了二十年的百余封通信，内容围绕约稿、校对展开，谈到读书考证和生活，最让人心折的是信中流露出的亲切古意。

怀着好奇心，我开始阅读一些针对书信的书籍，得益于英国历史学家西蒙·蒙蒂菲奥里、学者肖恩·亚瑟等对书信的痴迷，他们收集了女王、皇帝、明星、总统、首相、诗人、作家、艺术家、科学家、集中营里的受难者、探险家、人权斗士等各色人物的书信，有道歉信、求职信、情书、公开信、公告、家书、决斗书、外事交涉、战争宣言等题材，让我重温了书信的发展。这些珍贵的书信像琥珀一样，封存着历史关键时刻背后人的情感和内幕，为世界史提供了另一个维度，更加私密，更加感性。

很可惜，书信的黄金时代已经随着手机、互联网普及而结束。我们对科技抱有期待，以为会迎来更加紧密的连接，可惜事与愿违，即便对话框可以随时跳出，我时常觉得比十年前更加孤独——交流的工具越简单，我们越不会交流。西蒙·蒙蒂菲奥里说："书信是对症生命无常的文学解药，当然也是人们面对互联网的脆弱和不稳定时所需的良药。"有时候，我想刻意避免一些这个时代给的便捷，能与朋友见面的事就尽量不打电话，能写一封信就尽量不用微信沟通，用不便利来改变自己处理事情的方式，从中延缓急切以及减少浮躁。

我也是在看嘉映老师书的时候得到一些启迪，看似交流在高度流通，一切变得急切和脆弱，哲学大师们认为人活着就是对话，荷尔德林说："人已体验许多。自我们是一种对话，而且能彼此倾听，众多天神得以命名。""聆听"在当下尤为困难。现代化让生活变得简单容易，简化后的生活每个人好似在干巴巴地活着，心是孤独的猎手。我开始写信，也是因为面对瞬息万变的世界以及不断出现的新事物，常常觉得无力还手，也来不及思考。如果人们越来越干巴巴地活着，缺乏精神活动和深度交流。我常常一段时间不看微博就发现自己落伍了，一些新兴的词汇和热门事件不知道来龙去脉，更不可能和朋友以此打趣，大家使用着同质的话语，你很容易掉队，也很容易变成不重要的边缘人。更可怕的是，被煽动起来的集体意识像癌细胞一样快速繁殖，只有情绪没有理性。网上硝烟如云，布满看不见的狙击手，稍有不慎你就会被打成筛子，我已经以身试法过了，滋味很不好受——抨击者并不真正想要说服你，只想迅速压倒你。

这是我一点粗鄙的思考，我们对这个时代的不适感并不只是因为社会财产的重新分配，更多时候是这个时代的价值标准、评判标准彻底改变了。我常常怀疑手上在做的事是不是有意义，所谓的"文青"变得有些可笑，对人生的思考和疑惑常常让自己苦不堪言。跟大家在纸上娓娓谈心，用写信互诉衷肠的时候，我发现自己逐渐克服了羞耻心，越来越勇敢地暴露自己的缺点，实际上，这也是我无法回避的必然结果——你写得/说得越多，就越暴露底牌。如今跟大家交流，我不想抖机灵，也不想为了冒充聪明说一些故作高深的话，我不再担心被看到幼稚和不够高明。因为我知道，想要得到真诚的回应，就不能遮遮掩掩，笨嘴拙舌也是因为真实和强烈，就像一个真正坠入爱河的人那样丧失技巧。比起谋求共识，更重要的是相互的理解和宽容。华丽的表象总会褪去，希望我们都能接受真实的自己，用最朴素的方式袒露心声。我承认自己还是有很多困惑：爱、孤独、隔离、身份焦虑、性别偏见、事业、分别、死亡、信仰、旅行、艺术、倦怠与丧、隔离与宅……这些困惑化作书信流转，我忍不住感叹：原来有趣的灵魂跟自己挨得这样近。

我喜欢陈嘉映老师说过的一段话："未来之思不是哪个伟大思

想家之思，而只能在思想者的交谈之际生成。每一个思想者都是谦抑的思想者，思的目标不是伟大，而是真诚。"我们都期望自己可以获得理想中的生活，心揣着对这个时代的怕与爱，我们能不能再次找回一种对话方式，建立深度沟通的可能性，一起抵达更广阔的世界。比起独自在黑暗中跟跄，我更向往建立你我之间的对话，犹如在黑夜中点燃火把，映照彼此的脸。

附近消失，友邻形同陌路，近在咫尺的人充满误解和敌对，与远方的人共享恰如一封信的距离，也许就是我们这代人的必经之路。日子一天天在手机上划过，内存里是漂亮的照片和碎片化的感受，我想能不能用对话重现个体，用对话接近真实，用对话获得见识，最终建构富有想象力的理想生活？

伫候明教。

祝羽捷上

祝羽捷好！

谢谢你的来信，信中所言差不多我都有同感，我自己也常常想到这些，这里那里谈过一点儿。

记得在哪里读到，考古学家找到古埃及一位富豪的几封家书，他出差在外，向家人讲述他的差旅，指示怎样处理各种家务，印象不大准确，记得这些家书距今应有三千年了吧。我还模糊记得，发掘出来的汉简里也有不少是戍卒的家书，如今都是珍贵的历史学资料。唐诗宋词里，怎能没有"烽火连三月，家书抵万金"；"一春犹有数行书，秋来书更疏"？科学革命开始之后的很长时间，哲学——科学的演变和发展有一半要从思想家的广泛通信中寻觅踪迹，莱布尼茨的通讯录几乎包括欧洲当时所有重要的思想者。

在我们年轻时候，远程交流全靠写信，箱底至今还积压着大批信件，也积压着好多古老的故事。1968 年冬天，我从插队所在的内蒙突泉回北京，有朋友从内蒙乌旗来信，附有给秦生的信，要我转交——这既可省去8分钱的邮票，也有意邀我旁听两位亲密友人之间的交谈。我们那时唱苏联歌曲，一句"Kakim dei beil, takim ostaltsia"（"从前是这样，如今还是这样"）流传在青春的忧伤里，这封致秦生的信就沿着这句歌词作结："从前是这样，如今还是这样——将来不会是这样了。"青春无论多少混乱和迷惘，似乎青春总有未来。我揣上信，暮色中走向邻楼，楼门口围着一圈年轻人——秦生在我们这一带是出名顽主，楼前常有年轻人扎堆。我远远地喊秦生，他们转过头来，我却没有听到期待中的欢快回音；片刻沉默之后，有几个朝我跑来，直迎到我跟前，压着声音：秦生走了。到哪儿去了？两个小时之前，一场时不时会爆发的街头斗殴，一把三棱刀捅进他的后腰。

不多说这些私人回忆，说点儿宏大的。我常说，这几千年的历史，就是文字主导的历史。读写是高标特立的精神活动，没有任何其他精神活动可以替代。书信又不同于一般著述，它写给特定的人，即使写信人想着将来会公开于世，特定读信人的影子仍在他的笔端。随手抄一段旧时来信——

嘉映：

自7月中旬以来，一直忙着给你写东西，不料又出了一大堆废纸。"说者容易做者难"，真要让我办个专栏，恐怕要误事。不过，人是逼出来的，也许有了责任也就有了动力亦未可知。眼下我是江郎才尽，差不多已活生生地感觉到头脑的枯竭。写了论非暴力原则，论及革命运动中的道义、策略与领袖三者间的关系问题，论及病态的理论兴趣问题等等（不止这些，实在不好意思再多说了）。多篇未完成稿，都觉得太臭，提不起兴趣来修改。我觉得我也许已误入歧途：本不是革命者，却煞有介事地反思革命。与胡君相比较，我现在最大的弱点是下笔不自信，总觉得写出来的东西都十分可疑。常想起《圣经》上的话（我近来又在反反复复地读它）："你不可论断人，以免别人也同样地论断你。"胡君的反思论道精辟，虽然也有有失武断之处。我的反思就未免像个指手画脚说三道四的"批评家"。我眼下害怕一本正经的腔调，虽然我又已经写了好几万字一本正经的文字。且不谈它，我想我总会给你寄点儿东西的（我现在觉得除了写点东西，真不知还可以干什么）。

这些话在你读来也许平平常常，在我，却写着时代的转折，写着这一转折给一代人带来的困境。这封信来自 20 世纪 90 年代初，是我最后收到的长信之一。没多久，普通人开始用上了 fax，私信也沾上了公文的身份。转眼又被 email 取代。再后，你们年轻人就更熟悉了，微信，facebook。是的，将来不再像从前那样了。那是怎样的将来呢？神经科学最近证实，"数字原生代"的大脑运作方式发生了根本的改变，他们在智商测验中的表现、反应时间以及工作记忆提高了，同时，共情能力、人际交往能力、进取心降低了很多。

我知道无论哪个时期都有人认为他生活在一个巨大转折的时代，但我还是固执自己的看法：两千多年的文字时代正在我们眼前落幕，书信的消失应是一个明显的标记。常听人感叹，现在的年轻人不读书了，而"书"这个字从前更经常用来指书信。太史公《报任安书》，曾国藩家书，确实像典籍那样值得反复咏诵。微信的文字则是一个不同的族类，它们只为传达信息；情感也已转换为信息，编码在表情符号里——这些符号不似纸上的笔迹，体现着独有的经历和心情。无数的比特在基站之间以光速生灭，与之相比，鱼游雁翔的确太慢，受到自然条件的种种限制。书，倒还有几个人在读，却没谁还在写信了。

非非叟原本借读写讨生活，看着文字时代逝去，难能无动于衷；你尝试重拾这种交流方式，闻知而喜。读来信，好像是你偶然读到旧书店淘来的书信而起的因缘，让我想起陋室的角落里还存着一两箱恐龙时代的旧书信，上引的那段就是从中翻检出来的。一直有意整理这些信札，却一直拖着。现在，我应该会及早去做这件愉快且有益的事情吧。倒不是妄想扭转历史大势，但将来的世界，不管怎么发展，总要时时能听到往昔的回声，才算得上人类继续生存。祝愿你继续你的尝试，并得到更多朋友的响应。也希望及早会面，如果不更早，3月份应能在上海相见。

陈嘉映

2021 年 1 月 22 日

目 录

阎连科　黎戈　辽京　Catie　赫恩曼尼

没有所谓正当的生活，

也没有最好的时代，

我们没有必要为此焦灼。

但如果无法避免焦灼，

那就享受焦灼，

一半寻觅，一半抵御。

与她们同行

阎连科：
让"她们"成为"人"

我唯一去想的，

就是要把"她们"当作和自己一样的"人"去理解。

阎连科老师：

你好哇！很感谢赠书，我很快就读完了《她们》，带着一股兴高采烈的劲头，我也不知道自己在高兴什么。老实说，你会触碰这个题材，我很意外也很惊喜，甚至对不少朋友说，这本书代表着中国男作家对女性形象描写的新里程碑，因为跟过去许多文学作品中出现的女性形象比，这本书里的女性不再是男性叙述者的"他者"，不再只是被摆弄或者附属于男性的牺牲品。书中虽然描述的是一个偏远村庄里的女性群像，仿佛是人类学者对农村女性生存状况的田野调查，又饱含着对这些女性的爱与尊重，我们在这些故事中感受到她们身上原始的女性主义色彩，是一种女性反抗的自觉意识。

叙述者虽然是男性，却是从女性主义角度出发来叙述的。光是这一点，就足够让我激动不已。也许有人会问，男作家带有女性主义视角很难吗？我的回答是，当然了，一个男作家主动愿意平等地书写女性，当然是顶顶了不起的事情。回忆一下我们读过的文本，对"好女人"的定义往往是乖巧顺从的弱者形象，她们会被安排一个完美的结局作为奖励，而那些不依附男性的女性，总被刻画成面孔各异的"荡妇"，最终往往落到流离失所或孤苦伶仃的下场，暗含一点道德的警醒。

西方也是这样，从莎士比亚开始，故事里的人物就流露出厌女症，比如哈姆雷特憎恶自己的母亲背叛了自己的父亲，"刚死了两个月！不，两个月还不满！……啊，罪恶的仓促，这样迫不及待地钻进了乱伦的衾被！"显然哈姆雷特认为一位好母亲应该是至死都对丈夫忠贞不渝的，他作为儿子替男权社会对母亲进行审判。他对待恋人奥菲莉亚也是粗暴的，由于奥菲莉亚没有听命于自己，而是顺从了父兄，他两次把她推倒在地，劝她去修道院，让人感受到他对女性的厌恶。说白了，跟很多男性不允许女性不听话是一回事，不顺从让一些男性感受到统治地位受到威胁，恐惧导致攻击。

最近又有人提议为了社会和家庭的和谐稳定，让女性重新学习女德，我下意识看了一眼台历，嚯，今年是 2020 年啊，我还以为穿越时空了呢。女德也称妇德，旧指妇女应具备的三从四德，强调了男主外女主内的社会分工。"三从"指的是妇女未嫁从父、出嫁从夫、夫死从子；"四德"指的是妇德、妇言、妇容、妇功。"从"就是剥夺女性的主体性,"德"就是要求女性。为什么这个社会总对女性有诸多要求呢?社会和家庭的不和谐都是女性造成的吗?从性侵、家庭暴力到社会上的犯罪事件,大部分受害者都是女性,为什么不对社会的既得利益者和施暴者提出要求及对他们进行思想改造呢?

我曾经在蒋勋老师书中看到过他对"三从"的解读,他说"过去女人的爱那么简单,在家里反正就听爸爸的,结婚以后就听丈夫的,丈夫死了就听儿子的,这么简单的三从规则,就够用了。她从来不用去烦恼或担忧自己的爱情如何释放,因为社会的礼教已经全部为她设定好了,甚至她根本没有机会去接触更多的异性。"抱歉,这段话里我只认同最后一句,其他的我认为都是男性用男权视角对女性的解读——女性被剥夺了自由选择的权利,反倒被看成获得一种简单明了的生活方式。我们都心知肚明,过去的女人并非没有欲望,若把"情爱自由"看成是一种麻烦那就太反智了。

上面也许是我言重了。让吃着性别红利的男性作家主动写两性议题,还能拥有平视视角,难上加难。很多男作家写女性成了最提心吊胆的事,一怕自己犯错,二怕被女权主义者们攻击。上野千鹤子指出,一些对母性的讴歌有时也是男权奴役女性的一种意识形态。不少狡猾的男人,借着对女性的赞美,把女性描绘成"圣女""贤妻""伟大的母亲",把女人捧到了一个莫名其妙的高度，实际还是在鼓吹自己的男权思想，贬低女性，也可以看作是一种反向歧视。就像陈丹青老师说的，"不让须眉""女子丈夫"，中国人常拿这类屁话奉承女性，其实呢，主语还是"须眉"，还是"丈夫"，分明借此抬举爷们，哪里是尊重女性！

在国内，尽管有一小撮人一直在积极探讨两性议题，可主要集中在一线城市的女性身上，仿佛女性们已经获得了不少平等的待遇。我们都忘记了那个最庞大的女性群体，她们在农村，有可能是默默无声的，不会在网上讨论自己和身边女性的遭遇，也不会表达自己的观点。阎连科老师把镁光灯投向了这些生命，她们是土地最忠实的守候者，是家族里的连接人，她们有的是阎连科老师家庭里的女性，有的是采访的非家族成员的女性，她们正是被书写得最少的一群人。男性故事的代际相传往往被看作是家族、部落的历史，充满了脸谱化的英雄人物，而她们的故事，她们的欲望，她们的声音，总被排斥在"正典"之外，叙事在某种程度上是一种权力。

某些时刻，我感受到阎连科老师书写女性时流露出了愧疚和尴尬，有股"原罪"感，尴尬的是男性群体带给这些美好个体的压制，愧疚的是自己也是深受其益的男性。能够自我怀疑的人都是善良的。不同于其他男性作家对女性奉献和牺牲的歌颂，老师笔下的这种尴尬恰恰才是对这些女性的感同身受，我也看到了老师的赤诚和不躲、不回避是需要勇气的。

有些奋力抗争而不惜代价的女人，颇有美剧 Why women kill 中的决绝，卷进命案来对抗命运的压迫，一个人要被推向多么不能忍受的境地才会逼自己如此冷酷凶悍。最令人动容的是，有些女性在一种很懵懂的状态中实践着妇女解放运动、婚育自由，她们身上萌发着女性意识，在环境的矛盾中挣扎和平衡，她们让我想到了自己的母亲、外婆和所有让我尊重的女性，相似的命运，相似的付出，应了老师的那句话——"车轮流水，曲伸皆可，宛如日出、白云和虹都常年留挂人间了。"

祝老师工作和生活顺利！

祝羽捷

羽捷：

读到来信，忽然有些哑然。

非常高兴你能喜欢《她们》。但说到书中的"女性主义"，其实有些超出了我写《她们》时的预感。所以，这些天面对围绕着《她们》的讨论，让我有些措手不及，常常觉得不知该怎样回答，总是如你说的那样，落入"愧疚和尴尬"。我必须承认，我也是一个直男。每每读你们的文章，都觉得自己是被淘汰的人，从学识到观念的狭隘、落后让我如蜗牛见了触动它的手，除了躲进壳里去，就别无行路了。你在信中说到从《她们》中读到了"自觉""勇气""里程碑""原罪感"等，反而让我越发羞愧了。因为写作《她们》时，丝毫没有去想这些。唯一去想的，就是要把"她们"当作和自己一样的"人"去理解。而且这种理解非常原始和粗浅，觉得自己是人，"她们"为什么就低人一等了。自己能理解自己渴望被尊重，她们难道不是同此心理吗？虽然在书中也谈到一些"平权""女性学""第二性""两性"和"多元性别"等，但初衷都是为了拓展散文写作的疆界去写的，真的没有想到我是在为女性主义说话和写作。

我是太迟钝的一个人，愚到常常在生活中成为别人的笑柄、人家茶余饭后的甜点或者开胃酸梅汤。就是说到书中的"尊重"，也是以我家的亲人为圆点、轴心的。首先把母亲、姐姐、嫂子当作"作为人的女人"——女人也是人，是人也还是女人——是从这儿去理解自己的亲人、亲属、朋友和不相熟的那些女性们。从这儿你可以看出来，我的狭隘是在写作中没有消除的。但你说到男作家在写作中对女性的认识和塑造，我是深有同感的，而且觉得你说的就是我。稍一回顾就能看出来，自己这么多的作品，在作品中写了那么多的女性，其实说到底，也就是写了三个吧：一是女英雄；二是忍辱负重的所谓的贤妻良母；三是"贱女子"。除此似乎再无别的女性了。这一点，我想不仅自己是如此，我这一代的男作家，大约都是如此吧，不过我是他们中间的尤甚者。这样写的理由就是"生活本来就是这样子"——这是我这样的人为自己的狭隘、无知找的理由和借口。我这一代的写作被生活经验拖累了。我们的现实里污脏、沉重如一池黑泥潭，所以大家的作品都尽有污泥气，尤其在性别、爱和性的认识上，简直陈腐到如明清时代的人，连宫廷里数百年前的一棵老树上的灰叶都觉得是一种传统和美，真是腐到了如酸菜坛子中的霉菌样。

说起来你可能有些意外，我并不觉得波拉尼奥的《2666》有那么伟大，但在其第一卷中，当读到三个男学者因为都和女批评家有暧昧关系，而最后女批评家决然地弃他们而去，这三个人相聚在一起，几乎都表示尊重女批评家的选择。其中写到这些男性对女性的理解和尊重，不仅使我"意外"，而且使我震惊——我是从这个地方意识到波拉尼奥和《2666》之好的。意识到我们——中国男作家真的写不出这样的书，因为我们对女性的认识不仅腐朽，而且带着小脚与辫子的恶心。

羽捷，关于《她们》，关于女性主义，关于文学中的两性，我是真的粗浅、粗野到无法说。再次感谢你对《她们》的阅读和推荐，也还有许多问题想听你说，等疫情之后，希望请你吃饭听你细细地聊这些。

非常时期，保重！

阎连科

2020 年 6 月 19 日

通信人　**黎戈** 作家

黎戈:
婴儿看着水仙花

能和一切忧虑对抗的,

大概是某种鲜活的生命感吧。

小祝：

见字如晤……不过，真的坐在你对面的话，我该对你说什么呢？我见过照片中的你，精致优雅，有鲜翠明丽的时尚气息，或者谈谈女性境遇？时尚话题？那些话题很大，这短短一封书信的文字容量，只怕不够。我还是先从手边的小事、近期缭绕我的一些浮云心绪说起吧。我想说的，是最切身的话题：当文艺青年做了母亲。

我前些日子在看《坡道上的家》，比起文字，那直面困境的直白，倒更有价值。多少人是顺势做了母亲呢？应该多于主动选择的。相当一部分的女性，根本没把生孩子当成可选择的事情，等孩子来了，绝境之中的自己，像没学会游泳就掉进水里的溺水者。呼救有用么？倾诉有用么？没有，都是一个人咬牙捱过那无助的黑暗。

除了做母亲本身的辛苦之外，自我与他者的分裂才是更可怕的吧——做母亲的这些年，一直觉得真实的自我，被封闭在一个不远却难以触及之处，不敢也不能打开，像飞行中被塞进高处的行李箱。我想取下我自己，带着这行李冲出旅程，但那是不可能的。并且我得克制这情绪，不能让孩子察觉我的倦意。敏感又懂事的孩子，会觉得我其实疲于母职，而这，绝不是她的错，在她还是个小婴儿的时候，夜里醒了都不怎么哭闹，再没有比她更乖的小朋友了。

对于从事创作类工作、以高度自我为工作马达的人来说，分裂感可能更严重吧。在孩子小的时候，一手端着她的尿盆，一手端书或和他人打字聊文学，这种两难兼顾的窘境，在记忆中依稀远去，而新的分裂不断发生，最眼前例子，现在窗外正在下大雨，我的文青自我，立刻回忆起小时候背熟的李清照，夹在书里发黄的栀子花瓣，而母亲自我马上想到接送孩子，穿雨衣、带雨具的麻烦，接下来的一天里，即使有了书本和写作的快乐，我的脚，也和孩子一样，穿在闷湿的雨鞋里百般难受……给她打伞，穿鞋套，但这对暴雨是没用的，她的脚，估计一天都是不那么干爽的，这个时时折磨着我。有了孩子，所有生命的负重都翻倍了，抱着的婴儿终归会长大走路，而心里的孩子是永远都放不下的。

最可怕的是，有了孩子，你就和社会最黑暗的一面牵连上了，无法靠书本屏蔽。往昔我无论多么倦于世事，只要一打开书本，立刻会平静快乐，而这个精神乐园，在孩子面前是没有用的，有了孩子，你就得化身为坚强的羽翼，要会和老师套近乎、受欺负时要会闹事、和其他家长交流或对抗……基本上是社会生活中让我最头疼的那些，都逼过来了，无法逃避，因为我的孩子，是人质。我没法拿了稿酬去大理写书，春游看花，夜夜笙歌，不醉不归，带着黑啤酒的酒气纵情写稿。我得泼皮、得油滑、得讨好，只为了我的孩子安全和快乐，不受虐待。我被剪掉了翅膀，只能伏地而行，有时简直是被焊死在轰隆隆的社会机器上。

以前也说过：我作为母亲和写作者，是有内心冲突的，母亲这个身份的工具性，就是它是另外一个人的成长平台。身为母亲，我必须整理过滤，和主流社会秩序良性对接，把健康平稳的一面给孩子做安心的基石，而我个人，也是写作者必备的人格锐角、边缘化及微量毒素，一直是在被压制状态。但实际上，过于和谐无扰、一味求安的内心，是会走向沉滞的。所以，这些年来，我总是不断地把自己从单一角色上拉开，让自己流水不腐，这样走平衡木久了，人也很累。

孩子给我带来深深的幸福感，丰富了我的生命层次，我对孩子这件事有抵触，更是因为对方所承受的生命自带的痛苦，而我未经同意把一个人带到这世界，这个责任太沉重了。每一步我都担心，怕没有尽到全力，而教育体制、生存大环境，都是我无法选择的。有时候我觉得自己像个糟糕景点的难堪导游。这种内疚也折磨着我。

那么，能与以上的一切忧虑对抗的，是什么呢？大概是某种鲜活的生命感吧。

小兔，你肯定见过几个月大的小婴儿，但作为母亲，我观察的距离更近，成像也更细腻。几个月大的婴儿，五官已经长开了，身体也非常饱满，给她洗澡时，你会忍不住想捏一捏那个藕段子一样的小胳膊小腿，忍不住想亲亲这个散发着乳香的小宝宝，对她说话时，忍不住想用重复词"吃饭饭、睡觉觉、小手手……"，哪怕是最严肃的人，也忍不住想做一些滑稽的动作逗笑她，因为那"咯咯咯"的笑声太好听了……太多的"忍不住"了，没做母亲之前，我不知道婴儿那小小的身体居然如此沉实，在我的臂弯里有沉甸甸的坠重……那是生命的分量，这生命，由我带来这世间，她让我和抽象的"生命"这个词产生了关联，我想，这就是让我无法抗拒的，对做母亲的向往。那种鲜活阐释的生命感。

这几天我看书，看到一句俳句，是"婴儿看着水仙花"，我一下愣住了，这是我看见过的，最洁净的句子，水仙是初开的，金盏银台，婴儿是初生的，小婴儿的眼神，像暴雨之后的碧蓝天空，无比清澈，是世界上至为洁净之物，她定定地看着你，毫无戒备，眼神中无善无恶，只有交托和依赖，这世间，成年人都穿着厚厚的盔甲，只有婴儿不怕暴露弱处。这洁净不仅来自优美的意象，更是干净的信任，和初生世间的生机，婴儿，水仙花，它们放在一起……我突然扭过头去，觉得都接不住这话了。

让我们珍惜这些瞬间吧，那是生命珍贵的礼物。

祝好!

黎戈

2020 年 6 月 28 日

黎戈老师：

你好哇！像我这样一个恐惧小孩的大人，读了您的信，竟被"婴儿看见水仙花"的意象温柔到了，内心像刚刚淋过毛毛细雨的苔藓，花软草软心软耳软，一塌糊涂。

恰好到了我这个年龄，身边的女性朋友分成了两个阵营，一个阵营是成为母亲，但我不能说她们就完全就过上了稳定的、似曾相识的生活，人各有异，这个可以晚点展开说；另一个阵营是坚决不生小孩的女性，人各有异，每个人都有每个人不生的铮铮理由。像我这样左顾右盼、举棋不定的人最危险，一边担心是马上就要错过女性生产的最佳年龄，冒着后悔的风险；一边是还未准备好无私给予的人生新阶段，杀气腾腾。自己纠结拧巴成一个毛线球。

我们中国人不论亲疏远近，很喜欢问人为什么不生孩子的事，这是冷漠社会里的寥寥关心。每次有人问，我都老实地作答：还没想好。可惜真诚的答案并不能让对方满意，通过他们的眼神我得知自己受到了鄙夷。生与不生的争辩，宛如百年玫瑰战争。不站队的我举了白旗。我不喜欢有些人觉得生孩子是天经地义的观点，仿佛女人是"行走的子宫"，也不能接受很多人把现实的不如意转为生孩子的动力，要靠孩子找到下半生的意义，通过孩子力挽狂澜，把培养和教育小孩当作自己的志业——生孩子完全是为自己，这样的孩子更像"工具人"而不是独立的生命。

多年前，我刚刚成为媒体人，采访过一位知名编剧，他写了不少脍炙人口的爱情剧。私下吃饭的时候我问他个人的情感观，他说，喜欢跟杂志的模特约会，绝不和女文青谈恋爱，女文青虽不要名牌包，但更麻烦，老跟你谈感情。现在回忆起来，我可以改一个新版本，绝不和女文青生小孩，女文青太麻烦了，老跟你谈生命、谈生活、谈改变、谈意义……普通青年生小孩，说来就来，再看看法拉奇这样的女文青，身未生子心先远，给未来的孩子写了长达一本书厚度的信，并说这是她"刻骨铭心的情感经历这颗精子"和"想象力这个卵子"天然受孕的结果。每个孩子都会问爸妈："我从哪里来的？"普通青年会说，石头里蹦出来的；文艺青年会说——爱欲与哀矜。

赞颂母亲伟大的诗篇太多了，法拉奇倒是说了大实话："如果仅仅是为了我自己而不为别的任何人，我没有兴趣让你降生到这个世界，因为我完全不需要你。"法拉奇勇敢说出了女性面对怀孕、生产、哺乳的怕和困惑，我们都不是圣母，没有办法佯装成完美的、乐于奉献的女性。就像你在信中所说，做母亲既辛苦又要面对分裂。能看到做母亲背后的复杂性，而不是一味鼓吹有了娃多么幸福，这才是更理智、成熟的大人应该有的态度吧。

"文青"这个词已经被妖魔化了，大家觉得穿着棉裙和白球鞋，黯然神伤的就是女文青吗？有些人说，生孩子专治女文青的病。文青什么病呢？跟普通人相比，她们更加敏感、更加自我、更加批判、更让人捉摸不定，感时花溅泪，恨别鸟惊心……各种神经质尽数铺开。我觉得这都是偏见，不要把内分泌紊乱的女人都归类给女文青。

前面说到成为母亲的阵营里，每个人有各自活法，也有不失想象力的。我常常和当了妈妈的女艺术家们去看展览，她们手上拎着一个娃，推着童车上一个娃，照样可以跟我喝咖啡、坐地铁、买画册，而不是印象中的母亲形象——只能围着小孩团团转地喂饭。必须知道一点，养娃也可以很有才华。我见到的许多女文青都很能干，既能捧读普鲁斯特，听柴可夫斯基，也能杀伐决断，疾恶如仇，还能修剪自己的花园，动手打家具，刷房子，换灯泡，跑医院照顾病人，去偏远地区支教，带孩子全球旅行……生个小孩就把文学、艺术的意义都抹杀了？读过的书就石沉大海了？我觉得文青们也没有那么脆弱。

读书和艺术的意义在于让一个人更加完整，一个感受力丰富的人也可以更有同理心，更知道如何处理个人与外部的关系，一个读书明理的人，也应该更有理解力，更有智慧。"文青"在今天尽管被污名化，我相信文青仍然是对自我和周围感知最敏感的一群人，他们会最先觉察人的处境和感受。我记得，王小波说"生活就是个缓慢受锤的过程"，我要说的是，你生不生孩子都得挨锤，不生孩子的人生就一定轻松吗？只要活着，人就会年事渐长，就要面对千奇百怪的困境，每个人"最后变得像挨了锤的牛一样"。

都说沧海一粟，人如蝼蚁，想来文青至少有一点好，对现实的失望可以在作品里获得补偿，可以把受锤的痛苦化成诗。想来女文青母亲也至少有一点好，普通母亲只能说"爱你呦，我的小孩"。女文青可以用一万种花式表达，就像"婴儿看见水仙花"，就像"你是我人生最好的作品"——做母亲也需要足够的想象力。

愿我们都能拥有一万种花式表达给心爱的人。

祝羽捷

通信人　**辽京** 作家

辽京：
女性的故事还要讲多久

女人被这些美好的期望束缚住了，一代代传递下来，
要质疑它，打破它，可能不是一代人能够完成的任务。

辽京：

你好哇!

一直没有告诉你，我喜欢你的小说集《新婚之夜》，它仿佛撬开了一块地盘儿，让人看到盘根错节的内瓤儿，千疮百孔，渗出的水全是生活的真相。婚姻和情感是我们生活中重要的母题，但你不完全使用女性视角，而是用流动的视角企图用小说这门手艺抵达的生活深度，让人体会到人性的复杂。能在文学中看到多元的视角，读到以往男性叙事中不曾出现的内容，获得长久以来被主流视而不见的女性经验，是多么令人感动的事情。

有人说女作家总在写婚丧嫁娶，仿佛不关心历史、经济、政治等更宏大的主题，就像当年英国人嘲讽简·奥斯汀的东西是

"茶杯文学"一样，在他们眼里，情感关系和伦理道德是次要的选题。公允的人看出这背后隐藏的是女性命运的不公，无论是穷人家早早当家的女儿还是富人家的掌上明珠，大多数女人不能出去工作，不能外出旅行看世界，受教育的机会渺茫，被劝阻求知，任何从事艺术和抛头露面的苗头都会被掐灭，走出家门，等待你的只有规劝、训斥、阻挠。

某些女人即便幸运得到教育的机会，不管多么才华横溢，婚恋、家庭、育儿是她们"应尽的义务"，她们不过是丈夫的私有财产，像圈养的绵羊一般总被囚禁在自己的卧室里，有着履不尽的家庭义务，在任务的排序中，自己的创作只能排在末位。喷薄而出的创造力也只能写写家中之事——不是女人的脑容量小，是赋予女性的空间太小。

在这局促的活动范围里，还是有那么多女性留下自己的作品，虽然署名很有可能是以"无名氏"或者男性笔名的形式，有些则被自己的丈夫或者其他男性冒名顶替。伍尔夫说："几个世纪以来，女性的感知力一直都在人来人往的起居室中受到熏陶。人们的喜怒哀乐给她留下了深刻的印象，各式各样的人际关系始终在她眼前流转。"英国诗人爱德华·菲茨杰拉德曾表达过是女人创造了民谣和民歌，因为她们要一边纺线，一边低声吟唱哄孩子，也要以此度过漫漫冬夜。听上去非常说得通，女人把天赋和创造力在屋内发挥到了极致，诗文机杼，深藏不露。

后来终于有人重新评估这类文学作品——权威的文学正典忽略了太多不同形态的生活经验，而历史的真相就在生活的褶皱里。家常人生永远比想象中更加复杂艰辛，简·奥斯汀擅长在生活细节里察言观色，条分缕析，就拿她笔下的人物在婚恋关系中施展的谋略来说，一点不比战争、商业、政治中的逊色，其中博弈论的智慧堪比中国的《孙子兵法》。如果家庭是一个可以望闻问切的案例，我不禁要怀疑，倘若把这位女作家放在更重要的位置上，她也是一个伊丽莎白女王式的人物，何况她俩还有一个相似点——终身未嫁，有充足的实现自我的时间，才能尽显无遗。更何况题材不分高下，谁规定历史只能被战争书写，不能被生活记录，重要的是能否触及人类复杂的精神内核，研究简·奥斯汀的学者说："战争可以过去，灾难可以过去，但人性中的崇高与狭隘，对爱、尊严与自由的追求，永远没有过去时。"

看过去女性的作品，我忍不住会想，这些作者在男性构建的准则中创作是多么不易，比起抢占先机的男性，他们必须要更加意志坚定，冲破枷锁，碾碎障碍，这也意味着她们必须更有才华、创造力。就好像同样是做雕塑，女艺术家手里握着的刻刀比男艺术家的那把要钝很多，只有技艺更加精湛，更勤奋，才能获得相同的成绩。

看男人写女人和女人写女人显然不同。男人的叙述中，总会有一个完美的女性形象，比如塞林格的《献给艾斯美的故事：怀着爱与凄楚》里，像艾斯美这样出身名门望族的美少女，不顾身份的悬殊，像天使一样照亮了一个饱受战争折磨的美国士兵，她不但是这名男人的守护神，更是无数男人最向往的目的地，因为"我们需要这样一个女性形象来让自己感觉更好"。完美的女性形象投射了男人的欲望和恐惧，可这样的形象离我真实的人生太遥远了。我有时太木讷，有时太抓狂，更没有水晶般的外表、小鸟般悦耳的声音和甜美的笑容，我早就放弃成为男人喜欢的样子，这种勇气和自信得益于在女作家的书里获得鼓励和安慰。

性别问题一直是危险的试金石，常常我喜欢的男作家、男艺术家在这个问题上犯错。我喜欢看女作家的小说，喜欢女艺术家的作品，喜欢看她们是如何描绘世界的，她们有着和男人不一样的视角。总体来说，我们的价值观是男性建立的，文学和艺术的标准亦是如此。放眼望去，市面上的女性创作者的作品还是太少了。

就拿艺术来说，"女性只有裸着才能进入大都会博物馆吗？"这样的疑问一直困扰着走进美术馆的观众。艺术史中，与女性有关的角色、主题、场景无不反映着女性的地位以及男性是如何看待和想象她们的，男性视角占据着艺术史和美术馆的主导地位。用艺术讲述女性的故事，把对女性议题的公共思考赋以诗意的表达。

20 世纪 60 年代，女性研究几乎进入所有学科，琳达·诺克林于 1971 年提出疑问——为什么没有伟大的女性艺术家？这是女性主义首次在艺术史中发起的挑战，并探讨缺少伟大女性艺术家的深层原因——性权力关系、社会结构。历史上从不真的缺少优秀的女性创作者，缺少的是被发现、被看见、被正确评估。

有时在社交媒体上为女性呐喊太过尖锐，容易引火烧身。有一天，有个女孩特别激动地给我看了一些女孩的绘画和手写稿，我和她曾经在疫情爆发的时候为武汉和黄冈的女性医护人员募捐过卫生巾、安心裤，也建立了信任和友谊，我们各自持续地关注女性议题。那些作品多以插画为主，作者多是艺术的局外人，可她们通过画笔讲述出了自己作为女性在成长过程中的种种遭遇，透露出恐惧和不安，我相信这些作品是她们情绪的出口，是心上伤口的创可贴。

这让我重新燃烧出做艺术展的勇气，在这个追求艺术好看和艺术卖钱的时代，不要忘记，艺术不是为了艺术，不是只为了美，它可以无声地鞭打灵魂，甚至我们可以说：艺术的出现就是因为人的痛苦需要一个出口来疏解。

我忙活了这大半年，就是想要策划一场把主体性还给女艺术家的展览，它是艺术家们的女性叙事，也是我冲锋陷阵在一线的叙事，更是参与其中的所有女性们的集体叙事。我们请到了十二位女性艺术家，她们成长与境遇各不相同，她们各自在自己的艺术家生涯里探索身份、职业轨迹、性别意识、文化藩篱、意识形态，用不同的艺术语言、媒介、表达方式呈现她们的观察和思考。

住在上海的艺术家陈欣一口答应我的邀约，我在美术馆里划出一个区域给她做装置，她的灵感来自 1928 年伍尔夫的《一间自己的房间》，并以此延展做了一个女性的沉浸式的空间，这是物理意义上的空间，是女性内心的空间，也是女性在公共领域的话语空间。100 年后的今天，女性的空间问题和男女对话的姿态似乎并没有实质性的改变，女性面对不断被压缩的话语空间，不曾放弃寻找自己，获得平等对话的可能。如今我们有了新的房间——赛博空间。网络赋予了我们发出声音，争取获得认同的可能。新的网络词汇与口号同时体现出我们共同的处境。但与此同时，也让我们体会了被淹没、被曲解的力量。看看我们在社交媒体上遭遇的污名化，赛博女性主义面临的也不是一片坦途。我们希望每一位观众走进陈欣创作的空间里，有短暂的澄净时刻思考一下自己与空间的关系。

另一位女艺术家柳溪的作品一瞬间就直击了我的心灵，她的作品初看上去并不复杂，这个以《妈妈》为名的装置系列是一排形态各异的搓衣板，我小时候就见过我妈撸起袖子用木头搓衣板戳在洗脸盆里洗衣服，特别吃力，每回都要出一头的汗。搓衣板很容易就跟母亲的职责联系在一起，是永无止境的家务劳动的象征，仿佛所有人的衣服和门面都在靠这一张小小的搓衣板决定着，可我们从未好好凝视过这张不起眼的工具，搓衣板映射了每位母亲对家庭无条件的爱。艺术家把精湛的雕刻献给搓衣板，赋予它们一种新的美感。柳溪走街串巷收集了中国过去不同的老旧搓衣板，有着各种各样的肌理和时间痕迹，磨损的表面如同人类老化的过程。白瓷铸造的木质搓衣板曾经在中国普遍使用，像古代的纪念碑一样挺立着。但这些脆弱的纪念碑上没有任何铭文或墓志铭，但它们无声胜有声，是粗糙、风化的山脊，妇女们曾经在这些山脊上搓洗过衣物。

我从来不希望男人和女人成为两股对抗的力量，我们需要相互理解和体谅。艺术的裨益在于，我们不需要把心中的表达全部倾诉，就像每个观众看到不同的搓衣板自会联想到自己不同的生活经验，任乡愁自然流淌，有人想到母爱，有人想到童年，有人想到无私的奉献，有人想到饱经沧桑。

前人书写的女性故事我们未必买账，也未必符合现在对性别问题的意识觉醒。希望我们留住这种思考，身为女人不忌讳表达女性的故事，摒除视野中的男权滤镜，最终超越性别、超越一切的视野，找到人类共同体之间爱、治愈、成长的可能性。

祝羽捷

祝羽捷：

去年，我的第一本小说集出版，编辑老师说，这本书在营销上的一个关键词是"女性"，因为这本书里的故事大都是围绕着女性的情感和生活。在此之前，我对媒介上的热点话题并不了解，甚至更早以前，我对女性在这个世界上受到过多少不公正的规训，几乎没有任何认识，以为一切都是理所当然。我自己来自一个普通的传统家庭，我妈妈认为家务主要是女人的任务，做女人要温柔，要轻言细语，要多理解对方，尤其是对待男人，不要跟他争论，总之，要学会忍耐，然而我并不是一个心性平和的人，听到这两个字就不耐烦——假如家庭生活的要义在于忍耐，又何必结婚呢？

至于重男轻女这个网络上的常规议题，从前，我一直觉得离我很远。我从小在奶奶家长大，她非常疼爱我，是那种一个人一生只能得到一回、再也无法重现的宠爱，直到我奶奶去世后，有一次跟姑姑聊天，她说，你奶奶最是重男轻女，并举了很多她成长中的例子，她和我爸爸、我叔叔之间的待遇差别，说起来依然愤愤不平，以致她认为在照顾老人的问题上，儿子们理应承担更多的责任。然后我才意识到，我奶奶，20世纪30年代生人，解放后进工厂，和男人一样干体力活，挣工资，这样一个在当时看来是妇女解放典型例子的人，依然认为男孩比女孩更重要。从经济上看，我奶奶到了晚年是完全独立的，有退休金和医保，足够让她过得不错，不用儿子养活，但是她的观念呢？经济独立只是第一步，后面还有很长的路要走。现在我们热热闹闹地谈论女性，二十怎么样，三十怎么样，四十又怎么样，可能过几年就冷清下来，市场转向新的热点，但是女性的问题依然存在。

在一些短篇小说里，我写了几种状态的女性，她们有痛苦，有迷茫，有恐惧不安，也有决绝冷静，她们不是读者希望在故事中看到的女性榜样。讲故事的人向来有造梦的传统，塑造一些让人可望而不可即的偶像，一段短暂的梦境，梦境往往映射出一种高度理想化的现实，好像平常灰头土脸的生活只要好好打扮一下，就能焕然一新，显现出不一样的面貌，但是我认为女性问题的复杂与深远，绝不是换个说法、换件衣服就解决了的，甚至当我动笔写这些小说的时候，我也没意识到这些文字会被纳入"女性叙事"的框架里，编辑跟我聊的时候，我想：

有意思，女性叙事要加上"女性"两个字，男性叙事就不必特意指出来，是天然正统。

因为，我们所处的世界和现实，是由男性的视角来构建的，女性往往意味着非现实的那一面，是被美化的偶像、被神秘化的自然，这是波伏娃在半个世纪前的观点，放到现在依然成立，一方面证明了学者的洞见，另一方面也说明真正的、实质性的进步非常困难。

同时，作为一个女人，去谈论女性问题就好像小猫在追自己的尾巴，看得见问题，也知道问题在哪儿，但是被规训过、被调教过的思维方式很难摆脱，就怎么也追不上那个答案，可能一开口就是陈词滥调，比如"独立的前提是经济基础"，非常正确，然后呢？我奶奶、我妈妈都是有经济收入的女性，过了大半辈子，她们获得了多少思想上的自由和行为上的独立？20世纪80年代，我出生的时候，我奶奶退休带孙女，现在，2020年，五六十岁、甚至七十岁以上的退休女性在做什么？还是带孙辈。在我身边观察到的这些阿姨们，大部分都是有收入，有住房，是不需要丈夫和儿女养活的，她们有自由吗？有人会说，"含饴弄孙"是中国人的传统，天伦之乐，求之不得，但是我也不止一次地听见这些阿姨抱怨，说带孩子好累，想回老家去，或者，想跟老伴出去旅游。对于这些老年女性来说，我们是不是用一些优美的修辞来掩盖了利用她们的本质呢？为后代发挥余热是一种选择，把余热留给自己，是否也是一个选择呢？

从这个角度来看，虽然我们的生活充满了当代的、科技的、先进的物质符号，但是，挣扎着生存，彼此互相依赖仍然是普通家庭的常态，当然可以说这是中国人的人情味，是优良传统，值得称颂，好像亲情就是一切的答案。我不想在这里陷入具体的争论，比如父母要赚钱，老人不带孩子谁来带之类的两难问题，这涉及整个社会的关注和投入，关键在于，我们需要看到这样的图景：大量的老年女性，直到晚年还在持续地劳动付出，而不是送她们一顶高帽子就略过不提了。

林奕含生前提过类似的问题，质疑被华丽修辞掩盖的欺凌和罪恶。除了两性关系，在女性一生中，类似的情境还有很多——赞扬的背后隐藏着道德规训，"乖巧""温柔""懂事""好一朵解语花"，这些看似美好的形容，夹杂着锁链的回响。女人就被这些美好的期望缚住了，一代代传递下来，要质疑它，打破它，可能不是一代人能够完成的任务。

作为一个女人，那些道理从小听到大，耳濡目染，不知不觉被塑造成今天的模样——生活在海里的鱼，不会觉得水是牢笼。而性别的自然差异是无法消弭的，那么，如何在差异中寻求新的平等？如何在习惯中发现问题？对于女性来说，这种质疑是天翻地覆的，你得质疑自己的外婆、奶奶、母亲、姐妹，继而质疑当下的评价体系，经历这个鱼儿跃出水面的过程。对男人来说，现实来得很直接，世界是自然而然的、无须怀疑的存在，但是对于女人，重新发现自我是一件曲折甚至相当痛苦的体验，有点像费兰特所说的"界限消失"，意识到世界原来是这个模样，迷障消散，显现出复杂狰狞的本质。

一般来说，男性从小生长的环境，家庭和社会对他们的要求和期待是统一的，没有割裂。一个男人只要在社会上取得一点成绩，赚到一点钱，就被默认完成了家庭责任，而女人，尤其是经济独立的当代职业女性，要被社会和家庭两个维度同时衡量，两边各有一套标准，总有毛病可挑，很多女人被困在这些相互矛盾的评价里，疲于奔命。同时，我们又习惯了一套接受型的学习模式，权威说什么就是什么，看得见的权威是老师和家长，看不见权威还包括整个社会的传统和习惯。在国内，女性主义其实搭载了很多反对传统、质疑现状的情绪，相对于其他领域，女性遭遇的不公是显而易见的，一半人类都经历过，容易产生共鸣。

回到我自己的疑问。被定义为一个书写当代女性的作者，我一度困惑，这究竟是一个文学标签，还是一个单纯的性别标签？现在看来，分类并不重要，无论是透过性别议题去触碰文学，还是透过文学去展示女性的生活图景，都不影响我继续运用女性视角的冲动。曾经，我认为一个家庭主妇跑去写小说，也是一个文学问题，不属于性别话题的范畴。现在我意识到，女性的故事并不是讲得太多，而是太少，太缺乏深入的提问和思考。在这条路上，我们理应走得更深、更远，有些话还要一遍遍地说下去。

辽京

2020 年 10 月 24 日

通信人　**Catie** 媒体人

Catie：
女人首先要穿得自由

**最高级的自由是，即便我们心里有各种想法，
但眼里依然容得了别人。**

Catie：

你好哇！虽说咱俩算交流频率很高的朋友，但还是很想以书信的形式和你再次探讨时尚与美。最初知道你是因为你的时尚专栏，我很早就开始看时尚杂志了，得益于我的母亲，她刚好帮学校订期刊，借此机会查遍了市面上所有能买到的各种时尚杂志，包括一些日本时装杂志。我家既有缝纫机，又有锁边机，地上常常散落着过期的《南方周末》（用来练习打版）、布料、卷尺、三角形的粉笔……不知道的还以为我家是裁缝铺，晚上她就咚咚咚地踩着这些机器，按照杂志上的款式做衣服。因此我天然地对时尚有一种亲近感，尽管母亲同时指出"一个女孩长得好看是没有用的，热爱打扮会耽误学习，什么都比不上读书"。我就在她这种言行不一的矛盾中长大。

最近我看了《意大利制造》，重新把我的思绪拉回到了时尚杂志编辑部和时尚产业，不得不说，时尚仍旧是一个充满魅力的行业。这部剧在情节上和《穿 Prada 的女魔头》有点相似，都讲了原本一个清汤挂面的女大学生，如何阴差阳错地进入时尚杂志工作，如何在这个光鲜靓丽的行业自我成长，不但成为时装精，还在事业上证明了自己能力。虽然我很不喜欢编剧们总把时尚和励志这个主题捆绑在一起，不过这部剧无论从色彩、设计、妆发、城市都特别养眼，可以看到意大利人的美学传统，还能学到意大利人的时尚历史和产业链，更让我意外的是，编剧巧妙地加入了当时社会政治和经济因素对这个产业的影响，这点很重要，我们都知道女性每一次着装的革命其实都是意识形态的革命。

每次看维多利亚时期的英剧，都会有一个意味深长的镜头——小姐站在自己的闺房，女佣在她身后用力拉扯她的塑腰绷带，直到她接近无法呼吸。这个惯用的镜头无一例外地用于表现女性被束缚、被压抑的社会地位。束腰对女人更大的伤害是健康，无数的女人因为束腰造成盆骨变形，甚至死于难产。这种要求显然不是来自女性内部本身，而是来自外界对女性的期待，也反映着女性是被观赏的"他者"，外表是用来取悦男人的。

我想，女人要想自由，首先要解决的是穿衣自由。

就连女人可以穿裤子这件看上去理所当然的行为，在当年都引起巨大争端。19世纪有不少女性提倡女人脱下笨拙的裙装，像男人一样在公开场所穿上裤子自由活动，完全出于实用的考虑。美国的伊丽莎白·史密斯·米勒（Elizabeth Smith Miller）在1851年为女性设计了裤子，但是这种裤子是将裙子改良，膝盖以上是裙子，以下是宽松的裤子，有点像今天我们的灯笼裤，这模糊了女人穿裤子的直接愿望。社会不允许女人穿裤子，因为认为女人露出双腿是公开的引诱，不守妇道，有伤风化。第一个真正意义上穿裤子的女性叫玛丽·爱德华·沃克，她是美国的一名女军医，在美国内战时期因穿裤装被捕，闹到了国会，经过激烈讨论，最终允许这位女军医在工作时候穿裤装，而其他女性穿裤子上街依然会被警察逮捕。若不是后来经历"一战""二战"，女性在战争中立下赫赫战功，穿裤子这件事还不能得到应允。

去年一群日本女性发起了名为KuToo的运动，KuToo既和日语读音中的鞋子（kutsu）很像，又和日语中的苦痛（kutsuu）读音很像，它将高跟鞋及其所带来的痛苦关联在了一起，她们发起这场运动的原因就是为了呼吁雇佣者不要强迫女性穿高跟鞋，因为在日本很多公司都有成文的规定——女性都必须穿高跟鞋。这显然是带有歧视性的，为什么女性不能在工作的场景中穿平底鞋，为什么女性没有选择鞋子的自由，这跟现代裹足有何本质区别？我想日本的公司强调女性穿高跟鞋，跟维多利亚时期强迫女性束腰是一样的，那就是强化女人的"女性气质"。

我小时候成长的环境弥漫的观点是"女孩热衷打扮是肤浅的""长得漂亮的女孩成绩一定不好"……因种种原因，观念进步的或是资本推动的，这种偏见已经部分消除了，大家意识到美是稀缺资源，追求美可以变得光明正大，甚至消费主义恨不得时时鼓励你打扮，不断买买买，很多商家感慨女人的钱多好赚啊。

可惜的是，我发现我们这个时代的审美还是在强调"女性气质"，可惜东亚男性追捧的白瘦幼审美恰巧我就很不喜欢，所以中国流行的女明星我也觉得很无趣，媒体经常用"纤纤细腰，不盈一握"赞美那些女星，让人产生怜爱之情，保护之欲。但我始终觉得这种审美完全是为了满足很多男性的意淫，他们在这种没有攻击性、高服从性长相的女性面前更有控制感，更自信。我也受不了"傻白甜"的装束，很多女性为了得到保护和喜欢，只好扮演无脑、单纯、简单的形象来取悦男权社会。

另一方面，一些获得权力的女性为了得到重视，保证自己的权威感，不得不去模仿男性，比如希拉里、默克尔这类女性，她们一定会穿裤装，还会请人来培训自己的声音——压低嗓音，因为人们不习惯将女性嗓音和专业性关联，女性嗓音有着感性、不理智的刻板印象，她们为了获得更多支持，不得不模仿男性的着装和发音，让自己看上去更深沉、更可靠。人们真是矛盾啊，喜欢"女性气质"，又贬低"女性气质"，如果我们总是考虑别人希望看到女性的样子，自己都会殚精竭虑。

每一种文化符号都附着着社会的刻板印象。就像很多人认为良家妇女就要穿裙子，女知识分子就一定不修边幅。一个独立的女性应该是怎样的形象，一个知识女性应该怎么穿，我们很难找到丰富的样本来参考。到底是谁决定了时尚？是设计师们吗？是大品牌吗？无论如何，我觉得每个人都可以拥有自己的独特魅力，在合适的地点穿适合的衣服，穿对一件衣服也能让原本黯淡的一天焕发光彩。时尚没有那么肤浅，我们都喜欢跟好看的人在一起，我们都希望交换审美和发现。

祝我们都能穿得自由！

祝羽捷

2020 年 5 月 9 日

羽捷：

展信佳。读完你给我的信，抱歉许久才回复你，是因为我注意到这个话题可能聊起来并不轻松，关于"自由"的讨论，问一个水瓶座，那可能真是问对人了，我知道对于女性穿衣自由的讨论，应该是源于前不久发生的种种社会事件，引发了大家的思考和注意，那我不想说过多冰冷的理论，或者到底什么才是正确的观念，不想说这些，看到信中你提到你母亲和你说的那句话，"一个女孩长得好看穿得好看，是没有用的，热爱打扮是会耽误学习的"，我感受颇深，看来我们有同样类似的经历呢，那我就来和你讲讲我的故事。

作为一个在北京传统家庭出生长大的孩子，小时候，妈妈和老师可能对我经常感到头疼，妈妈经常说我不像她，怎么她的孩子并不是品学兼优的学霸，反倒是别的方面表现出了惊人的

"兴致"。比如在周末那两天去学校补课的时候，学校是允许大家不穿校服的，也就是所谓的"穿衣自由日"，这让我高兴极了，终于可以不用穿那套青绿色，且并不合身的衣服了，于是乎，我记得第一天我穿了白色的上衣，和浅驼色的下装，还搭配了一条腰带，看着镜子里的自己觉得干净清爽极了，哼着歌儿就去学校了，到了学校，我成功引起了老师的注意，老师随之警告了我，可以不穿校服，但不代表可以穿得太过"好看"，心思要多放在学习上才好。被批评的那一刻，我真的很想找个地洞钻进去，觉得自己在老师心里一定是个坏女孩儿了。

你能想象那时候小小的我，听了老师的这些话，心里有多么沮丧吗？这也是我第一次遭遇我原来是"没有穿衣自由"的事件，后来我在想，为什么她要用她的审美力来试图控制我呢？接下来我发现其实无论我穿什么，老师还是会不满意，甚至叫来过我的父母沟通这件事，后来我决定，那好吧，那我就穿得邋遢一点，让老师满意一点吧，当然我上学的时候是20世纪90年代，这个故事可能会令很多年轻女孩觉得不可思议，但特别希望现在女孩儿们从小就可以拥有穿衣自由以及审美自由，我那个时候也下定决心，如果未来我有女儿，我一定会好好培养她的审美力，给她这个自由，也许未来还是会遭遇被老师喊到学校训话，但希望作为父母，可以正确引导和鼓励到自己的小孩，跟她说一句："孩子，你今天穿的确实很好看，妈妈为你感到骄傲。"

拥有审美力绝对是一种能力，也是在我们小时候严重缺失、甚至刻意回避了的一堂课，我非常羡慕现在的女孩子们，从小生活条件就那么好，可以有广阔的视野和更多选择，更加明白我们传播美、展现美没有什么问题，因为"美，其实是最大的善意"。

你说有时候女性为了让男性产生怜爱之情，保护之欲，从而故意穿着"傻白甜"的装束，她们往往会显得具有更加的高服从性，以及没有攻击性；而另外一类女性，为了显示自己在自己行业内的权威感，会穿着得非常"坚强"，而失去了应有的女性之美，看完这一段我想起了曾经一位前辈讲过的话，一个女性穿什么有那么重要吗？事实上我很欣赏这句话："一个人的精神需求越大，衣服越重要，因为你穿的衣服，在滔滔不绝地告诉别人你是谁。"在两种截然不同的女性心里，她们对自己早早就已经有了明确的定位了，知道自己需要在社会以及工作中扮演的角色，所以她们会一直往自己期望的方向去装扮自己，这个现象挺常见的。

我觉得我们不如这样看待这个现象，只要这两种装扮能带来美的感受，她们就都是合理的，每一种穿衣方式，到最后如果可以回归到让旁人感受到美和舒适，其实也无所谓她选择了什么风格，比如眼前的这位女性，即使她穿着强势，但同时，竟然令我们感到如沐春风般的舒适，那我觉得这个人，是真正的穿衣高手，这样聪明绝顶的女性，我想到哪里、做什么工作都不会差到哪儿去，那反而一个人再穿着盛装，再艳丽，但无法令旁人感到舒适，甚至她自己的伴侣站在她的身边都觉得有点尴尬，有种想尽快逃离的愿望，这种就有待自己意识到这个问题了，这一切看似发生得悄然无息，但就是发生着，存在着，并影响着我们的日常。

对了，你记不记得有一次我们两个一起吃晚餐，我从包里拿出一本小小的《金刚经》，你当时吓一跳，笑我说："真是不可思议，你一个这么时髦的人，从包里掏出来的竟然是一本《金刚经》。"我当时心想我哪里时髦了？我明明就是一个比较老派，且更加崇尚 classy 的人，哈哈，但你知道我是从什么时候起，才逐渐明白了什么是真正的自由吗？就是在读完《金刚经》的那段时间，唯有做到事事不执着，才是真正的自由啊！比如我小时候执着于"我要穿的好看"，到后来经过老师的训话，又变为执着于"我要故意穿得不好看"，其实这都是我还没有真正自由的表现，看来自己真是愚钝了，执着于执着，和执着于不执着，都是我并没有放开自己。这里想说的，不是就此推翻我前面的故事和想法，而是觉得根本不用使劲去想，我们是不是在拥抱自由了，只要我们开始去琢磨，去想了，其实还是不自由，起身去做就好。

行，写得差不多了，最后这句作为结尾吧：最高级的自由是，即便我们心里有各种想法，但眼里依然容得了别人，因为自由，是你有你的自由，她也有她的自由，而不是我们用自己的自由，去限制别人的自由。这条路对我们大家都还很漫长，咱们一起慢慢体会吧，结果也许永远没有答案，但过程其乐无穷。

挚友 Catie 上

2020 年 5 月 29 日

通信人　**赫恩曼尼** 媒体人

赫恩曼尼：
30 岁就是那道帮人顿悟的光

二十岁立下的誓言，三十岁再看更像是一句天真的玩笑话。拼尽全力抵抗的事物，最终变为你的一部分再也无法剥离。

亲爱的羽捷：

我们俩属于那种"神交"已久的网友，却一直没有机会当面交谈。原因除了机缘不凑巧之外，大概是由于我对见面这件事略有惶恐。那种感觉相当微妙，就像互相欣赏的诗人宁愿将情感倾注在诗行里，却对于面对面的交谈心有戚戚，唯恐稍有不慎打破了先前的意境。

毕竟在生活里，我是多么粗糙的一个人啊。从不化妆，不喜欢费力气挑选新衣服，讨厌逛街（到了一定年纪之后，尤其害怕商场里簇拥的那些朝气蓬勃的年轻人），恐惧暴露在任何人的审视之中。这种心态发展到后来，就演变成了：拒绝一切矫饰的事物，只想和自己喜欢的人交谈；神经质一般疯狂地阅读，渴望就此沉潜入内里（虽然认识我的人都知道，我是个宜人性特别强的人）。

更多时候，外在的粗糙并不使我困扰。真正困扰我的是粗糙之下的敏感，对于环境的敏感。昨天夜里，我做了这样一个梦：

我梦见自己去做检测，检测的机器发出"立刻隔离"的声音。隔离的地方全是上下铺的硬板床，只有一个单间，里面住着一个作家，房费一天800元，他付得起。其他的床铺一天180元，大部分人就睡在走廊里。进入隔离区的第一项任务是拔牙，医生说治疗后期会使用激素类药物，牙龈容易发炎，所以牙齿必须拔掉。我被几个穿白大褂的医生按在椅子上，牙被生生拔掉了。

我偷溜到院子里找水喝，遇见一群放了学的孩子。饮水机发出阵阵鸣笛，示意我是感染者。孩子们大叫着四散而去，而我落荒而逃，逃回隔离点。路上远远看见我的同事和领导，我朝他们大喊：快告诉我家里，还有本周安排的工作做不完了。他们朝这边看了一眼，没有回应，渐渐走远了。

我回到隔离点，订了些水果吃。送水果的外卖小哥低声说，按规定必须提供证明，证明这个水果不会流出去，不然他没有权限将水果送到我手里。我到处找人开证明。可每个护士和管理人员都在忙，忙着打针，安排床铺。后来因为发热，我再一次从房间被拖走。拖去哪里呢？只听见打头的说："去消杀。"

我从梦中惊醒，许久回不过神。

细想这个让人焦虑的梦，若是放在半年前，里面的词句和情节大多不可理解（从这个层面，我们的现实也在创造着语言）。可在眼下却如此真实。梦暴露了我的弱点，我的恐惧，那大概就是一股无可阻挡的洪流，将渺小的个体裹挟着向前，不辨方向，不明就里。而个人却因某种不可抗因素彻底丧失了选择权，甚至连说话的声音也被永久地湮没。

从二十岁到二十九岁，我始终都在对抗着同一种忧虑，而这份忧虑在大多数人看来无非杞人忧天。我忧虑的是：很多很多年以后，回忆起自己的二十几岁和三十几岁，发现那时我们聚在一起，聊的都是薪资、房价、交通、让人倦怠的工作、没有意义的重复；还有户口、房租、人际琐事、结婚、养孩子、无价值的争吵、无能为力的现状。我们一天也没有聊过诗意的东西，聊聊比现实更深一层的困惑，也没能掌握一丁点除了自嘲以外的幽默。我们就这样在最该享有自由的年纪，将自己从头到脚所有的一切拱手让给了现实。

为了纾解这种忧虑和恐惧，我写作，写下的东西既不成熟也不值得宣扬，因而只能勉强自称为"写作者"。我常常觉得，对于一个写作者而言，这个年代可留存的实在太有限了。日日生活在无历史的城市之中，不谈政治是一种奢侈（It is extremely luxurious for a third-world country to be apolitical），谈政治却又会跌入另一种身份的危险。推崇纪实的平台拒绝个人感受，只想要赤裸裸的"真人真事"，哪怕是单纯为了创造戏剧性而编造生活的谎言。小说期刊又拒绝写实，讲述太过平凡的人生等同于无创意和人云亦云。读者们的神经被种种刺激物即刻填充——歌曲高音、搞笑综艺、造星节目、鲜艳却无深意的电影画面——书籍对个人和社会都不再是必需品，人们宁愿花上千元买衣服、化妆品、游戏，却对几十块钱的书哭穷喊贵。出版业渐渐走向夕阳末路，编辑们转向视频、直播、营销活动。作者和翻译拿着低廉的稿费混沌度日。书店在死亡。文化挣扎求生。

虽为写作者，却时时刻刻不知道怎么办才好。拒绝给读者提供鸡汤式的慰藉，被要求不能写太过严肃的现实，裹在学术的语言中太过虚伪，创造流行又毫无天赋。我常常惊异于网上的朋友们以极快的速度出版，仿佛每个人都找到了合适的位置。而我却常常感到漂泊、疏离、无力。也许对于文学我奢求得太多，又付出得太少。一面无法在灰唔唔的现实面前背过身去，只将文学诉诸文学；一面又羞于构建同盟，研习技法，开拓文体。也许我是个太不坚定的人，所以才一直围绕着一个我假称为"文学"的柱体徒劳地跑圈，写着不像样的玩意，还跑到美国读了一大堆文学理论，回到这里又无处落笔。

每个时代的写作者都有属于自己的命运。抱怨毫无益处，只能徒增失望。如果受困的窘境是必然的命运，那么从夹缝里生出些花草，哪怕不够繁茂，都是一件了不起的事。做不到不代表不想往。我是这样期求着生活下去的。

那天夜里下了班，车子在雨中疾驰于北京的公路上。桥两边是看不清的密林，无人的楼宇，看不见灯火，唯有滂沱的雨。在这样一座城市当中，人是如此微茫，渴望创造的冲动常常被人群吞没，一个人的步履不时被这座城市的节奏打乱。我常会有这样的感觉：不知道在我之外，在我目光所及的范畴之外，那些同龄人、形形色色的人都是如何生活的。那是我无法想象的图景，也是笔力不可及的地界。

再过一段时间，我就要三十岁了。不知道为什么，女性的三十岁总被赋予过分沉重的含义。也许也是受了这种影响，我在二十九岁时不停创造着，希望能在额外的压力到来之前做自己想做的事。但人生还很长，不是吗？为什么急着把自己交付出去呢？

无常。如果用两个字形容我此刻所想，就是这两个字吧。我曾经执念的风景，因为疫情的缘故，好像再也无法抵达。那些曾经出现在你生命里的人，原以为如此重要，也在时间洗刷过后，如一颗颗沙砾漂向看不见的海面。二十岁立下的誓言，三十岁再看更像是一句天真的玩笑话。拼尽全力抵抗的事物，最终变为你的一部分再也无法剥离。

人的韧性大约永远无法一夜之间被整治。

所以还是要继续创造下去啊，哪怕你创造的东西在一夜之间倾倒，只剩一片废墟。但创造的过程，让你更加珍惜自己了。

祝我们都能不停创造着。

小畅（赫恩曼尼）

2020 年 7 月 5 日星期日

亲爱的小畅：

你好哇！这半年来，我几乎不怎么出门，见的人也很少，却意外发现跟朋友们的交往更深了。十年前常常聚会的朋友们，各自有了新的人生轨迹，见面不如怀念。开始通信以后，彻底突破了地理限制，踢走时差，想写就写，无论近在咫尺，还是远在天涯。

每每读到朋友的文字，我就像喝了一杯热乎乎的抹茶，从喉咙一直暖到心窝，不少心中的困惑迎刃而解，更事半功倍的是，不少如打了扣的绳结的郁结问题，竟然在自己写信的过程中，兀自松开了。我拊掌大笑，恨不得拍自己大腿，有谁还要找我排忧，星座、塔罗牌、摇卦、占卜都已经不时兴了，唯有相互写信。

本以为这一年自己要扑街了，没有收入还是次要的，不能去美术馆，不能出远门，我进行了十年的逛美术馆游记和连续做了三年的英伦纪录片统统搁浅，我变得无所事事。还好换来可以沉浸阅读的意志，让人精神变得很饱满，面露红光，这气色有点配不上我忧国忧民的辛勤。在这许多世事如被按下了暂停键的岁月里，时光流淌，这些通信应该是留给我最宝贵的财富。

由此也可以看出，无论什么样的境遇下，人都能找到抵挡艰难的方式，可能是兴高采烈的，也可能是丧丧的。

我常常回望，自己二十岁的时候到底在惆怅些什么，睁大双眼对着天花板，总觉得天要塌下来了。惆怅的课题真有点想不起来了，想起来的也让我颇感失望，因为没有一件是值得说出口的大事，就像你天天龇牙咧嘴地喊痛，不过是拔了一颗智齿；就像你气消了，却记不起来到底为何跟老伴儿拌嘴。

青春过剩，人在多愁善感和踌躇满志间翻腾，常常跟自己莫名其妙地置气。

身边不少人早早就确立了自己要走的路，相比之下，我特别笨拙辛苦，不停变化频道，尝试了许多，失败了很多次，最后决定管理好自己欲望，做一个自由的创作者。我的青春就是个骗子，除了谈恋爱还算有收获以外，很多东西后来都被自己一手推翻了。

不过呢，人过了三十岁，好像一下松弛了很多，也不着急了。过去我总不满意时间像水一样从身上流过去，什么也留不下，我想要个说法，求个明白，渴望意义，寻找意义。现在我笑着叹息，没有找到答案的问题就让它保留成问题吧，没等来的本就不该出现在你的生命里，失去的也不属于你，你甚至连还没愈合的伤口也不想治愈了，让时间来结痂。就像茨威格在《心灵的焦灼》里说的，"如果过于匆忙地想要修理手表的一个齿轮，往往会把整个表都毁掉"。

Let it go！你不会再想横腰斩断一条河流，泥沙俱下，你愿意放手让河水奔走。

我想到古英语有个词叫"Uhtceare"，翻译成中文是"凌晨焦虑"，是因为英国人老早就发现一个不可言状的现象，就是很多人都会在黎明前被担忧和悲伤的情绪笼罩，脑子里像在跑火车一样，一节节车厢里装的都是不雅事，阴魂不散，这种焦虑解决不了，你只能干瞪眼，奇妙的是，迎来破晓之光时，人竟会自动治愈。人生没有一个阶段会让你完全好过，各有各的烦恼，我想青春的忧伤不容易解构，可能就是我们生命中的凌晨焦虑吧，三十岁就是那道帮人解脱的光。顺着年龄渐长获得的福利这条思路延展，等到我们老到骨质疏松，各个关节晃动，荷尔蒙不旺盛，就什么也不愁了，每天裂开掉光牙齿的嘴笑，活着就好，尽情撒欢儿。

我上面写这么多可不是说，我们可以游手好闲，可以不劳而获地等待。人最不需要努力就能获得的就是年龄，我们需要在与自己和解之前，不断去体验生命的各种可能性，尽量避免套路化的东西，选一条风景有趣的路，跌倒也是迷人的。

我欣赏的艺术家杰克逊·波洛克，成名前是古根汉姆美术馆的油漆工（从他的作品里能发现他早年的职场经历），他拼命生活，拼命爱，拼命喝酒，偶尔画画，四十四岁死于车祸，大祸临头时他醉得不省人事。我竟然有一点羡慕他醉生梦死的人生，顺手把梦想实现了，而不是像我这样每天为创作的事诚惶诚恐，无论做什么都无法说服自己。

一类创作者，埋头干活，无问东西，不纠结意义，不刻意追求深刻，让作品自己说话。一类创作者如我们，想得太多，总有卸不完的心理包袱。第一类越来越少了，因为在这个时代要想避免信息和干扰太难。特别是像你所说，你是一个宜人性很强的人，这样的人会对周围发生的事情更加敏感，对人有同理心，很难不对周边做出反应。就算不是创作者，你不关心外界，你避免政治，它们也会化身成各种样子，把手伸向你。每当我义无反顾介入现实时，看到身边竟有几个不畏风险的兄弟，内心就坚定了许多。不知道我还能坚持多久，至少可以肯定的是，我们都不是愿意装睡的人。

没有所谓正当的生活，也没有最好的时代，我们没有必要为此焦灼，但如果无法避免焦灼，那就享受焦灼，一半寻觅，一半抵御。

愿我们都在创作的过程中慢慢参透。自媚的话说了很多，其实我还没有完全原谅自己，但我也接受，也认了，这是现在这个年龄给我的进步——不接受自己的时候，也能理直气壮。我会好好祝福你的三十岁，欢迎成为乘风破浪的姐姐。

祝羽捷

陈晓卿 石康 葛亮 韩松落 赋格

开始照料花园后，

你对过去过分看重的事情没有那么在意了，

但你不会再对弱小的生命和细微的变化熟视无睹，

世界上任何的微小美好都承担着琐碎、坚信甚至沉重，不容小觑。

任何微小的美好
都不容小覷

陈晓卿：
踏踏实实地做一个吃货也蛮好

越是长大离家后，
越能感受好好吃每一餐饭的重要。

晓卿老师：

你好哇！很久没有跟你一起大快朵颐地吃肉了，虽然见不到你，你的名字总会在我举起筷子的时候出现。比如在兰州的烤羊肉店刚刚拎起一只流油的羊腿，众声喧哗中，老板以迅雷不及掩耳之势站在我身后得意地说，嘿嘿，我们的店可是被《舌尖上的中国》拍过，陈晓卿亲自吃过我们家的羊腿。第一次听到店主这么说的时候，全桌的人都忍不住伸出大拇指，为厨师鼓掌。去的地方多了，越来越多店言之凿凿，都说自己被你拍过，有的还要吵起来，说别人是狸猫，自己才是真太子。

我忍不住想，原来一个人的味蕾有这么大威力，不但可以验明一名厨子真身，还能决定一条产业链的兴败。我记得詹妮弗·洛佩兹为自己的身体买了保险，特别为她的"臀部"购买了高达 3.5 亿美元的保险，当仁不让是当今最贵的臀部，晓卿老师也可以考虑为自己的舌头买份保险，无可厚非。

我们总要想到食物，讨论食物，不过因为只要活着就会感受到饥饿，莎翁说了"食欲是一匹无所不在的狼"。饿的时候不能谈恋爱，不能工作，不能思考，只有填饱肚子吸收营养，只有保证心、脑、胃都在正确的位置上，我们才能进行人类其他活动，伍尔夫也说："一个人如果没有吃好，那他就思不好、爱不好、睡不好。"法国美食家布里亚·萨瓦兰在他的著作《厨房里的哲学家》里说"牲畜吃饲料，人吃饭。可是只有聪明人才懂进餐的艺术"。食物跟其他艺术形式不一样的地方在于：我们即便没有美食家的舌头，也能从自己吃的经历中咂摸出一些食物本身和之外的味道。对食物的觉察往往是伴随对亲情的觉察开始的。

小时候住在学校家属大院，吃了不少食堂里的饭菜，俗称"大锅饭"，吃大锅饭没什么可以要求的，用铝制的饭盒打回来，没有任何修饰，就像去超市里买衣服连服务都没有，最多冬天我妈会再加热一下。

要说我的美食意识觉醒应该是来自我姥姥。去姥姥家，第一件事就是询问有什么好吃的东西，她也理所当然地担起了让子孙们吃饱的职责。姥姥是一个干净利落的人，齐耳短发，戴着边框眼镜，她做的饭跟她的气质一样朴素大方。厨房是小孩的禁地，也许是怕小孩被油锅烫伤或者损坏器具，我就在客厅等着，想象着女人们如何在厨房忙碌。姥姥少顷端出一盘膨胀的虾片，咬上去香脆，这是用来解馋的。春夏季节，竹竿一头绑上铁钩，打落树上的香椿芽或者槐花，洗净炒鸡蛋，火候细而均匀，炒出来绝对嫩香，也可以把香椿芽撒在豆腐上，代替调味料，让豆腐的味道变得深邃。她还会在馒头上抹上芝麻酱和绵软的白砂糖，我一口咬下去，柔滑的酱在口中化开，甜到心里，幸福满满。芝麻酱黏在嘴角和手指上，我一点点舔干净。姥姥去世很早，早到没有机会看到我背上书包，后来我再也没吃到过芝麻酱蘸白糖的馒头了，可我对它的记忆是如此清晰。我在英国吃了不少司康饼，刚出炉的司康饼看上去十分厚实紧密，实际是松软的，从中间切开，涂上 cream 和草莓或者橘子果酱，没有这些蘸酱食物就会特别普通，我想小时候吃的那个蘸酱馒头不就是姥姥的"司康饼"嘛，不禁感慨，这是全球姥姥们的智慧！

冬天最开心的是在姥姥家吃热气腾腾的煮花生和烤红薯。红薯放在老式的蜂窝煤炉子上，被烘烤得慢慢萎缩，皮肉分离，一撕焦皮就是揭开厚厚的一层，这一层黏着"糖油"，最甜最糯。煮花生并不是简单地丢在锅里煮一下，而是洗净后先用手捏破一个小孔，好让桂皮、八角、盐的滋味浸泡进来。有一次，我闻着厨房里关不住的香气，手里抱着姥姥灌了热水的暖水袋焐手，不知怎地捡起她柜子上放的木锥子，对着暖水袋狠狠地扎了三下。煮花生端上来了，我妈发现暖水袋在漏水，狠狠地批评我的恶作剧，愤怒地罚我禁食。姥姥还是让我吃到了煮花生，美味与羞愧掺杂交织在一起，吃得面红耳赤，去拿花生的手指被烫得生疼。

姥姥让我刻骨铭心的食物都跟膏脂无关，我们这一代人的小时候虽然说不上物资匮乏，却也经历过惜物的时光，祖辈的生活资料跟今天比起来花样少很多，但我发现阮囊羞涩或者材料匮乏丝毫不能限制人的想象力，在节约中发挥创意，手头清简，内心热烈，在精打细算中发挥每一块食物的魔力，用一种爱的本能在做饭——永远不要让你的人生变得平庸无味。

我和爸爸单独相处的机会不多。夏天最开心的事之一就是跟着我爸晚上乘凉散步，知了声此起彼伏，他手里拿一把手电筒，我们走进学校的操场，有点像福尔摩斯和华生的组合。他的手电筒往土地上一照，只要看见一些黑黢黢的小洞，泥土还没干透，我们就会心一笑，知道不远处藏着知了猴，我就蹲在地上先检查洞里，地上一圈看完，再到旁边树干上找，已经开始蜕皮长翅膀的不要，只要那些圆鼓鼓包着全壳的，从后面夹住它的身体，有些装死，有些爪子还在乱动。我们总是满载而归，带着捕猎者的快乐，把一袋子战利品交给妈妈，不知道那个时候我的胆子为何这么大，跟着妈妈把爪子还在空中打转的知了猴清洗干净，看着它们下油锅，炸好的黄铜色的知了猴被撒上盐，一口一只，不去多想也不觉得害怕，只觉得无比香脆。现在回忆起来，我的冒险精神都是在这道菜里培养起来的。

我妈年轻时候还算挺时髦的人，能用一个月工资买一辆亮闪闪的变速自行车，但热情总是来得快也去得快。家里买了第一台烤箱的时候，房间里常常充斥着奶香的味道，她一度痴迷于烘焙，可惜做出来的蛋糕硬邦邦，实在没有商店里的好吃，烤箱被放进了杂物间，落了一层灰，但也让我明白了厨艺需要习得，没有人能随随便便成为大厨。

何种时代吃何种饭。人对食物的偏好和习惯都是从童年建立起来的，尽管现在饭菜丰盛，各国菜系都可以随意变换，我却找不到家里的味道了。我有馋的时候，馋起来人会回到童年，胃帮我们找到回家的路。食物教会我的远远超过食物本身，人的味蕾最先感受到生活的滋味，酸甜苦辣的背后是亲情、传承、文化、故事，饱含幸福、酸楚、耐心、分享、隐喻。

老实说，我肯定不是真正的吃货，也不热衷烹饪，能吃到好吃的东西会欢呼雀跃，但也不会因为平淡的食物而牢骚满腹。我喜欢读美食专栏，看不同作者与食物的经历，心胸深处的那盏明灯常常是被别人的分享点燃，重新认识人与食物之间的关系，时而被勾起了馋念。美食纪录片就更不用说了，更加直观，看完饿得睡不着觉，它还是很好的拌饭调料，当自己一个人吃着平淡无奇的饭菜的时候，把手机横过来支住，边看美食纪录片边吃，食欲增倍。更重要的是美食纪录片里讲的是地理志和民族志，我在里面恶补了地理、农业知识，了解了不同地区人们的生活方式。

有个朋友推荐我看吃播，我连续几晚看别人吃饭，初看时很兴奋，就像刚刚学会玩电子游戏的小孩，觉得特别有意思，很快就开始感到乏味、刻板、套路，主播们急于表现食物的好吃，时而面露难色，真真假假。还是以前看美食专栏有意思，虽说看的是如何吃，其实看的是饮食男女，饮食职场，饮食家庭，餐席之上的精雕细琢，餐席之下的智识哲思。吃什么、怎么吃和吃的人都是顶顶有趣而复杂的话题，不是靠表现好吃所能涵盖的，对某种食物的激情总会消逝，让人回味无穷的还是那些不能轻易道出的温和用膳。

今天的生活变化太快了，所有的欲望都可以轻易被满足，如果吃饭带来的快乐是对我们活着的奖励，究竟怎么吃饭才能不辜负这片好意呢？

小祝

小兔你好：

来信收到。

最初，你微信里说了"通信"的创意，我的第一反应是，你们工作量不饱和还是业绩考核指标定低了，居然愿意花这么多功夫扯闲篇儿？后来想到你是文化人，嗯，那时间是奢侈的。既然答应了你，我想一定会给您回信，尽管我已经不记得多久没有碰过信纸。

就像信笺一样，有些东西真的从我们的生活里悄没声儿地隐退了。比如纸币，就是从前的钱，我们已经很少有机会接触它们，许多事情都可以在智能手机里搞定，方便又快捷——快捷得仿佛我们节约了大量金钱的同时，又节约了很多时间一样。然而，我们依然超级忙碌，忙到喘不过气来。信笺、纸币、时间……都因为节约而变得稀有珍贵，这真是一个让人哭笑不得的隐喻，有意思。

那天晚上，你应该在消夜，就是你信上说的，在兰州吃烤羊腿。你发来的图片，相当诱人。当时我在工作室加班，只匆匆回复了一个嘴馋的表情。忙完的时候，才详细看你的微信，也就是信中所言，店家称那里是我们的拍摄点，甚至我曾经"亲自"品尝。事实上，我很少吃烧烤，摄制组确实在兰州有过多次拍摄，但我们从来没有拍过兰州的烧烤，跟你说明一下。

有人估算，各地大概有上万家"舌尖推荐"的餐厅，还不包括"差点推荐"和"后悔未推荐"的。有一次，就是在兰州，朋友带着去南关十字，整条夜市不大，数了一下，有26家挂着"舌尖美食"招牌的摊位，看得人脸红心跳，我心理素质差，只好拉着朋友去了别处。

餐厅，或者排档，出于商业考虑，夸大一下宣传，倒也无可厚非。但我们怎么可能拍过这么多店家？再说了，《舌尖》应该不完全是一部推荐饭馆的节目吧？餐厅不过是我们展示食物的场景。只是中国太大，各地人们喜欢的美食很多，难免偶尔会有些啼笑皆非的故事。但每一个人都有自己对食物的评判，什么是最好的食物？这是个问题，而你给我的答案是：童年时代。

你在信里说，最最难忘的味道，是童年时代姥姥家中的家常食物，煮花生、烤白薯、馒头片蘸芝麻酱……准确点说，就是老家的味道。看到你不吝笔墨的描写，说实话我是有些感动的。

一粥一饭，当思来之不易。童年的食物里，藏着我们的味觉密码。我自己小时候，每年冬、夏两季，父亲都会拿着包裹单去县城的邮电局，在高高的绿色柜台后面，有外婆定期寄来的包裹。夏天会是一种节梗很粗的茶叶，叫瓜片，味道奇苦，但非常耐泡。冬天寄的更多，咸肉、咸鱼、腊鸭、腊鹅，还有被我母亲称作传奇的糯米粑粑。糯米粑粑虽然童年时期并不是我的最爱，但却在离家后给了我很多慰藉，这我在文章里写过。

一个人，只有离开自己熟悉的生活环境，离开自己的家庭，到了完全陌生的地方，才会理解所谓的故乡不仅仅意味着熟悉的人群，也不仅仅意味着熟悉的景物。熟悉的味觉习惯，显然也是故乡重要的组成部分。越是长大离家后，越能感受好好吃每一餐饭的重要性。

如果我没有记错的话，你是山东人，山东哪里我不知道，但应该离我的老家不远，饮食习惯也相差无几。说到山东，想起小时候看《水浒传》，水浒的故事就发生在山东。那时候书很少，都是大家传着看，你看半天我看半天，最后还要在一起讨论。

水泊梁山左近，有个祝家庄，对，就是你的姓氏，祝是山东大姓啊。那次看完"三打祝家庄"这段，照例大家坐在一起吹牛。小伙伴们个个都是军事家和评书演员，什么拼命三郎、鼓上蚤、一丈青……都像熟人一样，再说宋江如何用计用兵，惊心动魄。轮到我说了，我说，石迁上厕所偷了一只大公鸡，那个鸡太香了，还没好好吃就被店小二闻见了。

如你所知，我被大家一通嘲笑。但天地良心，舞枪弄棒打仗什么的我就是记不住，印象深刻的只有那只鸡。以至于二十多年后，去临沂出差，吃了王小二炒鸡，还能想起水泊梁山。我说这个的意思是，从小，我就是个贪吃的人。对我这个年纪的人来说，尽管没有挨过饿，但基本没吃过什么像样的东西。

所以只要有人称我为"美食家"，就像你信中一样，我都会羞愧难当。我不认为可以担当这个称呼，每次遇到这种尴尬，我都会说自己其实是个嘴馋的人，相当于英语里的 foodie。美食家得吃过多少东西啊，我在二十岁之前的生活经历，让我很有自知之明。

由于生活习俗和文化的差异，东西方对美食家的界定有很大不同。在西方，美食家是一门职业，他们有敏锐的嗅觉与味蕾，能细致区分不同的味觉感受，也能凭借经验和审美，判断各种食材搭配、加工烹饪以及艺术呈现的效果。而中国的美食家，就像今天大家公认的蔡澜、沈宏非等，则继承了古代文人的传统，很注重把对食物的感知与时空的变换，以及个人的阅历，用训练有素的文字，风生水起地呈现出来。我无论是见识还是表达，都无法望其项背。

不过有次和学者陈立聊美食，倒是给了我一些安慰。他说人类享用美食的终极境界，很大程度上是为了达到颅内高潮。有权有钱的人可以通过精细的制作的食物，和繁复的进餐仪式去获得；但普通人也可以依赖简单平凡的风味暗示，通过咀嚼，甚至吞咽，达到同样的享受。从这一点上说，食物无所谓高下，人也是平等的。陈立老师的专业是心理学，他用现代科学的逻辑，讲述了中国古代的价值观：广厦万间，夜眠只需六尺；黄金万两，一日不过三餐。如此说来，尽管赶不上美食大咖，踏踏实实地做一个吃货，也蛮好。

我最初认识你的时候，更多是在一起吃饭，应该有些年头了。那时北京的饭局很兴盛，一堆你们这样的文艺青年扎堆儿，我负责点菜和旁听，那是很温暖的一段时光。因为张罗你们吃饭，我自己也开始写美食专栏。因为写美食多了，后来又拍了美食纪录片。所谓的美食纪录片，很重要的一点，就是借鉴了前辈美食家对食物精准、生动的描述，用视觉化手段表现出来罢了，这需要专业程度比较高的一个团队，我个人只是其中一分子。

不过呢，做美食纪录片时间久了，渐渐地，也对美食有了更多的认知，食物在我的认知里，也不再是食物本身。就像两口子相处久了，就会越来越了解对方的习惯、脾性，还有更多的过往。

最初拍舌尖，我们是被浩繁的中国美食震撼，希望寻找其中的奥秘。后来我们的节目里除了美食，更多关注的是传统和人。到了前两年开始《风味人间》的制作，我们把坐标置放到整个星球的范围，在食物里探索人类的共同智慧。你看，我们也在努力改变。

现在我眼中的美食，不仅仅是认识世界最有趣的通道，也是人与人交流最便捷的途径。传说中的上帝，让人类说不同的语言，相互不能交流，巴别塔就这样成了烂尾楼。但我们的食物，有这么多的相通之处。如果上帝真的存在，他应该粗心了。

前一阵子，受邀去 TED 做了一个演讲，我梳理了这些年做美食的一些感受，有空你可以看看。要是没时间看，我可以划一下重点，演讲的核心意思，我想说，现在社会发展太快，很多传统食物在一点点消失。作为纪录片人，拍美食，用影像记录食物里我们祖先一路走来的印记，这是我们的本分，也是我们的幸运。

你看，相比美食家或美食工作者，我更愿意大家把我当成一个纪录片导演。说起来我挺幸运，20 世纪 80 年代初思想解放时读了大学，毕业后分配到媒体，又搭车中国电视的黄金时代。专业做纪录片，也赶上政策扶持。做美食的时间，又遇到国人消费升级……我相信常识，但有时候又不得不感叹命运。

纪录片是一个相对边缘的行业，在今天的经济环境里，拿到拍摄的投资，或寄望有很好的回报，都不容易。给你写这封回信，刚好是我生日，给自己写了一首"老干体"打油诗，其中一段是这样的：沃野千里风味，灯火万家人间，一言难尽纪录片，倏忽五十五年。

如果身体条件允许，我想大概还能再工作十年。以后有机会，还会继续拍摄更多其他题材的节目。为了能够对得起投资方和播出平台，现在这些项目，都处在孵化阶段。我们的小团队取名叫"稻来纪录片实验室"，很大程度上也是希望能够在纪录片领域做出更多尝试。无论是社会类、历史类，还是自然类，我们都有兴趣。

希望几年后，我还能回归我纪录片导演的角色定位。那时，如果你再给我写信，希望内容能集中在纪录片的范畴。

啰里啰嗦写了这么多，就此打住。祝你一切好。

黑蜀黍

2020 年 11 月 30 日

通信人　**石康** 编剧、作家

石康：
属于任何生命的时间都太少了

我从未想过我会花去那么多时间看那些花花草草，并用它们的
生长来衡量消逝而去的时间，以便悄无声息将那些时间忘记。

祝小兔你好：

你想听我谈谈有关花园的事情？好吧。

事实上，它正在进行中。

到美国后学到的第一件重要的事情，就是 single-handed，它很难翻成中文，因为极少有中国人体验这件事，它的字面意思是单枪匹马，实际意思是指，一个人去完成需很多人配合才能做成的事情，比如为自己翻新一条帆船，或者，打理一个花园。

你可以一个人为自己设计并建造一个美丽的花园，这件事没啥稀奇，太多的书与视频讲述了一个人是如何为自己设计并建造花园的，我在学英语的时候读了那些书，重点是，需要花去很多时间学习如何去做，同时，再花去很多时间去做。

2014 年我在西雅图郊区为自己搞了一个工作室，用于写作。

因无人打理，房子四周密密地长满了各种荒草，已有近五年无人收拾，主要是带刺和不带刺的爬藤类植物交缠在一起。

某日傍晚，我拎着那一把我唯一的椅子来到后院，然后就坐在那把椅子上想我需不需要一个花园。

一年以后，我已经看了一些有关如何建花园的书和视频，我试着开始建一个花园兼菜园。我是从清理 English Ivy 开始的，那是一种爬藤类的植物，长得哪哪都是，覆盖一切它可以覆盖的地方，它长得很快，一片又一片，一层又一层，我曾试着清理它，整整八小时，只是清理出 2 米 ×2 米那么一小块空间，而它覆盖着我的房子两边大约两亩地的面积，更别说还有那些长满尖尖的硬刺植物，对付它们，需要先剪断茎秆，用防刺手套拿着扔到垃圾筒里，最后再把它们的根挖出来。

除此以外，我的后院草坪里还长满了蒲公英，它们扁扁地平摊在地上，既难看，又难看，怎么看也仍是难看，而它的根可以垂直扎入地中深达半尺以上，徒手拔不了几棵，你的手指就会酸痛难忍。春夏季节，我房前屋后的那些蒲公英会开出黄色的小花，就是你必须动手除掉它的最后信号，不然几天时间它就能迅速结籽，变成一个小棉花团儿的样子，小风一吹，那些籽并不会随风飘荡到很远的地方，而是就地落下，然后悄悄摸摸就在原地长出一大片几十棵一模一样的蒲公英，要除掉它们，你就要花去十倍的力气。

还好有美国人专门发明一种工具拔它，我买的一个很好使，于是每天花去十分钟拔那些蒲公英，终于拔得差不多的时候，草坪也变得坑坑洼洼了。

随后的三年里，我平均每天花去两小时时间去除 English Ivy 和蒲公英，然后我的房子周围才有了一片相对干净的土地。

再接下来一年，我每天平整土地，地里充满了碎石和树根，每天一两小时，即使熟练以后，也只能平整两三平方米，一年把地弄平已经是很快的速度了。

实际上，所有这一切都可以雇人或租来各种专业工具以便干得快一点，不过我既然被 single-handed 所打动，加之已经到了该每天出点汗来维持健康的年龄，所以全部采用最原始的方法自己干。

在国内的时候，我因从未听说过 single-handed 这件事，所以每一件事都是花钱雇专业人员来干，但有一天我在一本书上发现一段话，讲到一百多年前的英国人感到空虚，他们发现因为幸运而拥有了很多钱以后，什么事情都可以雇人来替自己干，导致自己无事可做，最终他们发现他们甚至可以雇人来替自己活一遍，而这使他们的空虚感加剧，于是 single-handed 这件事诞生了：生而为人，原则上，你什么都可以自己做，并且你最好自己做，因为那就是你的人生。

自从我认为自己需要一个花园时，我便开始看有关花园设计的书和视频，差不多就是晚饭后或临睡前看一会儿，平时外出也总会看看那些公共花园是如何设计的，我发现难点是在花园里种些什么——总体来讲，你对一年四季每一次走出自己的房间想看到什么景色这件事既没标准也无线索，原因是以前从未为欣赏植物做过任何准备。

那么就找一找自己喜欢并且看不厌的植物吧。

一种植物一年四季什么样子，与别的植种一般性搭配，如何种，如何管理，阅读这种信息需要花去巨量时间，若每天看半小时到一小时，一年也只能看几百种植物，而通常来讲，一个花园一般有三十四种植物可种，你只是需要耐心，从讲花园植物的书中一种一种找到自己喜欢的植物去试种即可。

还有土和肥料，在试种之前一年，我便开始制作有机堆肥和一些 raised bed 之类的前期准备工作，学习种子发芽、除虫、嫁接等等基本的种植技术。

长话短说，第一种植物是最好选的，就是葱，除了施肥和浇水以外，不用更多管理，只是吃前一分钟时候用剪刀剪下即可，而且差不多每天都需要，但第二种种什么就成问题了，我试种了不少，比如番茄和黄瓜，它们只有在夏季有三个月的生长结果期，需要架子架起来，吃起来不错，但看起来太乱；同时试了姜和蒜，结果差强人意，长得太慢，还要总惦记着浇水，冬天还会冻坏在地里，但我还是找到了第二种：羽衣甘蓝。它的叶子可以切碎混在鸡蛋里做出百吃不厌的蛋饼，还能刷一点油盐加一点胡椒，放到空气炸锅里用三百华氏度，花五六分钟做成零食，跟葱一样，它四季常青，随用随取，它还能在春天开出一串串黄花，当作背景花还是可以的，至少比油菜花好看一点。

第三种是一种草本植物，叫 White Gaura Whirling Butterflies（学名 Gaura lindheimeri），我曾在一个秋天的公共花园里发现一条小路两旁全部栽种着这种一米多高的植物，居然一点也不觉得枯燥，反而是生动异常，每一朵花都像是正在凌空飞舞一样，可惜它的种子需要过冬后才能发芽，也就是说，要么秋天种下，让它过冬后春天发芽，要么你要把种子放入冰箱，骗它过冬，然后拿出来种入发芽器中发芽，我准备这两种方法都试一下，于是花三块钱买了1 000颗种子自己尝试发芽。

第四种和第五种是一起发现的，Blue Grama Grass（Bouteloua gracilis），一米多高，看起来脆弱而优美，长长的窄而薄的叶片，配上它一小截横出的小穗，飘动感十足，蓬蓬地像是要随时飞起来一样，还有Aster，我喜欢New England Aster（Symphyotrichum novae-angliae），它像是一种紫色的更飘逸的雏菊（Shasta Daisy），同时有着一种颤动感，这一花一草搭在一起有种奇怪的美感，并不是相依相偎，而是并列地创造出一种有趣的空间，特别是在秋天。

第六种是薰衣草，品种很多，有些如书上所说，它可以驱蚊虫，让我夏天的傍晚可以不把防蚊油涂得到处浑身上下到处都是，但它需要慢慢试种。

接下来是第七种、第八种，我已经试种了三十多种，但仍未能确定我的花园是什么样子，搞花园就是这样，一切都很慢，需一年一年来。

长话短说，至今为止，我大约花去三年，看了一千多种植物，试了几十种，还会继续看和试种，我最终决定由多年生草本植物组成我的花园，我愿意看到它们在冬天凋零，在春天新生。我已有了五十多棵树，所以不再需要树了，我虽然看了几十种果树，最终决定不再种，因为把整树掉到地上的水果扔进垃圾箱时的感受非常不好。

总体上来讲，我认为自己造一个自己喜欢的花园最终还是值得的，因为有很多事情移到花园里做会让你觉得更舒服，在花园里做烧烤，吃东西，阅读，写作，走一走，蹲下拔几棵草，画画，露营，看星空，夏天傍晚做一做木工活，给家具上上漆，或者仅仅发发呆，在搞花园之前，我从未想过我会花去那么多时间看那些花花草草，并用它们的生长来衡量消逝而去的时间，以便悄无声息将那些时间忘记，在我看来，属于任何生命的时间都太少了，即使是看过就忘也不错。

有关花园，各式各样的花朵，我还有自动浇水系统和暖房之类的东西可说，还有各种蝴蝶、昆虫和鸟，当然也少不了偷吃幼苗和花的松鼠和兔子，不过，还是以后有时间再说吧。

祝好

石康

2020 年 6 月 19 日

石康老师：

你好哇！多年未见，读到你的文字甚是亲切，同时又陌生、新鲜，因为搁在过去，你不可能跟人讲种花种草的事情，现在你不但讲得绘声绘色，而且句句都是值钱的经验——这个世界上让你付出心血的东西最昂贵（石康老师曾出版过一本书叫《那些不值钱的经验》）。

过去我总是在老师的书里眺望大学生活、青春、恋爱、工作，在花园的事情上，我终于和老师同步了一次，庆幸自己的开悟。这几年我才发现小时候生活中的诸多事物特别珍贵，成年之后都被心急火燎地抛弃了。追求效率的时代，闲适的生活并不被推崇，种花就在其中。小时候外公的四合院和我家的阳台，都是让我兴奋不已的兔子洞，一些带着刺的热带植物虽然丑陋，但也能开出无比艳丽的花。我有时蓄意地让它们扎破手指，用夸张的表情表达痛感，换取大人们的嘘寒问暖和一枚创可贴，没有电子游戏的童年，我举着一颗缠绕着弹力胶布的手指奔跑，也开心得像发射了火箭。

住在英国的日子，你无法回避家家户户热衷花卉这件事，几乎每户人家的窗台都开着缤纷的鲜花，闹市区的家庭空间有限也会摆几个花盆，稍微往外走走，他们一定会在门前种花，后院种树。你作为居民，会觉得拿什么包、戴什么表没有那么重要，你家门口要是光秃秃的，那真是太丢人了，都不好意思跟邻居打招呼。英国人的生活注重社区文化，每个社区都会有一个类似园艺中心的商店，这里会出售一切跟园艺有关的工具。就像我们在《唐顿庄园》里看到的，庄园每年会举办种植玫瑰的大赛，从仆人到女主，尊卑老幼都以获此殊荣为理想。现今的英国各地还是保留着大大小小的园艺比赛，有点像我小时候在国内常常见到的举办的乒乓球、下棋比赛，花艺比赛是英国人从社区、学校、镇、郡到国家、世界级，全民参与的活动，报纸、杂志、广播和电视有专门的栏目介绍园艺知识，认全奢侈品品牌的名字不值得骄傲，要是能像"报菜名"那样对花草如数家珍，那该多让人敬仰，女王也要对你脱帽。

和英国的朋友一起旅行，我才发现出个门原来这么难啊。我是心一横，电源一拔，门一锁，跨出门槛，心无牵挂；他们想的是不在家的这段时间，找哪个信得过的朋友来给家里的植物浇水，路上时不时发消息回去，问候郁金香还好吗，山茶花还开着吗。回来之后要去院子里除草，绝不能让自己家的花园荒芜。不过也是，没有牵挂的地方能称得上家吗，家就该让你念念不忘。

去年我妈在英国住了一个夏天，到处闲逛，无论是去了女王的城堡还是到朋友家做客，她对什么大本钟、下午茶通通没有兴趣，倒是成了痴迷于花园的看客，常常边看边感慨：原来英国贵族跟我们喜好差不多啊，都喜欢在林子里搭建红色小桥、中式宝塔，人间鹊桥处处需要；皇家植物园跟山东寿光一样，都采取温室大棚养殖，扦插、根插、播种，非常科学；虽然英国本土原产的花卉不多，但他们特别善于学习，把各国收集而来的奇珍异草照顾得好，还利用生态系统的概念让它们和谐共处，避免化学废料。我妈回国后，总结了自己观察的经历，励志复刻一个英式花园，现正在我家院子里实践呢，我心里偷着乐——省去请园丁的费用了。

三年前，我开始打造自己的花园，第一件事就是换草，旧草坪一簇簇长得跟巨无霸似的，杂乱无章，更称不上"坪"，我把杂草连根带土地拔出来，换了耐践踏、耐修剪、耐高温的矮生草种，经过浇水灌溉，定期修剪，草坪变得规整了。我喜欢刚刚修剪完的草坪的味道，香甜清爽，草坪维护得好会像天鹅绒一样柔软。紧接着就是种树、种花，困难接踵而至，有的树来的时候很健康，过了一段时间叶子蔫了，枝干也脱水了，我发现是土壤和光线的问题，有一些挪动地方又神奇地抬起了头，有一些根茎被石头阻隔无法与泥土交融。除石头是个大工程，经常在挖土种植的时候发现巨型的石块，我就把这些石块挑出来，装在篮子里换地方，买了有机营养土灌进去，泥土的学问太大了。泥炭土保湿透气，菌菇渣平衡酸碱。当个看客，肉眼可见还是贫乏，亲自上手才知道过去的自己都没有好好关心一下脚下的土地。那些活下来且绽放的生命，提醒你自然界存在着不可思议的伟力。不少种子我撒到土壤里，转身就忘了，毕竟种子萌发、花苞绽放都需要时间。春天的时候，园子里长出了紫色的鸢尾花，跟梵高笔下的一样灿烂，我都快要忘记种过鸢尾了，也从没费心照料。

我最喜欢干的事情就是浇水，水管长且扭曲，我把它握在手里仿佛制伏了一条蟒蛇，如今的喷口不像小时候用的那么简陋，而是一个花洒，可以把水均匀地分配出去，水珠晶莹，如颗颗碎钻。你握着花洒，对着草木狂喷乱射，幻想自己是一位播撒爱和光明的使者，一花一草雨露均沾。浇花看着简单，也有不少门道，切记不要对着一个区域猛喷，否则会变成一洼泳池，也不要总忽略某个区域，否则干旱成戈壁沙漠。花园里的事再小也是大事，都关系经验和爱心。春节的时候，我爸整日无事可干，我妈看着他碍眼，下达指令说："你啥也不会，啥也不能帮忙，浇浇花总行吧。"有一天上午，我爸从园子进屋，邀功地说："今天我可浇花了。"我妈火冒三丈："昨天刚下了大雨，还用你浇花呢。"听听花园里的拌嘴声还挺开心的。

从来没有一劳永逸的播种，没有万事大吉的园艺。你必须坚持松土、施肥、浇水、修剪、拔草、消灭病虫……前段时间我们把自己的花园重新做了规划，划分出了菜园区，又更换了不少树木的位置，调整花色的搭配，让高低不同的植物组合，像在创造艺术品。每段时间盛开的花卉不同，它们跟交响乐团似的，轮番上阵。整个夏天，盛开的是美人蕉、茉莉花、绣球和一些不请自来的白晶菊。出门做客，我就在花园里剪下几株拿干草绳一捆作为礼物。最近我家园子收获了自己种的韭菜、黄瓜、樱桃、蓝莓，算是小丰收了，为了保住蓝莓，每天都要跟歌声绕梁的鸟干架。自己种的，无论是观赏还是放进嘴里，果然跟外面的就是不一样，看着欣慰，吃着心疼，毕竟瓜果每长长一寸，都承载着自己的悉心培育。

花园到底对我的生活产生了哪些影响？沉浸其中，让人失去社会属性，回到了生命的天真状态。春去秋来，晴雨寒暑，对于城市人来说无非是加衣或褪衫，对于做园艺的人来说意义就不一样了，好风如扇，好雨如帘，看到天降甘露，人满心欢喜，仿佛也跟着一起被上天润泽了；可遇到狂风作孽，你躲在屋子里，心里都在担忧，祈祷那些娇弱的草本植物一定要挺过去；艳阳直射，你不管自己会不会晒黑，先想到去给刚刚发芽的茎杆打伞。

过去我很喜欢收到花，觉得只有冥顽不灵的人才会对这么美妙的生命无动于衷，我用各种形状的容器呈现花的美，但参与到植物的生命中去是完全不一样的体验，你不会觉得花是跟自己分离无关的个体，无论是播弄如丝光滑的花瓣，还是触摸粗糙的根茎关节，你会联想到它们接受阳光普照或经历风霜雨雪的成长。开始照料花园后，你对过去过分看重的事情没有那么在意了，但你不会再对弱小的生命和细微的变化熟视无睹，世界上任何的微小美好都承担着琐碎、坚信甚至沉重，不容小觑。

祝我们的花园茂盛，植物茁壮美丽，园丁的生活最充实！

祝羽捷

通信人　**葛亮** 作家

葛亮：
以手艺度己度人而不自知

一技傍身，总带着劳动的喜悦与经验的沉淀，
还有对于未知的举一反三。其他的交给时间，顺其自然。

葛亮：

阿亮，你好哇！铺好纸准备给你写信，不料陷入了沉思，越思越远，直到灵魂出窍，等我回过神来的时候发现腿已经不能动了，一股酸麻从脚心向小腿扩散，如千只蚂蚁在血管里爬行——腿麻了。我想，保持一个姿势容易血液不流通，那匠人们呢，他们总是重复同一件事，保持同一种姿态，会不会发麻，会不会厌倦？

谢谢你与我分享最近在写的故事，把我又拉回到一个古典诗意的匠人世界。一把剪刀、一件衣服、一块豆腐，我们总在不经意间就拿起了匠人的作品，理所应当地使用，常常忽略了产品背后的人和故事。在遗忘之前书写匠人，就是提供了一种看到世界的角度，手艺关乎的是专注，如何把专业做好。

前几天，我将一件新收的作品送去裱画，昨天武师傅父子二人一起出现在我家门口，把作品送来顺便帮我挂墙上。他们在上海艺术界无人不知，许多艺术家都把自己的作品交给他们装裱，日子久了有了默契，稍微一点，他们就知道要做成什么样。为美术馆裱的画里，经他们之手的千万元作品不胜枚举。大家管父亲叫大武，管儿子叫小武，久而久之，名字倒不知道了。

大武和小武都是国字脸，眉毛浓密，眉尾处如灌木丛。大武的双眼皮很宽，笑起来眼角下垂，慈眉善目，鱼尾纹深刻，等距的三根坠在眼角，平添了稳重。小武和父亲一样话不多，但是个子高出半头，是细长版的大武。我在武师傅这里裱画也有十年的时间了，只说事不问人。我问小武，武师傅是哪里人？他答，安徽人。我问大武，武师傅裱画裱了多久？他说，二十多年了。父亲是儿子的第一位老师，小武显然是他的接班人，手艺的传继在过去是很常见的，一个家族里代代做相同的工作，聪明伶俐的晚辈还能将父辈的技艺拓展。不过更多的后代都更愿意在写字楼里谋一个白领工作，归于主流的生活方式。

我家几乎每张画都是在武师傅工作室裱的，大武指着吊在客厅角落的一幅，眼睛却看向别的地方，余光瞟着我说，那幅可不是我做的吧。我愣了一下，仔细回忆还真不是，那是当时为了图便利，让朋友代劳的。那幅画按照我的要求四周留白，中间做了悬浮处理，如今它像被放飞的风筝，鼓鼓囊囊，左右膨胀。

更要命的是玻璃镜面反光，很多角度无法看清里面的作品。大武说，我下次来给你处理一下。

我常常有拿不定主意的时候，比如框子选什么颜色，多少厚度，什么材料，多少留白，怎么处理……犹豫的时候就问武师傅，八九不离十，做出来指定好看。他们摸过的东西多，经验丰富，能跟顶级的艺术家和美术馆合作也算是稀缺资源，好比操作过大手术的医生和只割过阑尾的医生，显然见过大世面的那个更让人信服。

人生的反讽之一，是你明明揣着无价之宝却漫不经心，时过境迁才体会其中富含深意的内涵，在拥有和领悟之间总横亘着时间差。我发现自己的生活是离不开匠人的，因为骨子里喜欢生活有秩序，喜欢可靠。小时候在外公家，各路匠人如八仙过海各显神通，又如候鸟一般，总在固定的时间，以固定的方式出现，他们往往先扯着嗓子吆喝一声，再敲打几下器皿，占据街道的某个角落自成风景，你就知道是该把刀送出打磨抛光，还是该跑出来蹦爆米花了。熟悉的声音和背景，遇事能想到解决问题的人，需要什么有匠人给你托着，这些都让你内心稳如磐石。

在《万物皆有欢喜处》里，我已经赞尽手艺人，是长大后对自己匠人情感缺失的一次狠狠的报复。不过这都是我的一厢情愿，活到现在，自作多情的事情我干得太多了，没人逼着你干，也没强迫你喜欢，自作多情也是一种自我疗愈——我自己也很怕被 AI 的时代淘汰。这几年匠人精神被重提，从汽车到枇杷润喉糖，买双工厂流水线炮制的袜子都要贴上匠人产品的标签，矫枉过正，我们又见证了"匠人"这个词的滥用，我竟然为此感到害臊。像民间杂技演员一样在旅游景点表演生产过程，扭捏作态地展示，高声大气地推销，没显得手艺矜贵，反而让手艺也跟着变得聒噪和粗鲁起来。或者工业的末端贩卖情怀，用"匠人"掩盖消费主义的本质，落得一个营销的名声。比起被人们忽略，优雅事物面临的更大的危机是在短时间内被滥用，滥用导致速朽。

匠人最骇人之处还是手艺本身。我也看到很多人对"匠气"的不屑。所谓匠气，指的是做出来的东西像行货活儿，用了职业性的套路，目的性太强，虽不会出错，完成度也高，中规中矩就会缺乏灵魂。

艺术里的匠气是最大忌讳。但在文艺复兴之前，意大利没有艺术家这个概念，有的只有工匠，工匠是个收入微薄的职业，工匠是艺术家的底牌，跟着师傅不断打磨手艺，工匠是他们从事艺术的开始，直到技术炉火纯青，有了创造和表达的能力。可如今的艺术都靠观念，不靠你的绘画技巧或雕塑功底，你的想法是不是令人耳目一新，你的作品是不是能引发思考，能不能让观众产生强烈的感受，一旦流露出匠气就完蛋了。

为了避免匠气，不乏有艺术家刻意保持未受教化的天真状态，让自己的天分自然地流露出来。

这些年我不断观察，原来有些匠人也有可恶的一面，那可能是不闻不问的传承，可能是千篇一律的板滞，缺乏创造力，还可能是世俗欲望的掩体。

不过说到底，不管是世袭还是后天习得，薄技在身，胜握千金。

愿我们都能多一些匠心，少一些匠气！

祝羽捷

羽捷：

谢谢你的来信。

一晃许久过去了，上次见面，还是前年你来香港看巴塞尔展，记得我们约在九龙湾一间怀旧风的茶餐厅。

当时，大约你也注意到了店铺里的许多旧物。台式的 SINGER 缝纫机、火水炉、来自南丰纱厂的纺锤和锈迹斑斑但依然可以转动的电风扇。与其说，里面满布 20 世纪六七十年代的遗迹，不如说是香港在彼时走向经济腾飞、出自日常的劳作的辙印。

在那儿你在和我分享对新书的构思。而我还并未开始《瓦猫》这本小说想写的主题。但在当时，"劳作"这个意象的确吸引了我，大约因为经历了时间，它们如此确凿地留下了成果。这比所有的言语、文字与图像，更为雄辩。

在当下，我们对"匠人"这个词感兴趣，除了你说的"专注"，大约还来自手工的细节和由此而派生出的仪式感。显然，在后工业化和全球化的语境之下，复刻已被视为生活常态。手工本身所引以为傲的稍有缺陷感的轮廓，都可以经过更为精准的流水线生产来实现。我在一个展示会上，曾看到用 3D 打印，数个小时之内还原了已被氧化至面目全非的青铜器。刹那间，我甚至对本雅明念兹在兹的"本真性"产生怀疑。对于器物，"唯一"的意义是什么；手工，是否需要以排他来实现价值、维护尊严。

与之相关的，"匠人"精神可能只是一个我们一厢情愿的愿景。有关它的式微、低效率甚至墨守成规都在大众传媒的同理心之下，被镀上了光环。前些年，我未参与任何有关于此的讨论。而因此，我则至为感佩个人经历的意义。因为我祖父受损的手稿，而极其偶然地接触了古籍修复师这个行业。此后亲自体会了一本书可以被完整修复的全过程。我不得不说，过程的力量是强大的，因为它关乎于推进与克服。其中每一个细节，都不可预见，而解决唯一的手段，便是经验。这些师傅的工作，和你信中提到的裱画师，可谓同源。在老行话里，都被称为"马裱背"。但是显而易见，因为市场与供需的关系，他们会比书画装裱的行当，更不为人所知。如果以此去揣测他们的寂寞与顽固，是不智的。事实上，他们的自在，亦不必与外人道也。我所接触到的他们，会有一种和体态无关的年轻。在神态上，那便发自于内心。其中原因之一，就是他们仍然保持着丰沛的好奇心。在一些和现代科学分庭抗礼的立场上，他们需要通过老法子解决新问题，从而探索大巧若拙的手段和方式。这其实带着某种对传统任性的呵护与捍卫。如我写《书匠》中的老董，不借助仪器，以不断试错的方式，将雍正年间的官刻本复制出来。是的，究其底里，或许天真，但却十分动人。

在"非遗"被说了许多年后，我们有了一系列官方认证的"大师"，作为薪火相传的凭证。但是，我更感兴趣去写的，倒是民间那些仍然以一己之力仍然野生的匠人。他们在处理个体与时代的关系上，从不长袖善舞，甚而有些笨拙。任何一种手艺，长期的打磨，都将指向微观。因此，他们多半是囿于言词的，因为向内心的退守，使得他们交际能力在退化之中。他们或许期望以时间包覆自己，成为膜、成为茧，可以免疫于时代的跌宕。但是，树欲静而风不止，时代泥沙俱下，也并不会赦免任何人。有些忽然自我觉悟，要当弄潮儿的，从潮头跌下来。更多的，还是在沉默地观望。但是，一旦谈及了技艺，他们立刻恢复了活气，像打通了任督二脉。其实他们和时代间，还是舟水，载浮载沉。只因他们的小世界，完整而强大，可一叶障目，也可一叶知秋。我最近在写的"瓦猫"匠人，大概就是以手艺度己度人而不自知的典型。人都活在历史中，手艺也一样。这历史可堂皇，也可以如时间的暗渠，将一切真相，抽丝剥茧，暗度陈仓。

你信中提到"匠心"与"匠气"的辩证。"匠"大约本身就是个见仁见智的词汇。我在澳门时，走访一位佛像木雕的匠人。大曾生特别强调他的工作中，有关佛像与工艺品的区别。同样一块木头，工艺品可顺应木头的品种、材质及制作的季节，信马由缰，出奇制胜。但佛像制作，则要依据规制，在原材料的使用上极尽绸缪，从而达到理想的效果。他举了一个例子。庙宇中，善男信女，举目膜拜。之所以四方八面，看菩萨低眉，皆觉神容慈悲，佛头俯仰的角度，至关重要，其实是关乎于一系列的技术参数，也是行业内承传至今的规矩。"规矩"的意义，便是要"戴着脚镣跳舞"。如今规矩之外的脚镣，更多些。制作工艺，凡涉及有关环保、防火，皆不可触线。

关于"艺术"和"匠"，齐白石说过"学我者生，似我者死"，显然是对"匠气"的抗拒。可我们也很清楚他的匠人出身，以及广为流传的他以半部《芥子园画谱》成才的故事。他的传记叫《大匠之门》。早前中央台做了一套涵盖他在内的纪录片，叫《百年巨匠》。因此说到有关"匠"的定义，其实我内心一直存疑，是否可完全对应于英文的 craft-man 或者日本的"职人"。因为"匠"本身，亦包含在行业的磨砺中，技艺的升华之意。譬如西方的宫廷画家，如安格尔或委拉斯贵兹。后者的名作《玛格丽特公主》，被蓝色时期的毕加索所戏仿、分解与变形，毕加索却也因此奠定与成就了他终生的风格。这可以视为某种革命，但这革命却是站在了"巨匠"的肩膀之上，才得以事半功倍。这实在也是微妙的事实。如今，站在艺术史的晚近一端回望，也只是因属不同的画派，各表一枝罢了。

即使是民间的匠种，取径精英艺术，也如同钟灵造化，比比皆是。如岭南的广彩，天然地拥有与市场休戚相关的基因。这市场远至海外，有"克拉克瓷"与"纹章瓷"的渊源，多半由此说它匠气逼人。但又因缘际会，因高剑父等岭南画派大家的点拨，甚而也包括历史的希求，逐渐建立起了"以画入瓷"的文人传统。形成了雅俗共冶的融通与交会，以至为"匠"提供可不断推陈出新的基底。

所以说回来，这段时间走访匠人，最初是为了他们的故事。但久了，有一些心得与愧意。面对并不很深沉的所谓同情，他们似乎比我们想象得都要欣然。对手艺，态度也更为豁朗。老的，做下去，并不以传承为唯一的任务，大约更看重心灵的自洽。年轻的，将手艺本身，视作生活。这生活是丰盈的，多与理想相关，关乎选择与未来。

一技傍身，总带着劳动的喜悦与经验的沉淀，还有对于未知的举一反三。其他的交给时间，顺其自然。

愿我们都可自在。

夏日安和。

葛亮

2020 年 7 月 2 日

通信人　**韩松落** 作家

韩松落:
走吧走吧，去敦煌

敦煌成了我们想要躲开的地方，也成了我们想要投奔的地方，成了我们的敌人，也成了我们的故乡，成了我们的话语，我们的默契，我们精神 DNA 的某一部分。

韩老师：

你好哇！刚刚与你在兰州道别，就着手开始写信。我从莫高窟出来后，兴奋了好多天，见到你还停不下来，抑制不住地说，我简直羡慕敦煌的一切！天空、沙漠、白杨树、李广杏，羡慕为莫高窟奉献一生的艺术家、工作人员，无名工匠也比我幸福，他们找到了一生可以托付的事业，将命运与这片土地紧紧捆在一起。他们肯定不抑郁，不漂泊，所谓欲得净土，当净其心，他们内心澄净，肯定没有我的心烦意乱。

这不是我对工匠们的浪漫幻想，而是我坚信比起恶劣的生存条件，生命的虚无感更能击垮一个人。如果可以，我也愿意找到一份挚爱，与它打上命运的死结，不离不弃，无怒无嗔。

在戈壁的每一天，我都在接受阳光的洗礼，干燥的风像熨斗一样抚平内心的褶皱，原来阳光可以让一个人的身体很充盈，像吸满热量的热气球。我坐在车上，不舍错过地看着窗外，黄沙把茫茫大地冲刷得洁净，远处浮动如金色的麦浪，直指蓝天的白杨树一闪而过，留下英姿飒爽的影子，更多时候看到的是金色的山丘此起彼伏，延绵不绝，直到鸣沙山东麓的断崖映入眼帘，气势更加恢宏，遗世独立，站在这样硬朗的景观面前，人难免有种地老天荒的感觉。

其实这景观早已被我烂熟于心。那是我在画册、纪录片上看过千百次的莫高窟，一座安放在1 680米的断崖上的美术馆，洞窟密密麻麻像蜂巢一样，我知道那里有735个洞窟，有2 400余尊彩塑，有约4 500平方米的壁画，世界上再也没有一个地方有如此密集和丰富的艺术了。我痴痴地仰望着，觉得它像一尊玉皇大帝，稳稳据守着陇原大地。

每次开窟，我都屏住了呼吸，管理人员噼里啪啦地拿出钥匙，打开窄窄的一扇铝合金小门，我们蹑手蹑脚地走进去，黑灯瞎火，什么也看不清，唯有等待讲解员开口。她穿着一身钻蓝粗麻连衣裙，戴着白色的手套，手中的手电筒灵活地转动，指向哪里，我们就赶紧扬起脖子望向哪里，手电的追光像变戏法一样，在暗淡黢黑的洞窟中，瞬间点燃了五彩斑斓的壁画，让佛像更加肃穆，让菩萨的眼睛更加动人，飞天的神仙腾空而起，吹拉弹奏的乐师们摇头晃脑，舞者的丝带飘如游云。这场景亦真亦幻，它们仿佛活过来了，仿佛发出声响，琵琶声、鼓声、马蹄声、旌旗舞动声，我睁大了眼睛和嘴巴，吃惊得说不出话。

有的窟壮观，有的窟精巧，每走进一个窟都像打开了一个八宝箱，方寸之间，存放着无限的世界。156窟有张议潮统军出行图，他率领着浩浩荡荡的马队，意气风发；220窟的舞者脚尖点在圆毯上，疾速旋转，跳着从西域传来的胡旋舞；112窟的舞伎扭身出胯，一脚独立，一脚高挑，反手将琵琶置于脑后，这就是最著名的"反弹琵琶"；我像地鼠一样钻了好几个洞，进入158窟看到巨大的释迦牟尼卧像，尺寸不可避免给出"势"，但光有"势"肯定不够。佛祖表情欣慰，我以为释迦牟尼在假寐，因为他的嘴角带笑，眼睛似乎没有完全合上，原来这是他涅槃的时刻，静下心来感受，又觉得他身上的袈裟都跟着身体呼吸浮动；45窟里我最爱的是菩萨彩塑，看下来也是最美最优雅的彩塑，菩萨是挺着小肚子的美人，表情介于满足和妩媚之间，似笑非笑，饱满的红唇，温润的下巴，袈裟层层叠叠，仿佛在被风吹拂，尽管姿态婀娜，一点不觉得拘束，特别潇洒自如。

在每个有佛像的窟，我都蹲在地上看，在高处的诸佛肃穆，眼神恰好聚拢到自己身上，我有种被普度的感觉。

因为在每个窟可以逗留的时间有限，我总是希望讲解员多讲一个情节，多照亮一些细节，眼睛无比贪婪，如饥似渴地看，不愿意错过这难得的视觉盛宴。除了脑子努力记着信息，我还说尽了好话，哄着讲解员带我多看一个窟。像我这样贪婪的看客数不胜数，还好讲解员心慈手软，就又多打开一个窟，揭开一个神秘的世界，我们像得了大便宜一样满足。

我从一大早开始看，信息量巨大，听不完的佛经故事，看不完的人物，中午不得不回酒店睡一觉，养足精神后下午接着看窟，直到关闭。不得不说，看窟是个体力活，得多吃两个烤包子，要啃戈壁滩的羊腿，饱腹而游，抖擞精神。

在莫高窟，人很容易进入忘我的境界，滚滚红尘都被挡在了外面，就剩下你和存放了千年的艺术，你不得不把痴情献给它们，才有可能看懂一些记住一些。这就是法国哲学家西蒙娜·薇依说的，看见美的事物，就放弃了臆想出的自我中心……对世界的感知于是发生根本性的转变，变得能够跳过自我直接获取直观和精神上的印象。体验美是"自我消解"的过程，是忘我的过程。

这些年我有很多知识的获得都来自艺术，从一幅画中了解历史、文化，背后是人的生活。敦煌的历史藏着战争、对西域的探索、丝绸之路，莫高窟从佛教史出发，要把佛教文献资料跟考古结合起来，要了解印度塑像传统和佛教到中国本土化的过程。对于敦煌，我来得晚，也不后悔，倘若我年纪轻浅地来，也许不像今日这样被折服。

我开始理解什么是"文化自觉"，不是天天盯着自己，而是经过自我的远离，去看多元的文化，再回来看自己。如果直接看莫高窟，也许我不会像今天这样痴迷。看完了欧洲的文艺复兴，看过大理石雕塑和湿壁画，也去过了同受印度佛教影响但各表一枝的吴哥窟，再回来看莫高窟，更能懂它的难能可贵。

同样是歌颂宗教，为什么我们是这样的表现形式？为什么我们会有经变画，会有儒家思想融入其中，要画世俗的人物和生活？为什么我们比文艺复兴更早地开始写实，却不追求真实？为什么西方强调透视和结构，我们如此强调线条？为什么我们用线条就能描绘出无比生动的图景？

就像吉卜林曾说的："一个只了解英国的人，对英国又了解多少呢？"用于对艺术的理解，也是一样，如果只看自己的艺术和文化又能真正看懂多少呢？

我也理解了为什么常书鸿在塞纳河边的小书摊发现了伯希和带回的三百多张石窟壁画和雕塑图片后，放弃了自己在巴黎的艺术家生涯，一心回到敦煌寻找石窟，治理沙石，他在国破山河在的乱世里，潜心临摹石窟，坚守了一辈子。

另外我最近还有愤慨，知道张大千在莫高窟的所作所为就完全不能喜欢他了，原谅我的爱恨总是太过浓稠。我从历史照片上看到他直接在壁画上临摹，不像常书鸿当年为了避免损害壁画，用写生的方法；对待多层壁画，他把旧画层剥除，外层壁画损坏再也不能重现了；他的临摹加入了再创造，应该说是当成自己的作品在画，所以我们看到的也不能代表真正的原貌；自己还在壁画上题字，写一些感受，或者签名。

敦煌的壁画构图如天罗地网，密密麻麻的细节，每个局部取出来都是一副完整的绘画，没有留白，让你眼花缭乱，不知道是不是我们独特的哲学还是工匠们珍惜寸土寸金的空间。中国人总喜欢追求圆满，不但今生要圆满，还要想到来世。看窟里的彩塑，佛有前世、今生和未来，而我们人呢，有没有前生和来世？

和千年的艺术相比，我们每个人的生命都很短暂。莫高窟成为多少人命运的分野，一念起，人可以接近自己的天堂。我们的敦煌壁画多少都是出自无名英雄，他们为艺术奉献，是无名的工匠。张大千离"我"太近了。常书鸿是忘我。历代画师们信仰佛，呕心沥血地描绘佛，把所有力气投到自我之外去。也许他们也想到自己生命的短暂，才在这有限的时间里绘制无限，有形的空间里添加无尽的画面。

信仰赋予历朝以神秘的力量，在昏暗的洞窟中，他们用画笔布下，他们信仰神佛，又创造了神佛。在肆虐的风沙与劫掠中湮没于人世。"我"在信仰面前微不足道，因为忘我才能有超越性，才能有神性。

我一直以为自己爱温润的江南，今日才知道比起"螺蛳壳里做道场"的局促精致，我内心藏着的是大漠黄沙，戈壁大漠让人忘记世界的形状，摆脱情绪上的羁绊。戈壁和莫高窟都让我懂得什么是大美无极。

不可遏制地思念敦煌的一切。

祝羽捷

小兔你好：

很遗憾没有和你一起去敦煌，通过你的眼睛，应该看到很多不一样的地方吧，希望将来会有机会。

对我来说，敦煌是一波涟漪。

在水面投下一颗石子，就形成涟漪，涟漪的中心，波澜重些，越远就越淡，直至波平如镜。许多事物也是这样，如涟漪一般扩散，如涟漪一般消退。是所谓"涟漪效应"。我们就生活在许多涟漪里，距离涟漪的中心，或近或远。

但不论怎样的涟漪，是正在扩散的，还是已经平静下来的，都不会真正消失。它从来都只是静静潜藏在我们的血液里，渐渐衰减，二分之一，又二分之一，却从没消失。它总会在那些重要的时刻显影。

敦煌，就是这样一波涟漪。只是，在历史的湖面上投下石子，形成"敦煌"这个涟漪的时间，太难确认了，我们可以把前秦建元二年（366年）高僧乐僔开凿第一个石窟，看作是投向湖面的第一颗石子，也可以把西汉元鼎六年（公元前111年）敦煌建郡看作是第一颗石子。甚至可以再远再远，把最早来到敦煌绿洲，开始定居的那些人，看作是投下石子的人。

我常常想象，他们在某个日子来到这里，在河边驻足，骆驼和马开始低头吃草，他顺手在树上摘下野果咀嚼，黄昏将至，霞光映照在山岩上，他们向远处望了一会，静静做出决定，就是这里了。自己可以在这里生活下去，路过的人也可以在这里补充水和食物。他们成了最早投下石子的人。

我们已经不知道那些投下石子的人是谁了，也不知道他们投下石子的确切时间。但却知道后果：我们至今仍然生活在敦煌这个王国里，被它的涟漪微微漾到。它扩散的时间，远比我们想象得要长，它的力度，也远比我们想象的要强。

李安和许知远对话的时候，曾经说起理念的重要性，李安认为，许多国家的形成"来自血缘、历史、地缘这些东西"，也有国家，是"一个 idea（理念）组成起来"，"这个是在历史上很少见的。它是一个 idea，各式各样的人，在那个地方组成了这么一个国度"。

敦煌也是这样一个地方。让它成为一个涟漪，穿越两千多年时光，一直荡漾到现在的，不只是地理上的重要性，在世界交通史上，有的是比它更奇崛、更重要的地方，而是因为，它最终成了一个 IP，一个 idea，一个精神共同体，一个念想，一个……信仰。

最早被"敦煌"这个涟漪漾到，是在 20 世纪 80 年代。那时，我和家人生活在新疆南部，我们像所有新疆人一样，把来自全世界的生活要素融汇在一起。我母亲来自甘肃，父亲来自湖南，左边的邻居是河南人，右边的邻居来自上海，他家的女主人有个绰号叫"小上海"。妈妈的同事，通常都有国外亲戚，有的在印度，有的在苏联，他们寄来的信，贴着国外邮票，唯一能认出来的，是标识面值的数字。

我们看《北京青年报》和《青年一代》，搜集印度和苏联邮票，听土耳其音乐，读阿拉伯神话，也读阿凡提故事。电视里播着《血疑》《排球女将》《大西洋底来的人》《加里森敢死队》，也播出维吾尔和哈萨克的歌舞晚会。我们吃羊肉和面食，却也从邻居那里学做江南小吃。日常话语里，有维语、哈萨克语的词汇和句式，也有上海话和河南话。

五色斑斓，却又无比和谐，该留存的依然留存，该保持的继续保持。我母亲就持续地保存着对家乡的关注，从于田到策勒到和田，她总能找到甘肃老乡，并且和他们建立联系。《丝路花雨》刚刚上演，并且引起轰动，她就敏锐地捕捉到了消息，她收集了画报上《丝路花雨》的剧照，沿着人物轮廓把反弹琵琶的英娘剪下来，贴在五斗柜的玻璃上。那时流行的贴法，是在这些人物的正面点上胶水，贴在五斗柜玻璃的里面，人物的脸朝外，防止它们被不小心撕掉或者刮坏。

反弹琵琶的英娘，一直贴在我家的五斗柜上，一直到1984年我们离开新疆。我至今也记得她的姿态，和她被点上胶水的位置。还有五斗柜里，那种由茶叶、冰糖和香烟混合而成的味道。一推开贴着英娘的玻璃，那种味道就扑面而来。

回到甘肃老家，敦煌的信息扑面而来。那时，正逢日本掀起第一波敦煌热，NHK来敦煌拍了许多纪录片，喜多郎发布一系列和敦煌、丝绸之路有关的音乐，用井上靖小说《敦煌》改编的同名电影上映。甘肃电视台反复播放这些片子，甘肃台自制的专题片和广告里，也常常用到喜多郎的音乐。

正午的太阳，太阳的光芒，光芒在镜头上折射出的彩虹色块，灰蓝的天空，天空下的沙丘，沙丘下孤独的绿树，沙丘上驼队的剪影，配着喜多郎的《丝绸之路》。特别贴合。那画面和音乐，让我懂得这种氛围音乐的妙处，知道了音乐也可以描绘形象和情绪，旋律和音色，也可以描绘长空下沙丘的寂寥，正午的燥热，和沙砾的晶莹。

虽然我只有十岁，却也能感觉到所有这些事物汇聚出的"共同的振奋"，似乎，全世界的人，都因为敦煌擦身而过，在打照面的同时，也点了点头。那种振奋之感，隔了这么久，也还是难忘。

所以，多年后当真去了敦煌，我并没有一丝一毫的陌生感。我已经从各个渠道拼凑出了它的形象，并且反复温习。

我们被"敦煌"的涟漪漾到，也在这个涟漪里，持续不断地投下石子，让它的微波继续荡漾下去。它成了我们想要躲开的地方，也成了我们想要投奔的地方，成了我们的敌人，也成了我们的故乡，成了我们的话语，我们的默契，我们精神 DNA 的某一部分。有时隐蔽，有时张扬。但那涟漪始终存在。

就像海子在他的诗《房屋》里写的那样：

你在早上
碰落的第一滴露水
肯定和你的爱人有关

你在中午饮马

在一枝青桠下稍立片刻

也和她有关

你在暮色中

坐在屋子里不动

也是与她有关

你不要不承认

他还写：

而爱情房屋温情地坐着

遮蔽母亲也遮蔽孩子

遮蔽你也遮蔽我

敦煌，也在遮蔽你我。

韩松落

2020 年 10 月 23 日

通信人　**赋格**　旅行作家、前媒体人

赋格：
"反旅行"也可以成为一种方法

一贯把旅行作为方法，其实"反旅行"也可以成为一种方法，像音乐中的休止符、水墨画上的留白，一样有它的节奏和图案。

赋格老师：

见信安好。不知道你现在身处何方，对于一个热衷旅行的人来说，2020 这个年份是如此的不确定又残酷，好不容易把 2021 盼来了，新冠疫情变异后又开始新一轮的肆虐，一切诡异得像卡夫卡的《变形记》。前段时间，我收到来自意大利朋友的邮件，她说谁也没想到第二波新冠疫情来势更加凶猛，本以为年底会恢复正常，可他们又封城了，没有健身房、美术馆、餐厅可以去，生活充斥着憋闷感，唯一能做的就是在家努力保持好的精力。好好活着，确保头脑、身体、心灵的健全，成了一件很现实、很急迫的事情。

想起我们曾一起去旅行似乎是很遥远的事情，黄粱一梦的感觉，我无可奈何又只能继续。最近我常常会想那些喜欢在路上的人又该如何安放自己呢？如何解决"想出门的苦"？

可能各个地区都一样，在这样一场无人免疫的疫情里，最先被摧毁的就是旅游业，不少酒店和航空业的人转了行。2020年的进度条一下就拉完了，这是多年来我的飞行记录最少的一年，相信你也是。可跟西方一比较，我们还算幸运，至少还能在国内走动。我从小就对"别处"着迷，羡望大人可以自在出走，把宗法家风抛在脑后，进入一种自由的维度，与惯常熟悉的生活拉开距离，重新认识自己，找寻美丽新世界，在去往别处的路上收获跌宕精彩和无限的可能。听我爸说，我妈怀孕的时候他们还坐着火车旅游呢，那我多少也是受到胎教的影响，作为旅行者的工龄可谓跟岁数一样长。我们人类的所看、所摸、所闻所想都要经过大脑的杏仁核，那我的杏仁核就是那种特别渴望新鲜感的系统，这种渴望变成一种离心力，把我狠狠地向外抛去。

你知道吗，我最近一次外出去的是西塘，就在上海边上，从我家开车过去只用40分钟，却是浑然不同的景象，解甲归田，人就可以进入江南水乡氤氲的气息里。我在有机农场吃了一肚子的无花果，浸泡在田园牧歌中，观摩了养鸡场，试图接近几只外表温顺实则高冷的山羊，在一家民宿喝了水果茶，看了几本书。移步换景，我又坐了一艘被故意划得摇摇摆摆的木船，晚上在水边泡了一个五光十色的酒吧，听了一些年轻人弹吉他、唱无比流俗的情歌……乘兴而来，兴尽而归。这样算不算抓地和深入了西塘呢？但人换了新环境总归会有一些新的精神，这也许就是我们为什么总爱往外跑的原因吧，在日复一日之间努力保持不麻木，竭力让感官和心灵重获敏锐。

"世界是一本书，那些不旅行的人只读过其中一页"，旅行显然是最直接进入世界的方式，我曾有过自驾旅行的经历，名副其实的"在路上"，景色更迭，镜头不断切换，车上所有的装备都很清简，衣服没有太多累赘但足够应对天气变化，一双耐磨的鞋子，羽绒服卷成水壶那么大，即使面对冰霜与阳光交织的天气也不用失措。旅行装的物什都很迷人，小尺寸但是坚实玲珑。带在身边的物品必须减少一切用电的可能，不用充电的牙刷，防晒霜、耳机、眼药水、止泻药装进不超过托运尺寸的箱子。每到一个地方先去酒店报到，丢下行李，然后四处觅食，可以根据店的装潢判断出面包和咖啡是否真的美味，剩下的时间全部用于逛美术馆、教堂、小巷。第二天沿着导航继续出发，每一天都很长，每一天的信息量都很大，有一种对时间满足的错觉，一天像过了几天，最终串联起一幅漫长的路线图。

英文有 grand tour 这个词，被我们翻译成"壮游"，是我最敬佩的出走方式。这不是度假，不是充当打卡的观光客，不是流浪。而是用一种接近壮烈的心情，带着凌霄之志，如华佗采药，如西天取经，如寻觅东方……纵然旅途危机四伏，也要闯入未知之地，完成自己的使命。

那些说要到远方寻找自我的叙事让我觉得肉麻且做作，我成了《美食，祈祷，恋爱》这本书的反对者，对一切心灵之旅持有怀疑的态度，只有到某处才能顿悟，靠旅行救赎自己，这种说辞非常可疑。可能是自己已经过了年龄，幻觉越来越少了，当年背着背包行走西藏和尼泊尔的时候也觉得自己追求一种精神上的孤寂，还自以为很酷呢。但我始终相信，我们总有一些只有在旅行途中才能发现的东西。比如自己被隐藏的个性会在路途中不可遏制地显露出来，一些不曾察觉的身体机能被激发出来，比如自己徒步、登高、涉水的能力；还会发现人的优缺点比日常中更加夸大，善的更善，恶的更恶。旅行消除自大和偏见，你的自以为是在真相面前被击得粉碎，你必须在未知的事物面前尽量谦卑；旅行帮你发现另一种生活方式，拯救呆板乏味的想象力；旅行更是一场心智考验，你必须具有足够的智慧、耐心和敏锐……

水果难免有虫洞，旅行从来都不是通往桃花源，到达目的地也并非君临天下。我还记得同飞机的一对夫妻，鬓角已有白发，满面愁容，竟是去取女儿的骨灰盒，他们的女儿瞒着他们坐小飞机去博卡拉徒步，不幸遇难。我曾经钻进绝美的大峡谷却迎来乌压压百只蝙蝠，以为自己就此化为干尸；刚下火车就被吉普赛人盯住偷个精光，不得不向当地大使馆求助，至少要搞一张临时护照；发现与我同为中国人的女孩，前来借手机往家打电话，她刚刚被小偷光顾，惊魂未定；我还在商店看托帕石，铝合金的大门被老板速速地拉了下来，碰到突发政变或恐袭的国家，不得不及时躲到最近的角落，祈求暴动快点结束。旅途中，必须有自己一套安身立命的技能，让自己虎口逃生。

除了危险和艰辛，旅行还接洽着一切现实，日常生活里的琐细、俗气、庸凡、冷漠，样样都不会少，时而被抛在某个路口上而茫然四顾，时而倍感孤独。我想起一起旅行的时候，计划从瑞士的一个小镇坐火车去米兰，到了车站才发现当天的班次因铁路维修取消了，有人变得六神无主，有人开始抱怨，赋格老师什么也没说，跑去跟车站的工作人员沟通，又帮着大家重装行李，这让我想到什么呢，每临大事有静气，不过这静气肯定是在旅途中身经百战换来的。

丽贝卡·韦斯特曾经分析过旅行者身上有种受虐的快乐，似乎跟爱情的原理差不多，她发现人类只有部分的自我是神志正常的，这一部分的自我热衷享受，而另一部分自我近乎疯狂，宁可自讨苦吃也不愿自得其乐，喜爱痛楚和它带来的绝望。

抽身于游客视角，观察生命的底色，你会发现人性和生活中"放诸四海而皆准"的共同之处，远方的人们和你有着别无二致的困惑，彼岸未必比此岸更美，你所躲避的很有可能改头换面再次袭来。

我总是希望通过别处来了解自己和体味人生更深层次的况味。别处，并非某个地点，而是打破惯常或找到新鲜感的地方，是我们虚幻的寄托，并非真正能够抵达的地方。荷尔德林曾说过："谁曾见过那最深刻的，谁便爱那最现实的。"抵住平凡和重复的磨损，无论是逗留原地，还是在路上，专注于眼前，对抗庞大、芜杂、纷繁的外界，让我们在大同小异的生活里找到激情和智慧。

远方在新闻里变成了病毒的龙潭虎穴，可一个人只靠阅读，靠上网刷手机了解外界，能让自己完整吗，能让自己满足吗？我怀念旅行就像怀念旧时光，怀念一段不可复制也不可重来的旅程，生命的一小部分也跟着溜走了。怀念脚踩在雪地里的悬空感，怀念站在山顶的瞭望，怀念海浪拍打礁石的韵律，怀念木造旅馆里的火炉，怀念铺着碎花床单的民宿，怀念草原上驰骋的羚羊，怀念跟小商小贩讨价还价斗智斗勇……也许我倒也不必大赞旅行的快乐，旅行说到底是一种内在的状态。对旅行者的定义有很多，我喜欢《世界尽头》里所说的："每个旅行者都像是上了年纪的美人；陌生的土地挑逗继而抛弃并愚弄这位异乡人。没有什么比异乡人的星期天更叫人痛苦难捱。"

人只要活着，就忍不住好奇，想要探索，想要变化，如果摆在我们面前的是一座高墙，也许是时候需要我们做出改变了，别丢失宽阔的视域，找到一个新的角度探索世界。

祝旅途愉快。

祝羽捷

2021 年 1 月 28 日

小兔：

见信好。

接到你来信时我恰巧在旅途中，你知道，这年头如果还能出门走走，必是"内卷"的旅行，从前大手大脚挥霍惯了，突遇变故，除了顺势学着省吃俭用过日子，还能怎样。所谓挥霍，当然说的不是物质消费，当我谈论旅行时永远是指"穷游"，买张几十欧的廉航机票，跑去某个中国人能去的国家，一天逛三个展览或连轴看四五场电影节的片子，这种旅行不花什么钱，甚至比待在国内还省，却一点都不觉得"穷"，反而是穷奢极欲、挥霍无度。2020年以前的许多年就这样挥霍掉了，好像过了这村没这店，有一种深度悲观、拼命攫取的态度——对，既是挥霍又是攫取，无休止地吸收，待荒年来临，好歹还有存货聊以慰藉。

2020 年开年那会儿，我刚结束一趟欧洲之旅前半段，预备从威尼斯回国。这些年，每年必定来来回回跑几次欧亚大陆，除了飞行，也有两次陆路穿越，2020 年初这次我想做个实验，回程既不走陆路也不直飞，而是"东行跳飞"，什么意思呢？因为每次从西往东飞行感受到的时差困扰都比从东往西飞剧烈，我想尝试一种新的回国方式，把欧亚之间的飞行拆成几段，每段需要跨越的时区数目限于三个以内，类似进藏时逐级升高海拔以减轻高反，用"跳飞"的手段克服时差。1 月上旬，从威尼斯先飞伊斯坦布尔；待几天，飞阿曼首都马斯喀特；三天后从马斯喀特飞印度古吉拉特邦首府艾哈迈达巴德；在北印度转一小圈后，从新德里飞广州。如此化整为零，意大利同中国之间的七小时时差就不用一次攻克，而是阶段性地调整：1 小时、2 小时、1 小时 30 分、2 小时 30 分，时差感被成功消除。

"东行跳飞"计划开启了我的 2020 旅行年度，看起来它会像往年一样徐徐展开，逐月填进新的行程：2 月份，去墨西哥、古巴；3 月去泰国，机票已买好。4 月以后暂无安排，可以确定的是，夏天循例要去一趟希腊。多年来，希腊已经稳占我"身体家园"（且不说"精神家园"）的位置，假如哪一年夏天没能在爱琴海中吸收一定剂量的光照，便无法想象如何捱得过下一个冬季。也许受了年轻时读的一本小说蛊惑，有句话印象特深："一个人真正的故乡是他首次睁开慧眼的那个地方。"或像奥尔巴赫说的，是那种把全世界都视为异乡的人，但我后来悟到，不如做个快乐的傻子，拿着那个句子四处去找"真正的故乡"。找不找得到暂且不管，乐趣都在过程中。保罗·索鲁也说过类似的话，他给年轻人一句忠告：离开自己的国家去旅行，异国体验能使人不那么狭隘。要不是你说到有一年我们在瑞士从圣莫里茨搭火车去米兰遭遇列车停运的事，我已经忘了这个插曲。其实，与你和其他人会合之前，我一个人在欧洲十几个国家已经晃荡了两个月，不停地乘火车，用自己的话形容就是沿着铁路线进行"布朗运动"。其间遇到好几次比圣莫里茨糟心得多的麻烦，往往也是铁路维修临时取消班次，辗转到了下一站，却发现错过了开往最终目的地的末班车，而当晚旅馆已订好，不可退改。这类让人抓狂的事一再发生，最终怎么解决的我记不清了，反正船到桥头自然直，与过往旅途中遇到的挫败、困厄相比真不算什么。

我常去一些争议、冲突之地，以及有错综复杂历史与现状的边境地区，这不代表我以受苦受虐为乐，正好相反，最终愿意记住的总是美的东西。这点你是了解的，我们都那么爱看美术馆。在瑞士那天算幸运，没了大玻璃窗观景专列，但一打听，还有开往意大利边境蒂拉诺的普通列车，体验粗糙些，一样是米轨列车，走的也还是那条世界遗产铁道。火车盘旋攀上伯尔尼纳隘口，窗外闪过冰川冰湖，然后直下一千多米进入意大利，最终没有耽误我们当天下午在米兰逛美术馆。

说到这里，想起来那天在布雷拉美术馆的一幅《领报图》前还偶遇一场美妙的吉他三重奏，是美术馆办的跨界活动，我总是更乐意记住这类旅途中的意外之喜。

说回2020年1月，我清楚记得，在印度艾哈迈达巴德的一个中午，我去看勒·柯布西耶设计的棉纺织协会大楼和路易斯·康设计的印度管理学院校园建筑，在公交车上收到"不明肺炎"人传人的讯息。此后的事，用句俗话讲，"都已成为历史"。我不想赘述一二月间发生的种种，下决心重启旅行。

二三月间"窜访"西欧、北非，除了路遇某些无知小孩冲我这张亚洲脸恶作剧叫嚷，一路没感受到啥实质性的歧视。西班牙宣布紧急状态后，回国之路被切断，好不容易从摩洛哥突围而出，飞到柬埔寨，似乎是慌不择路。4月份，我流落到一座热带小岛，当了"避秦"的鲁滨逊。那一个月岛居生活很难忘，几十个临时岛民都是国籍不明的旅行者，皮科·艾尔写过我们这种"以旅行为生"的人群，说我们共同构成了游牧的"第四世界"，这个说法让我骄傲，让我产生难得的认同感。

你看，我在2020年的遭遇其实没有代表性。这个大多数人无法旅行的年份，我竟能在国外晃了将近半年。只不过，这半年的旅行似乎于我一点都不重要，反倒是旅行的反面更有价值。或许人在禁闭、孤绝的状态下会变得更敏感吧，"隔离"期间十四天足不出户的经验让我条件反射般地想到某年在威尼斯双年展台湾馆看到的谢德庆回顾展，有个行为艺术作品叫《打卡》，艺术家用一整年的时间将自己囚禁在特制的牢房中，每隔一小时打卡一次，一天打24次，昼夜不息。我在隔离笔记里这样写："我看到的展品无非是密密麻麻的卡片及艺术家每逢整点与打卡机的合影，从8760（365×24）张照片和365张卡片（每张打满24格时间印记）里可以想象谢德庆是怎样度过那一年的：他用特制的强大闹钟系统逼迫自己每到整点醒来打卡，365天没有一天能睡上超过一小时的囫囵觉。谢德庆说："生命是无期徒刑，生命是度过时间，生命是自由思考。"和一生比起来，打一年卡只是有期徒刑，谢老师用他那种工程师式的严谨、苦行僧般的自律让我看到有限时间中的无限循环。他好像是在用时间做材料，一小时又一小时地，砌他的"坛城"。

在这个时代，不管我们能旅行还是不能旅行，终将与"禁锢"这件事相遇，空间上的禁锢会引发我们对时间、存在、规训、惩罚、自我、自由、孤独、对话、记忆、创造、危机、死亡……的感触。我一贯把旅行作为方法，是这些经历让我发现"反旅行"也可以成为一种方法，像音乐中的休止符、水墨画上的留白，一样有它的节奏和图案。

Bon Voyage!

赋格

2021 年 2 月 9 日

翟永明　赵松　郑执　张定浩　黄昱宁

我们最向往的、被公认为最文明的地方，

却往往滋生出最荒诞的闹剧，

不得不让我们不断怀疑自己，

怀疑我们曾经坚信不疑的信仰。

爱与艺术
是见自己的过程

通信人　**翟永明** 诗人、艺术家

翟永明:
记住我们都是弗里达

女性必须改变一些东西，把她们自己变成可见的阶层。女性艺术家将不再是男性艺术家的陪衬，而是与之合作互助的独立身份。

翟永明老师：

你好哇！那日和你重逢真是太好了，我们可能已经好多年没有见过了，但我去成都的时候曾去你的白夜酒吧坐了一晚，吃了水果，听了音乐，女主人虽然不在，但也觉得满足，宽窄巷子里唯独"白夜"的气质清新脱俗，没有求光临的过分热络，没有要宰游客的张牙舞爪。我当时就想：成都能有这样一片天地真好，就像瓦妮莎·贝尔和妹妹伍尔夫在布鲁斯伯里的会客厅。

见到你的时候，我还在焦虑中，展览在即，许多细节还没有落实，但只要一走进画廊，我的精神就会变得很饱满，像口袋里装满了弹药，和布展的师傅们熬了几个大夜，终于把女性主义艺术展览做出来了，算是给支持我的朋友们一个交代。书房是我的后方，做展览就像在前方赴汤蹈火，自然是激动又紧张。这次展览从专业的角度来说有太多的不足，有些作品的尺寸不合适，和空间匹配在一起效果大打折扣，面对这样严重的错误，我简直要无地自容了。硬件设施改起来费劲，预算有限，实在挤不出一分钱更换专业的射灯。在不完美中，展览还是开幕了，就像刚刚破茧飞出的蝴蝶就已经挂着伤痕。一旦启动，品控又成了新问题。为了做出好展览，所有采取的对环境的重新设计和对作品的呈现，需要是有价值的，这是策展人的"在场"。今天在展馆很多细节被改动了，我非常不满意，立刻要求所有的变动恢复原位。策展人在美术馆里是在场的，哪怕不是真的现身说法，观众看到的就是最后的呈现效果，策展人在观众看不到的地方作用着。

除了策展人的"在场"，我还要兼顾策展人的"不在场"。我是很反对策展人比艺术家更往前，所有的美术馆和策展人说到底最终应该服务于艺术家，就像编辑服务于作家，除非是像巫鸿老师、侯瀚如、小汉斯这种级别的策展人，兼具学术和业界影响力。让作品自己说话，胜过艺术家说话，胜过策展人说话，公益也好、社会意义也罢，都要藏在作品创造力本身（艺术性）的后面。作品本身立得住，既要表达展览的性别议题，也要超越性别议题。这些都是策展人的"不在场"。

策展人不在场时，也要去考量反响，把初心和反馈放到天平上，看看究竟是谁占了上风，纵容违反初心的操作，一味地妥协或者盲从，是不是犯了阿伦特所说的"平庸的恶"。做展览好吗？只有一点好就是初心，剩下的都是每天对自己的拷问。

女艺术家们意识到，女性的想法和感受往往得不到器重，话语空间被挤压得很厉害。艺术家陈欣装置中的黑箱子里塞满了观众现场写的信，这个箱子设置的初衷，就是想给那些没有机会表达自己的女性一个抒发情感的渠道。陈欣有天找我就是为了说这件事，工作人员总抱怨纸张不够用，原来是写信的观众太多了，陈欣以前从未想过自己的作品会有那么多人参与进来，眼睛一下就湿润了，她说，这是观众对艺术家的信任，对我们展览的信任。展览期间我们做了多场论坛，意外的是场场都是人数爆满，有人坐着火车、飞机过来，很多女孩子坐在地上，房间里窒闷，聊到最后大脑缺氧，可大家还不愿意走。醒来的女性仿佛无处可去，无处可以诉说，她们仿佛憋坏了，有很多话想说。结束后也有不少女孩拉住我讲了自己一些伤心事，白净纤细的小手握住我的手，口罩之上的双眼湿漉漉的，我再次感到展览之外的人与人的深层次连接，所有的表达都是自发性的。聆听观众的倾诉和意见，也成了展览的一部分。

做论坛的时候，有人问我为什么女策展人这么少？显而易见，不光是女策展人吧，女馆长、女艺术家、女作家、女诗人能被大家看到的都不多。艺术团体游击队女孩提出"现代艺术领域中只有不到 5% 的艺术家是女性"。能被看到的女性往往都是非常出类拔萃，甚至要比男人付出更多的努力的女人。遇到此类的问题，我忍不住把矛头指向结构，可我们都不是能撼动历史建立的框架的人。

我不知道以后自己是不是还有机会策展，做策展人有那么一点权力——挑选艺术家和作品。那一刻，原本对策展有一些抗拒的我，心中燃起一种使命感，只要还能有机会做展览，虽然只是杯水车薪，也要让更多优秀的女艺术家被大家看到，让女性创作具有普世性，要揭示被大家忽略的、轻视的女性叙事。

也会有人问我是不是只会关注女性议题？当然不是。但我是个女人，这是不能改变的事实，"女性"是我一出生就获得的身份，这个身份一直带给我生活的直接体验，这里存在有所察觉和无察觉，总有一些时刻你会觉得不对劲。当我发现性别身份带来一些暗示、规训、不公或者被区别对待的时候，自然产生了怀疑、批判的态度，长大成人的过程也是体会女性身份与个体身份相互抵牾、性别之间差别和权力等级的过程。许多人耻于谈论女性主义，也很怕沾上这个标签遭人厌恶，特别是女性创作者不愿贴上"女"字，我不想说这是"厌女"情绪的衍生品，因为许多批评声总是来自内部，只能说大家对女性主义还是充满偏见。对我而言，女性主义是温暖且美好的事情，改变着我们看待事物的方式，是积极的力量，会让人看到更加平和的风景。

我去明珠美术馆看了翟老师的展览，看到时间作用在一个女人身上的变化，也看到了老师用摄影作品向墨西哥女艺术家弗里达·卡洛的致敬。浓浓的一字眉不仅成为她的标志，也成为一种文化符号。弗里达体会了生命的五味杂陈，一生都在把痛苦化作艺术作品，在自己石膏胸衣上作画，生命如舌龙兰酒一般既酸涩又热烈，她不是"大名鼎鼎的里维拉的妻子"，而是用她的话来说"墨西哥最放荡的女人"，也是最有觉醒意识的墨西哥女人，可以像男人一样自信满满地走向舞台的中央。如今再也没有人骂她是"荡妇"，取而代之的是"女英雄"，称谓的替换实际上是观念的更迭。

对于一些女性议题，我常常觉得不是一个单独的个体在面对宏大的困境，而是我们所有人一起在遭遇，在历史铸造的意识形态面前，我们没有谁可以独善其身。正如诗篇《致蓝蓝：神奇的梦引起反响》中所强调的："记住我们都是弗里达。"希望弗里达的故事没有白白流传，我们都是弗里达，不被打败的弗里达。

祝羽捷

2020 年 11 月 15 日

羽捷：

你好!

初见你时，你还是一位年轻的记者，但是你身上展露的才华，给我留下了很深的印象。没想到多年不见，你已经成长为一位女性策展人。而且，正在策划十二位女性的联展《予她同行》。展览主题我也很喜欢，"同行""予她"，代表了我所看到的新时期女性崭新的一面。很遗憾，由于疫情的原因，我未能亲到现场，观看十二位年轻女艺术家的作品。但是这一消息，依然让我振奋。互联网给了我们便利，使我虽不在现场，也能从网络和图像信息中，获取展览的各种信息。

你在信中谈到展览前的种种焦虑："作品的尺寸不合适，和空间匹配在一起效果大打折扣，硬件设施改起来费劲，预算有限，实在挤不出一分钱改聚光灯"等等。这也许是一位年轻的、同时又是女性的策展人将要面对的更多的困难：因为年轻，因为是女性，你没有更多的资源调动，你也很难撬动越来越趋圈子化、利益化的艺术圈。你只能"予她同行"，也就是说，与跟你一样的年轻女性一起，挖掘来自自身的能量。讲女性自己的故事，在不完美中，破茧而出，哪怕挂着伤痕，这伤痕便是故事的一部分，也是历史的一部分。

我很喜欢艺术家周雯静的作品《节育环》、柳溪的《妈妈》。这两件作品，让我联想到自己和母亲两代女性的共同命运。柳溪在五年间搜集了中国不同地域、不同年代的许多旧搓衣板，它们在不断磨损的过程中，生长出各种肌理和劳作的痕迹。这是已经被洗衣机淘汰掉的历史痕迹，它们从未被认真看待，也从未被历史记录。但是相信我们这一代人的心中，都曾留下过母亲在水池边、木盆里清洗衣服的劳碌身影。我母亲这一代新中国建设者，她们在"不爱红妆爱武装"的政治激情中，一边参与到火热的革命运动，一边却依然承担着生儿育女的传统工作，她们因此承担了双重的责任和双重的劳动。我至今仍记得母亲每天上班八小时，下班后做饭、打扫，和夜深后在搓衣板上搓洗全家衣服的身影。这一部分身影全然被遮蔽在新女性、建设者的革命身姿背后，被忽略、被遗忘。所以，当我看到一位年轻的艺术家，用材料转换的方式，将这一女性的劳作见证呈现出来（如果能与搜集来的旧搓衣板一同展出，将更醒人耳目），让历史遗物为上一辈女性发声：历史不应该忘记女性的付出，哪怕只是日常生活中的点点滴滴。同样的意义包含在周雯静的作品《节育环》里，这一沉痛的主题，是女性自己才能体会的。20世纪80年代开始，也许两代、三代育龄女性集体的痛苦经验、节育环带来的副作用，均在小品《超生突击队》的段子中，云淡风轻地供大家呵呵一乐；但是这些黑色幽默的背后，女性隐秘的、无法言说的痛楚，也渐渐地被时间淡化了。周雯静没有直接诉说妈妈的痛楚和后患，却用年轻女性的方式将其转化成首饰——"上环"，这一中性和双关的词，隐喻了美好愿望下节育措施的残酷，让幸运的年轻女性至少能够了解那一段特殊岁月。

新一代女性将母辈的人生经历，与更广大的历史背景和性别话题勾连在一起，交出了她们不同于上辈艺术家和男性艺术家的艺术水准，这是值得策展人欣慰的。毕竟，策展人在其中起到了关键的、使之最终呈现的作用。用你的话来说，就是"策展人在观众看不到的地方操控着"。我一直为中国没有更多的女性策展人而遗憾。因为直到今天，中国当代艺术的语境仍是以男性为主导的惯性思维，且已形成固定的圈层及共同利益体。如果没有好的、水准高的女性策展人，强有力地进行推动，中国女性艺术仍然会像20世纪一样，大多数时候，她们只是男性宏大叙事中的点缀。你说，"我们不是能撼动历史建立的框架的人"，但是，我们可以为新的历史建立框架，那就是：搭建女性自身的叙事框架。我们需要与更多的女性策展人、女馆长、女艺术家、女作家一起，完成这一劳作。

不错，"女性艺术"这样的称谓，与20世纪80年代出现的"女性诗歌"一样，一直面临着各方面的质疑和否定。但是，无法质疑和否定的是这样一个事实：在中国，一种"女性方式"和"女性语言"的艺术表达是存在的，且越来越多。说到性别所带来的差异，不管你承不承认，你都会发现它其实就是男人和女人之间最具魅力、最能相互吸引的部分。如果是这样，强调差异和追求女性权益之间并不矛盾，或许刻意回避和刻意强调，都只是一种策略。

一位美国哲学家理查德·罗蒂在回答《今日艺术》(*Flash Art*)记者提问时，说过一句话："妇女必须改变一些东西，把她们自己变成可见的阶层。"从"不可见"的历史中走出来的女性艺术，发展到今天，的确已改变了当代艺术的格局。在西方，有人悲叹女性主义运动"腐蚀了艺术批评标准"。正是与后现代美学观念同时兴起的女性艺术运动的发展，质疑了传统艺术标准和价值观的追求，使得当代女性艺术出现了"可见"的局面，并得以与主流艺术共享流通的空间。

在2003年，我写了关于女性艺术的书稿《天赋如此》，当年这本手稿曾在多家出版社编辑手中流通，有人认为"女性艺术"

这样的话题，在市场上已经过时了。在我看来，事实正好相反，"女性艺术"在发展趋势上，在市场价值上，在中国和中国之外，都远没有成为一个过去了的话题。随着全球文化跨越国界的结合，技术、资本、信息的民主化必将带来艺术的改变。女性艺术在中国新的信息秩序内，将会有更大的发展空间。她们将不再是男性艺术家的陪衬，而是与之合作互助的独立身份。

所以，我对你、对新一代女性策展人的未来，也充满了期待。

祝好！

翟永明

2020 年 12 月 10 日

通信人　**赵松** 作家

赵松：
时间与寂寞自会淘洗掉生活里的杂质

我感觉自己简直就像个敲钟的人，抱着一根粗木头，咣咣咣地撞击着那口又破又大的钟，自己用力敲着，直到把自己震成了聋子。

赵松老师：

你好哇！你怎么就从事了我梦想中的职业呢？一个在美术馆工作的写作者。艺术和文学此呼彼应，它们就像是我们的白玫瑰和红玫瑰，你能在最美好的两个学科之间，左右逢源，作为一个每天坐在书房上班的无业游民，我羡慕地流了一地口水。

有回在伦敦，同学们一起去画廊看展览，走进梅费尔区，金贵的私人画廊散发着高贵的气质，它们看上去并不友好，也不民主，自然没有贸然闯入的游客，这里只有穿着精英感十足的中年人，他们有可能是艺术品经纪人、藏家、评论家、画廊主等等，是艺术市场每个重要环节的参与者。画廊里，一位沉默的男士穿了一身黑衣，坐在一把贴着白色墙面的椅子上，他微微驼背，专心致志地在缝一条裤子，他高耸的鹰钩鼻把一双眼睛衬托得格外深邃，他的全身心投入让我看到了安东尼·霍普金斯的演技。你知道的，看艺术的时候你会忍不住跟人讨论感想。我说，"缝裤子这样的行为艺术放在美术馆里格外讽刺，因为美术馆是一个脱离日常生活的地方。"意大利同学说，"嗯，也在说明资本主义生产的艺术跟从业人员之间的断裂。"英国同学补充道："艺术无法解决像缝补衣服这类现实中让你窘迫的小事。"就在我们小声嘀咕的讨论声中，这位男士完成了行为表演，把裤子放回了储物间，坐在椅子上继续当一名面无表情的保安。

Fine，我又干了一件被苏珊·桑塔格无比鄙视的一件事——过度阐释。阐释就是对艺术的背叛，可是我们总无法闭嘴。

但这也是美术馆吸引我的地方，给了我这种情感泛滥的双鱼座可以无限遐想的空间。一走进美术馆，我就放飞自我，觉得自己是青春期还未结束的叛逆朋克少女，觉得自己是艺术感爆棚的毒舌评论人士，觉得自己是虔诚的无神论祷告者，唯有艺术是我的现代信仰，在艺术面前，我觉得自己是卡夫卡笔下可以变形的小人物，反正我是所有的一切。

怀着成为伟大作家决心的年轻海明威，从美国搬到巴黎，带着微薄的积蓄。他每天饥肠辘辘，特意避开精致的面包店，在卢森堡博物馆看艺术，仿佛得到了饱腹感，精神也跟着振奋了一些，他相信每一幅画、每幢建筑、每件雕塑让饥饿的自己更加敏锐。卢西安·弗洛伊德以难民身份从柏林流放到伦敦的时候，夜夜徜徉在英国国家画廊，暂且忘记了丢失家园的伤痛。当"二战"中的伦敦炮火连天，深陷战争最黑暗的泥泽，《时代周刊》上刊载了一封信："伦敦已饱受战火摧残、满目疮痍，正因为这样，我们比以往更需要看到美的东西。数百万件国宝级大师作品正被保管在安全的地方，但同所有渴望通过美的体验来振奋精神的人们一样，我们希望有机会看到它们中的一部分。"正是怀着"正是美催生正义的最好时机"的理念，国家画廊决定每月展出一幅古典大师的杰作。市民们在提香的画前感受到美的慰藉如此之大，甚至可以超越死亡。

我们长大一点，知道这个世界没有那么美好，灾难迭起，世事难料，却总有人找到探索表象之下的方法。文学和艺术显然不能治病救人，却在表达我们难以言说的情感和欲言又止的心事，替我们解决生命中说不清道不明的问题，消解人性中的自大和草率。意大利人的阳台上响起了萨克斯，一家五口在家举着扫把唱着自己改编的《悲惨世界》。无论是站在一台打地鼠的机器前，还是专注地进入一幅画作，每个人都可以找到疏解自我的方式。正如英国哲学家艾丽丝·默多克说的那样："一切能使人忘记自我、变得更加关注客观实际的事物，都是好的。"我们不用成为艺术家，却可以永远提醒自己，以一种带有艺术自尊的方法审视世界，无论是看艺术，还是看待社会问题、自然现象、不同的人和观点，都应该用美催生自我心中的正义感，避免惯性思维和喜好、偏见，亦不可轻率定论。

我对美术馆的工作总充满美好想象。的确我有不少同学都散落在各国的美术馆里上班，他们的生活自然跟艺术有关，看展览，参加双年展、展览开幕酒会，与头顶挂着光环的国际级艺术家合影，见到那些在拍卖会上才能闪现的私人收藏。他们的业余生活也都花在了和艺术有关的活动上，逐渐长出了艺术青年的脸——先锋、骄傲、宠辱不惊。总之，艺术界的生活太能满足人的虚荣心了，搞艺术总比赤裸裸卖货听上去更有追求，更有思想深度吧。

我就是个非艺术界人士，我不知道中国的艺术界在哪里，艺术是开放的，但好像艺术界又是一个封闭的小世界。经济系统分为实物经济和符号经济，艺术界显然是一种符号经济，强调身份认同感和圈子活动。不混艺术界有关系吗？我不知道答案，但我确实是一个失业的策展人，至今为止还从未在国内策划过展览。我发现策展这个专业在国内是个鸡肋，因为人人都可以是策展人，人们对策展的理解就是搞活动的，搞展会的。在实际的美术馆运营中，我们读的那些理论统统失效。策展人不需要知道艺术史，不需要会写艺术评论，只要能搞到钱和人就行了，这点很多学院派的人又恰恰最不擅长。

在国内我去看展览的次数大大减少，有几次被叫出去看展，却有一种被羞辱的感觉。比如有人把我带去一个绚丽多彩的空间，散发着未干透的油漆味和塑料味的刚装修完的现场，芭比粉的塑料球摆了一地，天花板上是亮晶晶的氢气球，空间充盈着享乐主义的味道，像生日派对现场，许多穿着时髦的女孩在拍照。我一下意识到，我走进的就是所谓的"网红展"，没有任何有创造价值的艺术品，只有拍照道具，和不求甚解、只求娱乐的观众。对于我来说，自然不会满足，你本来想来吃烤鸭的，厨师端给你漂亮的盘子，盛装盛放着两只炸蚂蚱。但我的不满意显得很不合时宜，又有人说你装逼，一把年纪了还当愤青呢。

展览需要有理有据，需要讲故事，需要提供给观众一个沉浸在艺术里的机会。在我心中，好的展览本身就是艺术品，策展人不创造美，但是重组美，组织美，再现美。一些叙述性不那么强的作品，还可以通过策展人的"强策展"变得生动，好的展览如好的艺术同样令人感动，令人印象深刻。

我们看过太多有关艺术家传记的电影，来说一个有关策展人的故事。电影 *The Square* 的男主角 Christian 就是展览策展人，一个典型的使用着知识分子话术的精英，白左，离异，有两个女儿，我本来是带着偷窥艺术人士私生活的目的去看的，意外收获了酷烈的真相，电影撕下了现代社会所谓文明的外衣。男主角在美术馆里探讨艺术里的爱与信任，自己的真实生活却陷入困境。艺术晚宴上的野兽表演，老钱们坐在金色大厅，人扮演的那只野兽行为失控，在场对一名女性施暴，可衣冠楚楚的上流人士愿意对高价的艺术买单，可以慷慨做慈善，却不愿解救正在受到侵害的身边的一员。开幕式上，观众们前一秒还在温文尔雅地听美术馆馆长发言，下一秒就作鸟兽散——并不把出场的厨师当回事。艺术的从业人员操弄着令人迷惑的话语，人们在美术馆忙着社交，无人关心艺术品。

Christian 策划的展览 The Square 很好地体现了白左们日夜关心的话题——人人平等，方块上特地刻上了一行字："方块是一个充满关怀与信任的避难所，方块之内，我们同权同责。"Christian 宣称方块是人类社会的理想状态，这个展览的目的在于激发观众灵魂深处的利他主义，改变对他人的冷漠态度。可是展览的宣传片为了流量制造了违反自己信念的内容，在视频中炸飞了一个金发女孩，点燃了网络暴力。这部电影里处处都是精英们的自我矛盾，让人怀疑现代社会的文明和野蛮之间的位置真的是我们看到的那样吗？

艺术界的活动对于很多人来说是神秘的，因为它是一个封闭式的小圈子文化。这部电影讲的就是艺术界人士的生活，里面涉及的信仰怀疑、难民、种族、贫穷群体、LGBTQ、性别平等、家庭关系、精英人士的伪装、艺术圈的虚伪造作、公关悖论等不都是当代艺术最关心的话题吗？

我们最向往的、被公认为最文明的地方，却往往滋生出最荒诞的闹剧，不得不让我们不断怀疑自己，怀疑我们曾经坚信不疑的信仰。

祝羽捷

2020 年 5 月 10 日

羽捷:

好像很久没跟人聊到美术馆的事了。2003年我初到上海,就是在新创建的上海多伦现代美术馆做馆长助理。2005年又参与了上海证大现代艺术馆(现为上海喜玛拉雅美术馆)的筹建和开馆,直到2007年调任后者之前,基本上是在两个美术馆兼任同一职位。之后做到2013年左右才离开美术馆这个行当。

十年的美术馆工作,让我的写作成为业余状态,而与艺术打交道则成了主业,也刚好见证了国内当代艺术从低谷奔上波峰再跌落谷底的整个过程。长期身处在美术馆这个行业里,跟外面的人会有不大一样的角度和看法。外面的人能看到的只是一个个展览的闪亮开幕,各种各样的艺术品构成的现场,而身处其中的人则会看到幕后的所有一切,比如机制的问题、艺术生态问题以及人的问题等等。

回想一下 2008 年之前的那些展览项目，无论是策展人还是美术馆团队，相对来说都还算是比较单纯的，没有那么多明显的企图心和杂念。投资人对美术馆本身的运营和展览生成干预也比较少，也不会要求有什么立竿见影的回报，所以那时候需要的就是专心把一个个展览做好。等到 2008 年左右当代艺术市场骤然火起来的时候，一切就都变了——各种资本开始关注当代艺术市场了，投资人开始想要回报了，艺术家跟策展人热心于发财了，艺术品拍卖价格能成为新闻了。

随之而来的就是，展览越来越像作秀的现场了，光鲜亮丽的开幕式越来越像孕育艺术财富梦和试图吹出资本新游戏泡泡的地方了，最后甚至还渐渐露出娱乐化的价值取向。所以那些年在各类展览开幕的现场，看着艺术界、投机界的各色人等举杯言欢的场面，就总觉得像在看戏，大家都在尽情地表演，并努力增加着自己的戏份，以期某一天能拥有足够的戏份并获取丰富的回报。至于艺术本身，则更像是个媒介和点缀，或者说是帮助完成表演的道具。

在今天这样的一个高度娱乐化的时代里，随着各种真人秀式的综艺节目的泛滥，已经让很多人的表演欲得到了最大限度地释放，演艺界的人就不用说了，从政客、商人、网红到喜欢在各种传媒平台上露脸的各界"精英们"，以及这些人的粉丝们，都在以空前的热情投身于这场看起来仿佛永无落幕期的狂欢节式的表演里。某个产品的广告词叫"秀出真我",其实它的潜台词倒更像是"人生如戏,都是戏精"。相对这样的状态,整容、加滤镜、修片,都只不过是道具工作。在这样一个时代里,没有什么不能成为戏精以及养成戏精的理想道具,包括他们自己,以及任何相关者。

当然导致各种戏精层出不穷的根本原因,说到底还是毫不掩饰的商业意图,在这个没有什么事不能变成生意(包括情感)、没有什么不能变成商品(包括人本身)的时代里,被买买买的欲望驱动的是卖卖卖的狂热,当然,需要的只不过是适当的包装,赋予原本赤裸裸的买卖关系以鲜亮的色彩和天真的叹息。当然,即使是这种满大街都在涌动的行当也是有技术含量的,需要策划,才会有流量爆棚的神操作。当然,即便是在看起来没有任何商业特征的各种微信群里,在看不出任何直接的商业企图的情况下,也还是会有很多戏精在沉迷于表演,以微不足道的回应来滋养自我的一点存在感,却又难免轻易暴露出其个人本质上的虚无状态——他想存在,却又总是无法存在。因为但凡还有些真实自我存在感的人,又怎么会花时间精力热衷于在虚拟的社交平台上寻求互动式的认证呢?

你用这么多文字来写艺术界的事儿,虽说我确实有点兴奋不起来,但又免不了要感慨一下。前两年去伦敦、纽约、东京看朋友回来,遇到熟人总会问我是不是看了不少美术馆啊?我也会礼貌地回应是的是的，看了不少美术馆。实际上也确实是看了一些美术馆，只是并没有很多。因为在美术馆这个行当工作了那么久之后，我对美术馆的兴趣真的不大了，尤其是跟 2005 年初次去欧洲时那种近乎狂热而又虔诚地看各种美术馆的状态真是有天壤之别。要说原因，说起来可能真的要说上半天也未必说得完，但是，在我看来可能还是可以用一种更为简单的方式来说一下。

在我的感觉里，美术馆在很大程度上，其实跟动物园是非常相似的，都是为了把一些珍稀的物种关在有限的空间里，供人观看。而无论是艺术作品，还是珍稀动物，都已脱离了其原有的生态环境，变成了人类文明叙事意义上的证物。至于那些作品曾经有过的语境和真实处境是什么样的，它们与某个生命本身的精神关系如何，那些被豢养的动物们还有原始本性么？都无足轻重了。重要的只是它们在那里而已，就像一把古代的器具，你只要看就是了，只需要验证一下教育得来的知识就是了。无论是艺术作品，还是动物，从本质讲都是已死的，不是死在过去，而是死在人类为它们造就的那些说起来冠冕堂皇的盒子里，死在高速运转中的现在世界里，就像木乃伊一样的标本。

不管怎么说，艺术史赋予了美术馆以神圣殿堂般的价值感，当代以来又有了市场价值加持，过去你跟人说哪些作品有多重要，人家未必能懂，现在你只说出它们的市场价格，人家就都"懂"了，还会肃然起敬，价格，就是这个年代全世界通用的价值观，说别的都是扯淡。世界上那些最著名的美术馆都是钱堆出来的圣地，值钱的好东西多，为了让它们好好地呆在那里供人们观瞻，要烧很多的钱，像泰特、MOMA这种地方，每年烧的钱都会让人咋舌。理由就是，这是艺术，这是文化，是为了让公众只需要花上十几美元就可以分享的公益文化事业。

被装到美术馆盒子里的经典艺术是已死的艺术。那么追求观念翻新、手段花样百出的当代艺术呢？这就又可以回到我前面说到的那个观点了，在我看来，很多当代艺术，都已沦落为某种带有商业企图的表演。这就是为什么当我看到越来越多的艺术家热烈地拥抱那些著名品牌，热衷于与它们深度合作甚至推出各种衍生品的时候，丝毫都不感到意外的原因。当然我也可以马上给他们找到最合适的理由，艺术来源于生活，回归于生活。既然资本可以肆无忌惮地拥抱一切，那为什么艺术不可以呢？由资本主导的全球大买卖狂欢节难道还要排除艺术么？

从2003年到2013年，我既看到了国内当代艺术最初的纯粹状态和反思批判精神，也见识了它是如何被一步步带到了资本狂欢节现场的。只不过对于国内的当代艺术来说，来得多少有点晚，这场派对刚达到高潮，就戛然而止了。醉时同交欢，醒后各分散，狂欢现场在人们散尽之后总是满目狼藉的。现在的艺术市场越来越糟糕了，艺术家的经济处境也日益艰难，随便哪个艺术家要是聊起当年的盛景，都难免有白首话当年的感觉。

这些年国内的美术馆越造越多了，也越来越难做了，为了吸引观众创造流量，恨不能把美术馆变成马戏团了，多数都在挖空心思做网红级的展览了……至于什么是艺术性，什么是对本土艺术生态的关切与支持，差不多都是要且等兄弟先把生计问题解决以后再去满怀理想吧。正像某个好莱坞电影里的台词所说的那样："世界已是满目疮痍，囊中干净如洗，我等且先莫谈什么狗屁情怀了。"

当然，其实我想说的是，艺术的最好时代可能已经不远了。这听起来是不是有点诡异怪诞？前面还是一地鸡毛满目疮痍，这会儿怎么又来了希望？我的意思是，当艺术终于不再被资本追逐，不再被派对所欢迎，不再能奢求什么流量，甚至于无人问津的时候，真正的艺术家，真正的艺术，才会慢慢地浮现。因为真正的艺术家和作品，是注定要经历时间与孤寂的检验的。时间与寂寞自会淘洗掉很多的杂质，而在少数的幸存者中，总会有些在某一时刻突然出现在我们面前的异类，就像史前生物那样，以其陌生突兀而又充满活力的状态，击中我们。当然，这也只是一种想象而已。

有时候时间会显得异常的残酷，我想起某部德国的艺术史类著作里，在谈及某个时段的艺术时说过的一句话，大意是：大约有两百年左右，这里没有产生过任何重要的艺术家。这也不是不可能的，不是么？在今天这样一个特殊的时代里，在这个异乎寻常的 2020 年，不要说两百年，又有谁敢预测十年后的情景呢？人类的混乱与脆弱今年已是毕露无遗，所谓的文明与进步在现在听起来简直就像刚从地下挖出来的千年前文物。咱们现在能拥有的只能是回忆意义上的东西，那些伟大的经典之作，在周遭环境所提供的无尽不安与惶惑里，它们多少还能让人在某些时刻暂时忘掉现实世界通过网络塞过来的喧哗与骚动。面对这样的处境，需要有更大的脑洞，才能让它们迅速地通过，而不是沉积在脑海里，在不知不觉中把脑子变成大垃圾场。

另外我想跟你说的是，对于艺术，观看艺术，在我看来是件非常私人化的事情。也就是说，在面对那些真正好的艺术的时候，只能是个体的状态，一个人，看它。只有这样，在观看者与作品之间，才有可能会出现某种微妙的关系，某种呼应与默契，某种启示或领悟，甚至，只是某种无以言表的沉默的需要。尽管这么多年来出于工作的需要和个人爱好的需要，我也会写些艺术评论，谈论艺术家和作品的观念意味、想象力和独特的创造力，但这并不代表我会认为艺术的观看与分享是有着天然的通道的。一个人看艺术是一件事，一个人跟别人谈论艺术，是另一件事。在这二者间并没有因为所以的关系。归根到底，语言并不是万能的。而所有好的艺术品深处，所蕴藏的都注定是无法用语言传达的东西，而这也正是艺术存在的意义，以超越语言的方式，抵达某个仍旧鲜活的充满好奇心和想象力的心灵，并极有可能促使其意识到自我的存在与世界的存在究竟意味着什么。只有日常的事情才是可以分享的，就像生命下坠的过程中不时浮现的泡沫，它们在日光下不断涌起又随时破碎，以无关痛痒的方式，轻松的，随意的，漫不经心的，带着光彩，掩饰了那些最为本质也最为残酷的事实。

写完这些话，我感觉自己简直就像个敲钟的人，抱着一根粗木头，咣咣咣地撞击着那口又破又大的钟，自己用力地敲着，直到把自己震成了聋子。这时候我又忽然想起小时候就听过的一个歇后语：当一天和尚撞一天钟——得过且过。以前，都是当成某种玩世不恭啥都无所谓的态度来理解的，可是现在我不会这么想了。我甚至能想到佛家所常说的"空"的意味，以及《金刚经》里的那句："应无所住而生其心。"说到底，日子只能一天一天地过，一个人所拥有的，也只是今天而已。不管怎么样，一个人，得学会努力把这一天变成是真正属于自己的一天。一个人所有的时间和精力实在都太有限了，就像走在黑暗里的人手中紧握着的一盒火柴，能走多远，能看到点什么，都取决于用什么样的方式点燃每一根火柴，再引燃些什么可燃物，给自己带来更多的光亮与温暖。这可能也涉及某种艺术，活着的艺术，以便于艰难应对日益残酷的日常现实。

赵松

2020 年 5 月 10 日

通信人　**郑执** 作家

郑执：
写作是逆流而上的行为

我对生活中那些真正严肃的人类，从未心存丝毫嫌弃，
只不过假如哪天我也严肃了起来，我一定会被自己嫌弃。

郑执：

你好哇！刚刚读完你的新小说，按照老话说"阅读是创作的共谋"，我又给你当了一回从犯。并不是每一本书都能落到读者手里，每一本书的命运也不取决于创作者本身。我能读到你的小说自然开心，还自不量力地以为自己是位有机的读者，在真实和虚拟的纠缠中得到自己的体悟，能将作品接洽出方方面面的想法。

给你写信时，已经接近一年的尾声，每个人都在感叹这一年来不及眨眼就过完了，我想，这不是正常的吗，说明大家都挺热爱生活的，才会觉得时间如梭。整个12月，我没有一天能早睡，进入了挂着一对黑眼圈的还债式工作状态，一开手机都是来"要债的"——全年不努力，年底徒伤悲。越是忙碌，越觉得闲书好看，偶尔翻上几页，跟在高原吸了纯氧似的舒坦，结果忙碌中看完了好几本书。可能我太不善于展现一个真实完整的自己了，外人总觉得我特别"岁月静好"，却不知道我常常过着"苦逼"的日子，我倒很想跟你开诚布公地谈谈自己的痛苦和艰辛。

在我看来，很多人挺幸运的，幸运不是因为他们含着金钥匙出生，而是早早地知道自己喜欢过什么样的人生，知道自己想要什么。我在这方面特别愚钝，也很吃亏。家乡是个熟人社会，父母给我改大年龄提前上了小学，小时候的生存法则接近动物界，体格大更有优势，相形之下，我不但像矮刺柏树，语言能力也没有同班同学强，写字也特别用力，本子纸都写穿了，说话有点大舌头，显得又笨又内向，由于我发育得晚也受过不少嘲笑。我常常有种感觉，别的鸟儿都在愉快地鸣叫，我这只笨鸟还没找到北呢，就劳燕分飞了。每次报考学校，父母又总是干预，选了我不喜欢的学校，不喜欢的专业，有时理由特别简单且可笑，因为"爸爸的同学在这所学校工作，女孩子有个照应比较好"。我成长中的这些关键选择都与自己的喜好无关。

如果现在看到我是如此明朗，一定想象不出我小时候多么不自信。离开父母的庇护后，我陷入过很长一段时间的迷茫期，半死不活地对待学习，却很愿意参加各种兴趣班，恶补自己内心的缺失感。因为多次向父母发出对他们帮我做选择的怨气，郁郁寡欢，生活的主动权终于回到了我自己的手上，可我总是心血来潮，胡乱尝试，到处乱撞，到处碰壁。我很少做特别长远的规划，但是一旦与一件事物陷入热恋，就会全身心地投入。成年后的自信心也正是在一件件小的成就感里建立起来的。

正如大家知道的，我做过很多事情，总在急刹车和大转弯，很没有套路，贯彻始终还在坚持的可能就是文字了吧。小学三年级的时候，有个同学临时生病不能去参加市作文竞赛，新从外地调来的孙老师没有对同学们过去的印象，意外地叫我去当替补，竟意外拿了一等奖回来。那天放学，舅舅骑着自行车接我去外公家，路上买了一包热气腾腾的糖炒栗子作为奖励。我大概从那时起对文字有了香甜的记忆。每一个人的生命太短，不能经历所有的体验，我们走进别人的故事其实是在延长自己的生命。我觉得小说家像一个景观设计师，或者说当代艺术家里擅长"构建情景"（constructed situation）的那种，用自己的语言为读者建构了一个情境，从读者读下第一行字开始就被邀约往前一步，慢慢适应环境的变化，走进小说家建造的场地里，体验填充在里面的各种情感，恐惧、悲伤、甜蜜、孤独、寂寞、爱意、悔恨……至于读者是否能被气氛所感染，能不能对故事心悦诚服，能不能触及精神内核，全看创作者的技艺和真诚了。

文字是所有创作的原点，在今天纷繁复杂的环境里，我们也许会执着地迷失，但仍然心怀回到原点的愿望。写到这里，我发觉自己最放不下的还是写作，世界上再也没有比文字对我来说更快意人心的事情了——写出一个喜欢的句子，可以开心一整天。

放弃写作太容易了，不写是天经地义的，写才是逆流而上的行为——时代环境是喧哗的，写作是安静的；时代环境是动的，写作是静的；时代环境是纸醉金迷的，写作是苦行僧式的。朱利安·巴恩斯说"毕竟，不当作家是一件容易的事。许多人不是作家，这几乎对他们没有任何坏处。"从我自己身上就可以发现，积极向上是违反人类天性的，人类是一种身心极不稳定的生物，能懒惰就懒惰，能丧就丧，一不留神就会塌陷。

最近，我有个作家朋友说自己不搞写作了，醉心下围棋，醉心到去外地参加下棋比赛的境界。这让我想起了马塞尔·杜尚后半生把艺术放在一边，专心致志地下国际象棋，不但参加比赛，还为第三届法国国际象棋大赛亲手设计了海报。"生活是否高于艺术？这天晚上的棋局，是把生活延伸到了艺术领域，还是刚好相反？"也许对他来说，艺术不比下棋重要多少，棋局即是艺术，能带给他的思考同样重要。身边许多写作者都跑去干别的事情了，我不再扼腕叹息，也许写还是不写已经没有那么重要，生活本身就很值得好好体验。

现代小说家有一个很好的机会，就是可以亲自改编自己的作品，拍电影，也能赚钱。说到赚钱一点也不俗气，写东西的人首先要活下去啊，生存是创作者永恒的母题。我刚刚辞职的时候，心里也是有点慌，算算自己写过的畅销书，能赚一些生活费才定心下来的，那些和青春有关的感悟最易得年轻人的心，对市场的习得让我明白书也是商品。可这些感悟也一度牵绊了我，青涩也是宝贵的经验，一去不复返，彼时的我一定不能预料到今天我的彻悟。虽然写畅销书是有些害臊的事，可我得先填饱肚子啊，但是一味追求畅销书那就有问题了，在这点上我们不言而喻，不能为了讨巧而沿袭一种轻松的模式，一些雕虫小技，壮夫不为。风景再美也要跳车，必须悬崖勒马，回头是岸。

越写我越觉得难，难于登青天，我对自己显然是不满意的，但要为这种不满意吃大量的苦，我还在小心翼翼地接近。为了避免失败，我有时选择避免开始；为了避免失望，我不敢使用全部的力气。于是，我一直在真正想做的事情周围徘徊，声东击西，避实就虚，干了许多无关的事。除了打开电脑的空白页面时，忍不住做一顿家务来拖延写的开始，我一不小心就获得了多重身份，前不久还因此被邀请到法国领事官邸探讨现代人的多重身份，大家轮番介绍完自己，发现论数量我当仁不让，我还是个策展人、翻译、自媒体人、播客主播、出版社顾问……身份越多越觉得可疑，我莫不成真成了自己最鄙视的那种人，有悖匠心，略不小心，确有一事无成的风险。转念一想，这些不同的身份都是我的掩护，不在做事，而在做人，帮我潜入热腾腾的社会，体验不同角色下的人生。就像亨利·梭罗说的，"你都还没有站起来去生活就坐下来写作，多徒劳啊！"

我喜欢的很多作品都是作家在自己生命最低谷的时期完成的。斯科特·菲茨杰拉德辞掉了铁路广告公司文案的差事，身无分文，鞋底里垫着硬纸板，口袋里一文不名，回家写小说去了。痛苦顺带帮人打开一个更丰富的感官世界，带来异常敏感的感受力。过去我总看重想象力，现在我更愿意相信虚拟出来的经历总是缺乏体温，二手经验不会连着筋骨，真实的逆境是一手世界里的残酷，深刻体会饥饿才能有个强壮的胃口。

我常常为"作家"这个身份感到难为情和困顿，如果逆境激发人的想象力和表达欲的话，这个身份给我的绝望最多，可也是能帮我走向彼岸的唯一通道。毛姆说："如果你把某件事写出来，就不会再如此为之困扰了。"现在与你倾诉一番，我知道自己还有很长的路要走，但也没有那么恐惧了。

关于走弯路、折磨自己到筋疲力尽这些事，我一点不担心自己缺乏素材，小时候腿上摔出几个疤，到现在还像丑陋的毛毛虫挂在腿上，有些人乌鸦嘴，这姑娘走路是要摔大跟头的。这句话既是明喻也是暗喻。既然如此，我只好接受命中注定的坎坷，摔完该摔的跟头，写完该写的坏东西，好东西就快出现了。历尽坏事，只要能挺过去，好事如约而至。

活着就要沉浸其中，然后等待，等待跟好运撞个正着。

祝羽捷

2020 年 12 月 17 日

小兔你好：

拖了这么多时日才给你回信，很是抱歉，原因有二，一是刚刚完成一个旷日持久的剧本工作，前前后后投入了三年，掷情至深（此处植入广告，正是《生吞》改编剧集），元旦后才最终定稿，直到上周与导演跟几位主演齐坐完成了剧本围读，心悬已久的大石终算放下，当"全剧终"三个字读罢，悲欣交集，才发觉已然泪目。那种情绪又蔓延了三天，才换来一刻顿觉——这个故事，至此终由我手中送至它的最后一程——见你来信，相信当你呕心沥血地完成这一次策展工作时，也一定能感同身受。二因，权当前面都是借口，为了摆脱这种复杂的情绪，我抓起游戏机手柄，终于把一款心心念念的新游戏《赛博朋克2077》给干掉了，又花去五日。关于这款游戏，想闲扯几句，这是款历时七八年打造的主机 3A 大作，在游戏粉丝心中的期待值不亚于漫威影迷日夜盼着《复联 4》上映的心情——可惜的是，它本该是一部划时代巨作，却因游戏制作公司"CDPR"（粉丝戏称"波兰蠢驴"）上市后被资本裹挟，赶鸭子上架，最终甩出个半成品，游玩过程中处处 bug，日常死机，令全球无数玩家义愤填膺，怒喷到游戏退款加下架，原本被视为游戏界良心标杆的公司，就这么被一场无耻的资本游戏坑到濒临破产——"游戏"被"游戏"给毁了。资本的邪恶，真是懒得再骂。但最可怜的，还是我们这些玩家，无论哪一场"游戏"，我们都是注定赢不了的人。即便是在赛博世界中，依然无法摆脱被压榨的命运，想要暴力抗争，还得打工赚钱买砍刀。幽默了。

实话实说，我不爱写信，几乎从不写信，因为我不太相信写信可以换来一场真正意义上的交流，也可能是我已经不相信这个时代还会允许这般费力不讨好的交流方式的存在。但我们既然有约在先，这封回信就不只是一封回信，而是赴一场约。言而有信是好品质，这才是我看重的。更何况，我在读信的过程中，感受到了你在信中袒露出的真诚，那我就必须好好陪你聊几句——不过下次还是改见面聊好了，打字真的好累啊，太累了——我的剧本前后加起来打了两百多万字了，你可以想象我现在看到键盘上这些字母符号的生理不适。我想跟你聊点儿俗的。我这人就喜欢聊俗的，身为一个写小说的，早把心底所有艰深的、曲折的、幽暗的、痛苦的、迷乱的、片刻的、永恒的、说得清与说不清的那部分自己，通通打包寄存在我的小说里，余下这个俗世中的我，就想怎么俗怎么来。俗多好啊，俗也是本事，俗是对生活最严肃的抗争。但我必须澄清一句，我对生活中那些真正严肃的人类，从未心存丝毫嫌弃，只不过假如哪天我也严肃了起来，我一定会被自己嫌弃。

这封信里，我就想跟你聊两件事：一是作家这个身份的自我认同；二是我对靠写作谋生的态度——这两件事其实又是一件事。

小兔，要你说，什么最俗？大多数人一定会说到钱，或者说，物欲。说到钱，顺着你的话头聊，那就不得不提到一种偏见——很多人认为，一个作家为了钱写作，或者说，写作的时候脑袋里总想着钱，那他的罪孽简直比葛朗台还深重。为什么呢？又凭什么呢？尤其是我国读者——也许这只是我的偏见——起码以我见过的，很大一部分人默认，一个好作家就应该清贫，就应该视金钱如粪土，甚至以身殉道，来证明文学是"干净"的，顺带着证明一个人立身于世，是可以跟铜臭毫无瓜葛的。这简直太可笑了，不是吗？否则我们应该把普鲁斯特这种纨绔子弟的手给绑了，判他一辈子不许写作，或者把天天求富婆包养的巴尔扎克给掘坟出来，钉在文学史的耻辱柱上日夜鞭尸。

我胡扯呢，话说回来，这个问题我自以为是地给出过一个答案，那就是儒家文化对"家"这个字的定义太沉重了。作家本不过也是一种社会工作，在英文中，作家、画家、音乐家的这些"家"，无非就是"—ist"跟"—er"，writer、artist，并不会令人感到任何职业性质天生所赋予的沉重感。而我们的这个"家"，背后多少承载着"成名成家"的意味，不只是对你作品价值的认可，更是对你社会地位的认可，好像只有两者都必须达到某种量度，方可自称为"家"——这就是为什么我们的许多青年作家羞于自称"作家"的原因，你会发现，他们在公开场合总是"谦虚"地称自己为"写作者"——我猜就是为防止一旦有读者质疑他们水准不够，丢出那句"这种水平也好意思自称作家"的千古一问时留出一条退路。真是太可怜了。我想，假如文学也是一个人，那他（她）一定不会歧视任何一位赤诚的作家，偏偏读者竟如此热衷打压，这太令人困惑了。哪怕我今天只是个十五六岁的孩子，但我早已下定决心把文学当毕生志向，就算我还未刊发过任何作品，我一样可以自称是一名作家，一名尚未发表作品，甚至有可能这辈子都写得很烂的——作家。你知道么，每次我在国外电影里，看到一种人物形象（多半是受了半辈子窝囊气的、一事无成的中年男人）被自己老婆身边那些做着所谓"体面工作"的朋友们揶揄般问到"你是做什么的"时，那个形象忐忑地回答，"我是个作家"，当别人再问"你写过什么作品"，那人回答，"还没有出版过作品，但我正努力在写一部伟大的作品"，之后换来一阵忍俊不禁——此类画面时，我心中总是有一种莫名的感动。偏执、孤傲、自命不凡、不撞南墙不回头、一条道走到黑——相信我，这些才是成为一个作家的前提，绝不是谦虚。

说了这么多，小兔，我无非是在回应你"如何看待自己作家身份"的问题，我想说的是，你既已如此严肃认真地对待写作这件事，自称"作家"没什么可害臊的，更无任何不妥，不然你再想想，是不是对文学"这个人"太不公平了呢？再打个最俗的比方，明明你都跟人家睡一个被窝儿好几年了，甜言蜜语说一个遍了，彩礼酒席都谈妥了，却对外人坚称你们不是认真的，只是玩玩儿，这他妈还不叫流氓那啥叫流氓？文学无罪啊朋友。

那好，不管我们今生能不能写出杰作，或者这辈子都是一个文学半吊子都好，我们已有一个共同的身份，作家。但我们又有一个很大不同，作家是我人生截至目前的唯一工作，而你则还有许多个令旁人羡慕的身份，虽然基本都在文化艺术类范畴内，因此坦白讲，我不了解在谋生这一部分，写作的收入究竟占你经济来源多大的比重。当然了，我也不会问，但我自己的情况可以说，写作的收入就是我全部的经济来源。因此，"写作如何谋生"这个问题，我确实也有发言权，至于能跟你分享些什么呢？我甚至都好奇你有没有这个需要。那我干脆就偷个懒儿吧——相信你已经看过了我新出的小说集《仙症》最后那篇后记，里面说得很清楚了——我早年写过很多烂玩意儿（对，我只能称那些文字为"玩意儿"），目的很纯粹，就是为了赚些钱，只要能支撑我一直写下去，稿费多少，来者不拒。几年前开始写剧本的原因，也是一样。但你知道问题的关键是什么？是清醒，对钱的清醒。安身立命固然重要，但多少钱够呢？有没有个准数儿？还是收获某一种程度的安全感之后才能保证自己往后能随心所欲地、自由自在地写？这些问题，只有你自己才有答案。要始终记得，偶尔去酒吧卖个唱糊口，一点儿都不丢人，但你这辈子要当帕瓦罗蒂，那么音乐厅才是你的最终归宿。至于我本人，酒吧卖唱的生涯已经结束了，说真的，我很感激那段经历，写过的那些"玩意儿"让我在如今的创作中平添一股不死板的混不吝劲儿，是好事儿。但我更感激的是我的运气，当我努力掉头想回音乐厅时，发现路边竟还有车在等我。时至今日，我写的小说，剧本，都是我真正想写的，几乎再也不用受其他人事物所左右，这已是我理想中的安全感。酒吧彻底拜拜了，往后也不打算再走回头路了。总而言之，一句话，我的那段所谓"不堪"的经历，有一定参考价值，但最大的价值，还是供人引以为戒。毕竟，人人运气不同，这才是真正的残酷现实。

闲叙至此，字数应该够了吧？开个玩笑。写作这件事太严肃了，生活中再不开玩笑，我会窒息的。我希望在你的心中，我是一个坐在对面聊天，能让你透过气来的人。我们虽然只见过几面，平时聊得也不多，但我感觉你是个蛮爱紧张的人（瞎感觉）。放松，小兔。人生无非也就那么回事儿，并没有那么多双眼睛盯着我们。放松。

郑执

2021 年 1 月 14 日　北京

通信人　**张定浩**　作家

张定浩:
作家其实是写作困难的人

到人群中去，也到万物中去，先不要想着如何表达自我，而是将自我放空，好去吸收外面的一切。要去尝试倾听他人的声音，观察他人的面容，降低自己的存在感以便好好体会万物的存在。

定浩老师：

你好哇！我最近听到的最好的鼓励莫过于当我对你说，我现在最大的困惑就是写不出来的时候，你的回应是"我也写不出来"。这句话无论是不是一种客套的安慰，我大脑被上紧的发条，那个如紧箍咒一般让我头疼欲裂的压力，一下得到了释放，原来定浩老师也写不出来啊，我内心重复着这句话，就像一只瘦骨嶙峋的笨熊听说矫健的豹子也吃不到肉，立刻宽松了所有的紧张和不安。

被动的选择被一一剔除，我现在的生活被自己简化到只用维持基本的进食，剩下的大把时间可以用于阅读、上网、写东西，上网冲浪帮我了解外面发生了什么，满足了我的好奇心，在网上发言让我觉得自己还没有社会性死亡，现代社会，你如果在所有的社交媒体上全部噤声，那很快就会被人遗忘，所以我们才不得不刷存在感，持续性地更新，让自己有一种活在宇宙中心的幻觉。

坐在书房，我的屁股深陷在柔软的海绵垫子里，有那么一小会儿自己忍不住咧开嘴笑，好极了，我终于过上了想要的生活，多么简单，多么有指向，我应该实现内心的愿望，写一部真正喜欢的作品。

打开电脑，我面对着一张洁白的 word 页面，就像建筑师面对一片可任意使用的土地，我要建造一座真正属于自己的房子，从地基到结构，从外观到内饰，我是这座房子的唯一挖掘者、泥工、木工、钢筋工、浇铸工、漆工、管道工、粉刷匠、质量验收员，一旦开始就发现这项任务多么复杂，就像赫拉克勒斯要完成的十二项苦役，每一项听上去都难如登天。但总有那么一刻，你觉得很快乐，可能是双手捧起一把土的时候，可能是把几块砖头堆砌得优美，这一点点的成绩让你心满意足，但把微观成绩放在整体里去看就微不足道了。

工程任重而道远，望过去四野茫茫，心中毫无底气，有时候我又觉得自己做的一切都挺没意义的，要付出无比艰辛的努力才能看到房子变高那么一点点。我觉得语言很无力，似乎什么也不能制造，不如到现实中去，不如给一朵花浇水，不如教会小孩唱一首童歌，不如给自行车链条上润滑油，不如做一道算术题……一切成果固若金汤，一切都可以用理性来终结。

这种庸碌之辈的多虑充盈着大脑，耗掉我不少的力气，如果把人的思索看作一条大河，有的人可以像一条笔直的、欢腾的大河勇往直前，而我的内部水流在漩涡里，在河底不停打旋，只能在湍流和各种摩擦中殆尽。

绞尽脑汁，我还是没有落笔。翁达杰在一篇访谈中说："我喜爱写作这项复杂、精细的手艺，我花去整天的时间考虑怎样写出更好的文字。"尽管什么也写不出来，但我的确每天都在思考，想着想着，思绪就飘向更远的地方，想到我这寄蜉蝣于天地的一生，想到时间、空间、无限的问题。想到这些宏大的问题，我更难下笔了，下笔意味着走上一条钢丝绳，迈出第一步最为危险。

书桌上还堆着那些没有看完的书，只有埋首进去才能忘掉现实中的焦虑，重拾每一本都像再续姻缘。不用为了修学分看书，不用写论文，不以此为生，如此随心所欲的感觉，就像坠入情网。

根据我的恋爱经验，触手可及的爱情并不容易引起重视，只有不确定的得失感，只有想伸出手又缩回的刹那，才是真让人梦魂牵绕的时刻。也许读书也是这样，需要读有点够不着的书；

也许写作也是这样，不要写已经掌握的事情，写那些想要知道的故事。

几乎每个写小说的朋友都告诉我，他们是如何不费吹灰之力完成工作的，那是一种天然的自发的状态，有人撸撸猫就写出来了，有人利用等孩子放学的空档就写出来了。让我好生羡慕，那种平顺而流畅的写作是体会到极端幸福的时刻，而我还没有被幸运之神光临。这让我产生强烈的自我怀疑，好像我真的不应该做这件事。

今天我又没有写出来，枯坐到深夜，写不出来的感觉太糟糕了，好想对自己进行一场社会性死亡的谋杀，好想消失在地球上。但人活着遭遇的任何一个难题，又何尝不比写不出来更残酷，我们都应该老老实实，拿出生活的勇气。

多么希望自己可以跃入无法抵达的地方，在那里坠入情网！

祝羽捷

2020 年 12 月 20 日

羽捷好：

我觉得你对写小说这件事有一种很浪漫的想象，这可能也和你那些写小说朋友的误导有关。我觉得他们真正能够"不费吹灰之力完成"的事情，其实不是写小说，而只是吹牛皮。当然，可以从更积极的角度去理解这种"不费吹灰之力"的说法，那是你的朋友为了鼓励你可以轻松地开始，而不要停留在各种假想的焦虑中，因为我想每个写小说的人都知道，写作重要的其实不是开始，而是可以一直写下去，是把无论自我感觉多么糟糕的小说先努力写完，给它一个句号，就像努力过完一个糟糕的日子一样，再迎接下一个即将到来的日子。

你谈到社会性死亡，谈到如果不在社交媒体发言就会被遗忘的担忧，那么，我觉得，这种不发言就被人遗忘的社会性死亡之命运，在过去只属于一种人，那就是领导，现在增加了一种人，叫做"网红"。而这两种人都和你所心心念念的写作无关，也和生活无关。不写作的认真生活的人，即便不发言也会被他身边的人乃至后代记住；写作的人，他担心的是不能努力用文字记住生命中经受的一切，而非被一切所记住。某种程度上，你如果想成为一个好的写作者，你就要首先能够经受得起所谓社会性死亡带来的孤独。前阵子傅聪去世，朋友圈开始流传《傅雷家书》里的一句话："赤子便是不知道孤独的。赤子孤独了，会创造一个世界，创造许多心灵的朋友，你永远不要害怕孤独，你孤独了才会去创造，去体会，这才是最有价值的。"

至于"不确定的得失感，只有想伸出手又缩回的刹那"，我觉得这用来形容"诱惑"而非"爱情"，会更为恰当。写作或许也起于诱惑，但并非终止于诱惑结束之处。把写作的幸福感等同于写作的"平顺而流畅"，也只会让问题变得更加模棱两可，因为写作就是艰难的事，写作的幸福感来自对这种艰难的体认，和接受，而非对于艰难的克服，如同对于人世的体认与接受一样。写作得平顺而流畅，很多时候仅仅只意味着油滑。托马斯·曼说过"作家就是写作困难的人"。

孟子有言："盈科而后进。"科是坑坎的意思，从源泉涌出的涓滴细流，日夜不休，流到任何一个沟坎坑洼处，一定会将之注满，直至溢出，才能继续向前奔流。水要注满，才能溢出，我想阅读和写作的关系也是如此，写作是阅读到一定程度以及心里的种种体会与感受积聚到一定程度之后自然流溢的结果。当然，我说的阅读不单单包括读书，也包括读人和读物。所以当你写不下去的时候，不妨起身去外面走走，去院子里侍弄一下花草，或是做一次长途或短途的旅行，也就是说，到人群中去，也到万物中去，先不要想着如何表达自我，而是将自我放空，好去吸收外面的一切。要去尝试倾听他人的声音，观察他人的面容，降低自己的存在感以便好好体会万物的存在，这样慢慢地，你在短暂地放弃自我表达之后，或许反而能收获一个更为丰富的自我。

还有就是，你可以看看《巴黎评论》里的那些作家访谈，里面几乎每个作家都会被询问到一些写作的习惯，有些人喜欢早上写作，有些人则是深夜，但无论具体什么样子，这些优秀的作家有一点是相似的，即他们都有一个每天相对固定的写作时间，并且很多人每天的写作量是很有限的，是细水长流而非涸泽而渔。这一点我觉得也很重要，很多时候，枯坐在书桌前一个字也写不出来，正是写作者的一个常态，但假如你每天都在某个固定时间坐在了书桌前，把心思集中在写作本身，而不是因为写作而产生的各种患得患失上，我觉得缪斯总有一天会到来的。

张定浩

2020 年 12 月 31 日

通信人　**黄昱宁** 译者、作家

黄昱宁：
明知不可为而为，大概是译者的宿命

在这个"无限接近"但"永远不可能抵达"的过程中，
寻找到一个合适的平衡点是很重要的。

亲爱的黄昱宁老师：

你好哇！在影视界，如果一个人又干演员又当导演，还顺便自己把剧本写了，这叫什么呢？全能创作型、水陆空三栖霸主。你恰恰就在出版业扮演了这么一个角色，自己翻译大量外文作品，是出版社的编辑，同时自己还是创作者，随笔、小说都有涉猎，请接受我隔空跃起翻转 360 度落地的一拜。

三个工种里，可能最费力不讨好的职业就是翻译吧。我也不是一拍脑门凭空猜测的，几年前，我翻译的第一本书，花了大半年时间，税后稿费 4 000 多元。出版社的负责人在审批稿费的时候看到了我的名字。逮着机会见到我，前辈语重心长地跟我讲："看你那点翻译稿费，还是不要做翻译了，趁着年轻，快去卖口红吧。"那个时候国内的直播还没到今天如此之众人癫狂的地步，我当时表现得大义凛然："不，我是一个有理想、有追求的人，金钱不能使我快乐。"

好想抽自己啊。现在回忆起来，我不禁感慨，前辈吃过的盐果然比我走过的路多，人生最大的悲哀就在于能赚钱的时候不去赚钱，等想赚钱的时候后悔莫及。我的金钱观是这两年重新修正的，只要取之有道，君子也可以爱财，更何况赚钱的经历也可以成为珍贵的写作素材。不过卖口红这事我的确不擅长，加上我之前有位邻居叫路内，他除了写小说什么也不干，老谋深算地告诉我："你要是想成为什么人，别的事情就不要做，做了都是败笔，都是未来职业上的污点。"我能理解他的意思，他一个写小说的，将来修成正果就是位小说家甚至是小说艺术家，他不想当人们评论的时候用"一个卖过口红的小说艺术家"来贴标签。

做翻译，虽然收入跟付出不成正比，倒是让我学到不少东西，因为除非背负着翻译任务，作为一个读者，你不可能咬文嚼字，把一个句子或者一个词嚼碎到稀烂的地步。做翻译时你会变身成一个考古学家，拿着放大镜仔细看，不停琢磨。做翻译让人敬畏。在家做翻译，我常常做到想哭，怎么会有人这么渊博，句句有出处，句句不是白来，句句言之有理。相比之下，我真是太浅薄了。人见到真正的武林高手不一定会畏惧，但是拆解了他们的招数，发现每一招都出神入化，自己立刻相形见绌，不敢把自己的花拳绣腿拿出来嘚瑟了。拆招的过程中摸清武功高超的门路，可比单单死记硬背一套完整拳法有效多了。我发现拆过招的人，自己上手的时候会有大师们的影子，如果运用自如的话就可以下盘稳重、上盘灵活。

做翻译还给我良好的生活作息，这一点需要自律为前提。有时候过得日夜颠倒，哈欠连天，魂不守舍，我就会怀念做翻译的日子。为了赶翻译稿，我有段时间每天早上定闹钟六点爬起来，有一整段时间不被打扰，披头散发在书桌前，不苟言笑，成为每日琐碎日常里唯一的神圣仪式。翻译一开始靠的是热情，坚持到后面的日子靠的是责任，心里的真实想法就是必须完成它。按理说已经没有那么享受了，但是人并没有疲惫憔悴，相反状态很好。这是一件不得不规律作息去奋斗的目标，过程中，没有暧昧不明的情绪，没有外界的意见，竟能拯救人于庸常。人觉得生活乱如麻，不妨试试看守恒一个目标，不要有那么多的一时兴起，不要接受过多反馈，自己独自完成一个使命。

傅雷老师翻译《艺术哲学》，为了保留作者的幽默，把里面表示日常食物的甘蓝、胡萝卜改成了国内读者熟悉的白萝卜、红萝卜，我觉得这里不单单是在做文字翻译，更多的是生活经验的转译，让读者进入作者传递的情景里。傅雷老师做翻译，大家都很认可，甚至觉得像罗曼·罗兰这样在本国没有在中国更有地位的外国作家，搞不好得益于译者优秀的翻译。这样的例子不可胜数，但在一些人的眼中，这被看成"不尊重原著""不够准确"。夏目漱石觉得"I love you"直译成"我爱你"不符合日本人表达的婉转含蓄，他翻译成"月が绮丽ですね（今晚的月色真美）"。"Firenze"在意大利语中意味花之都，徐志摩把它译作"翡冷翠"，把纽约州小城"Ithaca"翻译为"绮色佳"，这些翻译都绝美。

我喜欢你翻译的麦克尤恩，是你让我们喜欢上麦克尤恩。我们也会看到很多译者会在原作者的文本之上加入自己的个人风格，很多译者有这样的自信，但我就不敢在关公头上耍大刀，万一弄巧成拙可如何是好？做翻译，太容易陷入患得患失的境地了，带着自虐的嫌疑。常常为一个词，我绞尽脑汁，查阅资料，看看其他版本里译者怎么翻译的，看看原作者所处时代的语言习惯，看看吃饭的时候想，走路的时候想，睡觉的时候想，醒来都生起床气了。

想来做翻译也带来很多痛苦，这十年翻译稿费没有涨是业界常态，回报低首先就是一把匕首。有人说，聪明的人都应该去钱多的行业。那这行一定流失了不少好人才。但我转念，正因如此才能轮上我上阵啊，扎心了。做翻译又很容易出错，但凡读者在犄角旮旯里揪出一个错误，译者就会被骂得狗血淋头。什么是好翻译的标准非常模糊，见仁见智，"信、达、雅"的尺度怎么去把握也是难题。

读者还常常诟病译本的一件事就是"翻译腔"。我想什么是翻译腔呢？应该就是保留了原作者不同文化背景下的说话习惯吧，比如英文中的一些表达放在中文语境里就会显得过于做作、夸张，而有些又显得过于简短、冷漠。但我想如果外文小说的语调都变成了隔壁老王的语调，那我们读哪个国家的作家不都像跟隔壁邻居聊天吗，还有什么异国情调可言。当然了，这不过是我一家一些粗鄙的观点。

给你写完这封信，我以后还敢不敢接翻译了？

愿我们都做到自己喜欢的事情！

祝羽捷

2020 年 7 月 22 日

小兔：

见信好！手头恰好结束《迈克尔·K 的人生与时代》的翻译，这才匀出空来回信。从库切干冷荒凉的世界里逃生，压抑了一段时间的表达欲望开始复苏。我一直就是这样，在翻译、写作、出版和日常生活这几种模式里来回切换。所以你说的"跨界"，在我，其实是一种让事情得以继续的内在需求——有的人适合在一条隧道里一直往前走，直到前面洞开一个崭新的天地，出现一道彩虹；我大概不是。我会乐意时不时地去隔壁隧道串个门。

我四十多岁才开始写小说，前年出版小说集《八部半》的时候，回答过十几遍这样的问题："翻译经验对你的小说写作产生什么样的影响？"而我总是不厌其烦、一体两面地解释："翻译、批评以及编辑的经验，首先是带给我刺激和便利，让我每天的日常活动不会离文学太远，让那个曾经躲在抽屉里的创作欲望总保持着跳出来的可能。至少，我的这些角色保证了我大量的阅读（没有比翻译更细致的精读了）和基本文字素养。但另一方面，那些角色会在我开始小说创作之后，构成隐秘的质疑、挑战和干扰。它们是藏在暗处的挑剔的裁判，那些曾经被我用来对其他作品评头论足的标准，当然也不会放过我自己。我确实常常需要努力排除这些因素，才可能说服自己把小说写完。"

事实上，为了写小说，我前两年的翻译有过大幅减产，而且选择翻译作品时的第一标准是能否对我的写作产生比较直接的刺激。比如前两年我放弃翻译麦克尤恩的《儿童法案》，反而选择我相对较为陌生的希拉里·曼特尔的《暗杀》，就是因为后者是中短篇小说集，而且风格比较凶狠，或许能给我当时刚刚开始的小说创作一点新鲜的刺激。但 2020 年伊始，新冠疫情山呼海啸而来，把现实压出苍白的凹痕。有人说这正是静心创作的好时候，但我发现我不能。幸好，翻译是我在任何时候都能回归的故土。跟每一个字死磕，躲在别人的句子与句子之间的缝隙里，我可以重新调整呼吸的节奏。

还是说回你关心的翻译问题吧——这琐碎的、永远在出错的手艺，这"磨人的小妖精"，怎么才能克服它时常带来的挫败感？我其实没有什么答案，想到哪里说到哪里。

我的朋友，法语翻译家袁筱一曾经在她的文章里说过，翻译就像爱情，是一个人走向另一个人的过程，当他（她）完全抵达时，爱情也就死了。这句话很哲理，就爱情那个层面而言，它似乎比

"婚姻是爱情的坟墓"更高明更隽永。那么对于翻译呢？这句话又该怎么理解？我觉得，翻译虽然从广义上来讲，是一种所谓的再创作，但是你在下笔时显然要受到原文极大的束缚，你必须调整自己的习惯、状态和趣味去适应"对方"，尽可能地去靠近他，这种感觉像不像热恋？但是，无论如何，一旦它化为你的母语，最终呈现在读者面前的必然就是你眼中的"对方"，是他的文字在你的大脑皮层中激起的浪花，所以，在向他无限接近的过程中，你得记住：不存在所谓的"定译"，不存在目标语言与源语言完全重合的理想状态，这一点，在中文与西文（包括英语、德语、法语等）之间是特别明显的，因为它们之间差异太大，可以直接转化的"重合度"远远小于英语与法语，或者英语与德语。如果你追求"直译"到了某种极端的地步，那就会类似于机器翻译，忽视自身，也就是母语的基本规律，或者完全跟自己的行文习惯拧着来，你就会扼杀自己的特性，反过来也扼杀了原文的活力，这就有点像恋爱中失去自我不会有什么好结果一样，弄不好就会殉情自杀泼硫酸……所以说，在这个"无限接近"但"永远不可能抵达"的过程中，寻找到一个合适的平衡点是很重要的。

比方说，要不要用成语的问题，用多少、怎样用的问题。各人看法不同。现在有一种观点认为多用成语会显得比较中国化，会削弱原文的表达效果。这话有一定道理，有些中国成语有很特定的语境，涉及较深的典故，生搬硬套确实不好，过度运用，也可能造成语感上的变味。但是，在某些情况下，成语有简洁、形象、韵律铿锵的特点，在翻译长定语长状语时，它有时能用最小的容量涵盖最复杂的意思，帮助读者顺利进入作者希望引入的情境，产生某种阅读快感，而这种阅读快感恰恰有效地抵消了英文长句给中国读者造成的不适应（因为中文的逻辑没有那么致密，往往以短句居多）。其他翻译上的难点，比如语序要不要换，长句要不要断，翻译专有名词时用音译还是意译或者音意混合，其实都是需要取舍和选择的，是如何平衡的问题。可能有些译者会更喜欢风格化的译法，而我所持的观点就相对比较中庸，更强调妥协，更喜欢在左右为难的时候站在中间一点的位置，这可能跟我写作、为人的理念是一致的。

话说回来，其实所谓平衡的标准，也取决于不同的译者对这个问题的认识，每个译者都不一样。而这些不同的个体所组成的整体，也有属于这个时代的共性的标准。随着外语普及化程度越来越高，我们现在对"洋腔洋调"的宽容度也跟林琴南时代不可同日而语。第一个把电脑术语 menu 直接翻译成"菜单"的人，也许心里也经过一番挣扎和权衡，但现在不是大家都接受了？所以说语言是活的，标准是在不断变化的，这些其实涉及异化归化之类的翻译理论问题，太枯燥，信里就不展开说了。

翻译史上有个很出名的公案，可能你也知道一些前因后果。当年赵景深不知道 milky way 就是"银河"，想当然译作"牛奶路"，被鲁迅作诗嘲讽："可怜织女星，化为马郎妇。乌鹊疑不来，迢迢牛奶路。"如果我们稍稍查一查，以"牛奶路"为话题的翻译专业论文为数不少，也有人替赵景深翻案。其实，把来龙去脉理一理，就能看出，"牛奶"绝对是错了，这案子翻不过来，问题是，译成"银河"，就一定对吗？

据说，英文里第一次出现 milky way，是在乔叟的 House of Fame 里，典故来自希腊神话：话说宙斯拈花惹草，让有夫之妇阿尔克墨涅的肉身怀上神胎，得子赫拉克勒斯。宙斯想借老婆赫拉的乳汁赐爱子永生，又不敢明说，只好趁妻子熟睡时让儿子用力吸吮她的乳房。小赫用力过猛，老赫惊醒后大怒，将孩子一推，于是乳汁狂泻，变作漫漫天河。这个故事朴素可爱，在西方深入人心。对西方人来说，那确实是条跟奶有关的路，只不过那不是牛奶，而是"神乳"。当然在一般仅仅需要表意的情况下，你牺牲一点文化背景，直接说成银河，也没什么大问题。可是，如果是下面这个句子呢？英国诗人理查德·克拉肖（Richard Crashaw，1613—1649）的《神圣格言》里讲到，罗马帝国驻犹太总督彼拉多判决了耶稣的死刑，后悔不已，每每想起便流泪不止，连洗手都用泪水，于是那些泪水"form not simply a Milky Way in the heavens but a stream of cream"。在这种情况下，你如果说"银河"，就跟后面的"奶油"没有了可比性，这段文字的逻辑就有点接不上。所以，更好的选择是在字面上这么翻译："（泪水）岂止汇成一条神乳路，简直成了一条奶油河。"

这样完成任务了没有？没有。中国读者还是不知道"神乳路"和我们通常概念里横在牛郎织女之间的那条"银河"其实是一回事。那么怎么办，我们只能采取一个不是办法的办法，在"神乳路"上画个小圈，底下做个脚注，交代来龙去脉。我曾经跟一位同仁讨论文学翻译时说到注解问题，对方说注解影响阅读快感，吃力不讨好。小说么，不就是讲讲故事么，有必要去考虑文字里携带的文化信息有多少损耗率么，有必要去可惜它么？我不这样想。我读小说从来不仅仅是为了读故事——何况，如果无视文化背景，好多情节本身也很难传达清楚。我们知道，亨利·詹姆斯、米兰·昆德拉、E.M. 福斯特和戴维·洛奇都把"小说的艺术"作为讨论的主题——既然小说不仅是"故事"，也是"艺术"，那么，我们每个译者，都应该对这种特殊的艺术报以足够的尊敬，对于小说中的每一个句子，每一个字，每一个似乎不可传达的文化符号，都投入足够的心血。说白了，有时候，翻译就是这么讨嫌的工作：明知不可为而为，大概是译者的宿命。

一不小心说多了。现在我得把刚译完的《迈克尔·K 的人生与时代》再看一遍，哪怕减少一个低级错误也好。然后，看看自己还能否回到写作的那条幽暗隧道里，写一写我们的人生和时代。

黄昱宁

2020 年 8 月 3 日

路内　维舟　吴晓波　马良　崔树

没有强烈的求胜心遮蔽双眼，

脚下的路不再是一条，而是生出了许多经纬。

向人生发问

路内:
文青们后来发生了什么

时间只会把问题稀释，把经验浓缩为概念。时间的好处是它会遗忘你，但不会羞辱你。

路内老师：

展信佳！跟你通信我心里一早就预料到了后果，以我对你的了解，你一定会借机展现你过人的机警，所以无论你的回信多么狡黠，我一点也不意外，我先把聪明人的高地站上——别想吓我一跳。

今晚回家的路上，上海断断续续地下雨，大概是因为我家太远了，行驶过好几个不同的云层，雨式微时，我摇下窗户，梅雨季节特有的闷热袭来，冲散了原本车内封闭的冷气，尽管外面像个不怎么干脆的闷葫芦，但我深吸一口气发觉空气还挺甜，像吃了一口苏州的云片糕。有些记忆跟随气味朝着大脑涌来，比如骑着自行车独自赴约的夜晚，碾过一个个盛着肥皂水的洼地；比如从酒馆出来站在街边，打不到车回家的惨淡；比如牵着男孩的手散步，从外滩走到复兴中路，手和头发都汗津津的……画面倾巢出动，这叫什么呢？普通青年管这个叫嗅觉记忆，文艺青年管这个叫"普鲁斯特效应"。

十年前，我和你误打误撞成了邻居，你已经是个小说家了，生活精致而富有规律，身材比现在轻盈，长相比现在清瘦，大概就是你小说里路小路的成人版吧，可你并不满足，努力长肉成为一名稳重的成熟男性，而我正在努力甩去婴儿肥，竭尽全力让自己显露骨感。我们居住的周围不像现在，连个像样的咖啡馆都没有，更不用提书店。为了证明我们所住之地并非文化贫瘠，甚至还可以成为我们的灵感宝地，你告诉我，住在咱们这一片的作家特别多，方圆二十里有王安忆老师，方圆三十里有孙甘露老师，使我稚嫩的心灵很受冲击——原来小说家的地理概念如此博大，再被你数下去，住在南京的毕飞宇也可以算成我们的邻居了。不得不说，我被你绘声绘色的描述所激励到了，当晚回家灵感迸发，下笔如有神，诗作迭出。

我读书的时候只见过两种人：心情好的和心情不太好的青年人。我就是那种心情不怎么好的年轻人，常常纳闷为什么别人就能过得如此赏心悦目，而我吃个清汤寡水的食堂身材都会浮肿，全神贯注听讲还是搞不清楚高等数学的三重积分，总觉得零花钱不够用，男朋友不够爱我，一天要作上二百个回合，还觉得生活不够有趣，做什么都不够有意义，什么玩笑也都开不起……大概不满意的地方有一千八百五十三个吧。

通过悉心观察，我发现有些心情好的人只用干一件事，比如打打游戏就可以忘记现实多么鸡零狗碎了，可惜他们面黄肌瘦，眼窝深陷，还有人一跑步就倒在了塑胶跑道上，数学系的同学见义勇为为他做了人工呼吸。不少一脸倒霉样子的年轻人症状和我差不多，两眼呆滞，呆若木鸡，思考尼采和宇宙的尺寸大小，智力青黄不接，青春漏风漏雨，孑然一身，却忍不住愤世嫉俗。生命却在起速，笨拙的自己却总不争气地卡壳，像用一台386台式机打魔兽世界，像用3G手机看脱口秀，容易重复一个动作或者一句台词，满屏叠影。那时我们就是一副像素很低、容量不够的状态，不动脑子的抄书和死记硬背的公式通通失灵，过剩的荷尔蒙和持续发育的身体需要挥洒激情，成长向来牵连着特有的不安。每个人必须找到解决满脑子的混沌念头的方法，才能轻盈地过完此生。

毕业后我身边的文艺青年特别多，一票做杂志的朋友，月刊、画报多到让人记不住名字，大家常常在书店聚会，每人带一本书，表情凝重地读上一段，煞有介事，仿佛在延续文学的香火。见到你，也会在谈完文艺圈八卦之余，聊聊喜欢的作家，说说福克纳、卡佛啥的，你送我小说，我送你杂志，讨论文艺好像没那么丢脸，也不会被人嘲笑，回家之后还要反刍，写在博客上，照片必须是用单反相机拍的，色彩简单处理过。博客时代很安静，你在博客上会收获文字上的邻居，把他们的地址放在列表里，每次登门拜访的时候心存感激。我们这一代人不但对老一辈文青很谦恭，还有自己的意见领袖，我说的文青们的意见领袖绝非今日的流量明星，而是要追随内心的热情，反叛，打破常规，比如韩寒，虽然现在搁笔了也不尖锐了，但当年也是写过态度鲜明的"韩三篇"的。

前两天我等人，就近去了一家书店喝咖啡，坐在里面，总觉得哪里不对，这也算一种特异功能吧，像我们这种矫情的人总在蛛丝马迹里发现异样——书店换老板了。我去问店员老板在吗？店员还没说话，斜对角有个穿着挂着链条牛仔裤的年轻男人说："找我什么事？"我吓坏了，连忙说："没事，没事。"以前的老板是个精神萎靡的文艺青年，总一副睡眼惺忪的样子，总把摇摇晃晃的桌子用书垫起来，楼上邻居讨厌书店有人唱民谣，常常拉开窗户对着下面咒骂，恨不得举着菜刀冲下来砍人，把书店开得小心翼翼，常常就被某个有关部门来训话。书店转给商人，这些问题全部被摆平，终于可以坐在院子里畅所欲言而不担心被脸盆泼水，点了咖啡也不用等半个钟头，可有种亲切的东西消失了。当年那些文艺青年都跑到哪里去了呢？

去年在北京见了一个常年说要找我撸串儿的编剧，他以前是个文艺青年，我想象中的北京撸串儿应该坐在马扎上，捧着一大杯冰凉的扎啤，肉丁小串如蚂蚱腿，吃的是一份心情。当这位编剧同学开着保时捷来酒店接我的时候，我脱口而出："你怎么胖成这样？"烤串店很特别，每个人的座位上提前入座了一个巨大的毛绒玩具，我和一只棕色大熊坐在一起，它看着我吃硕大的牛肉块，我随时可以瘫倒在它的肚子上，我问对面的编剧朋友为何要放这些动物在我们身边，他说："可能现在的人都太孤独了吧。"编剧朋友戴着一顶帽子，上面镶满了对称的logo，他脱下昂贵的风衣，衬衫的经典格纹让我一下认出了品牌。他身上的所有一切都长着一张"快认出我"的奢侈品脸，我说他赚到钱了，他说自己深得老板的心意，总能帮老板处理他不愿意亲自上阵的事情。我不敢贬低他的这种变化，毕竟他终于让自己的母亲过上了好日子，但同时我觉得难过，文艺青年变起来更有颠覆性，上一秒还是天真无邪的纯情少女，下一秒就是闯荡江湖的太妹。

很多女编辑嫁人后消失得无影无踪；有的朋友开了饭店，倒闭又转行；有的朋友成了心理理疗师，用通灵、巫术、塔罗牌、水晶等混合媒介的手段帮人治愈心灵；有人拍了电影，赚得盆满，却也不再来往。在上海写东西的人里面，我最羡慕你和张定浩，你们都有一段在工厂工作的经历，那简直就是取之不尽的素材啊，工厂生活多厚重，有破旧的皮沙发，有散落在各个角落的螺丝，有油腻的机油，有屁股圆润的漂亮厂花，有吹着口哨的中年师傅，还有隐秘的、躲起来看书的电工，在流水线上做着作家梦的普通工人。真正的文青很难甄别，因为他们不会坐在咖啡馆里拿着书拍照。就像你在《雾行者》里写的读着卡夫卡、托马斯·沃尔夫的仓库管理员，腋下则夹着一本《苏联三女诗人选集》的录入员。文艺青年不该只是坐在书店里聚会的城市男女，更应该是这些散落在各个角落里追逐繁星的人，没有任何光效打在他们身上，很多梦都在岁月中死去，只有他们自己知道。

比起十年前的我，身体更加孱弱，再也不能熬夜看电影也不能熬夜写东西，就算睡不着，也只能保持着精神衰弱的状态。我还在使用社交媒体，但对很多事情变得悲观，而当年令我敬仰的一代文青很多都消失了——至少不再在社交媒体上发出声音，似乎对许多问题感到无力且毫不在意。十年后的你还在写小说，你说："有些时代你用尽一生看不到它的涨落，有些时代只需要十年可能就过去了。"十年后，文艺青年变成文艺中年，我不觉得文青的人生比普通青年过得更好，他们往往因自己的随心所欲丧失掉赢得成人游戏的机会，但在生活找不到出口的时候，他们至少还能在某个作品中得到答案。

命运无常，生活干燥，还是要感谢文学和艺术给我们的寄托，仿佛沉闷的沙漠里铸起了主题公园。

祝羽捷

2020 年 4 月 19 日

祝老师：

见信好！

我这一年过得十分简单，一点也不聪明，读书不多，有时出版社会给我寄一些，拿到手里随便翻翻，也无意判断其好坏，看不下去的就搁在一边，如此而已。有一本书我已经读了两年，是《撒马尔罕的金桃》，里面的素材很好，但基本上前读后忘记。这也是一种很好的阅读。我上一次试图能复述的书是吴清源的《黑布局》，那是二三十年前了，如今，AI 可能已经从根本上否定了吴清源。

我想起以前的师傅跟我说，《黑布局》比《白布局》重要，因为好人（也就是君子吧）本质上是执黑先行，坏人（也就是小人吧）是执白的、有攻击性的。我这师傅讲话蛮有道理，朴素而有效的世界观，尽管他只是个工厂里的会下围棋的电工。

不过也未必。他要是看见 AI 执黑第一手下在天元还能完虐人类，他可能就不觉得执黑是好人了（人类下出这样的棋属于狂悖），估计会反思一下。

年初出版的小说《雾行者》，承蒙你推荐，感激不尽。这本书比较长，其中有一半篇幅写二十年前的"文学青年"。这个事情说起来也是麻烦，有三四年时间我基本上都在写小说，不太关心外面的变化，等到书出版以后我被人告知"文艺青年"已经是一个贬义词。过去我们得加一个"伪"字才算是嘲讽，现在不一样，据说，真文艺青年在人格上是低人一等的。

这是一个很有意思的变化。写这本书的时候，我的想法，每一代青年尽可能在寻找自己的定义，好比五四、知青、20 世纪 80 年代、摇滚、网络青年等等。到我们这代人中年后返溯，文学或文艺青年可能是唯一能找到的现成的词。这种定义，我自己瞎编一个也没啥意思，就取来用了。我的想法，是不是可以站在相对撤出的历史角度来看待"文艺青年"，因为它看起来就要过时了。等我写完这本书，很不错，它确实过时了。

这本书出版以后第一个开骂的是和菜头。我与这位专栏作家素无交往。他好像觉得写文艺青年的小说太庸俗了，这份自信我很欣赏，顺着一种话语思路往下骂的境界则不太入流。他倒没有说悬疑小说是在教唆犯罪。

这个问题被不断纠缠讨论，其实我已经不大想重复回答了。咱们可以讲得再透彻些，既然"文艺青年"的时候已经过去，而这帮人还活着，没死光，那么问题可能会变成双重的：既有着历史命运，也夹杂着个人哀怨（或是欢喜）。这个说法当然有加磅的嫌疑，但它也远不是喝咖啡听音乐那么简单，就像这一代年轻人将来返溯自我，不可能解释一代人就是个社畜的命，尽管目前他们在这么调侃自己。

这并非无稽之谈。不管是咖啡还是奶茶吧，皆为真实存在过的东西。如果某人天天狂饮茅台，将咖啡和奶茶斥为虚妄，则无数人的过去皆是虚妄，只有狂饮茅台的那位享有了万王之王的尊严。这是扯淡。在写小说的人看来，没有低于生活的生活，没有不可描述的题材，只有庸俗的句法而已。

写这个题材有一个特别麻烦的地方。文学青年也好，文艺青年也好，都是擅长修辞的一类人。作者既无法停留在他们的修辞，又不可能高高在上直接越过他们的修辞。正是修辞术导致我们混淆了很多问题。比如我要在小说里写一个喝咖啡的场景

（姑且把咖啡当成一种修辞），我就会被立即指责为文艺腔。这时我就不知道是我脑子糊了，还是读者脑子糊了。我要写一个人蹲在路边啃方便面，不管句法多糟糕，我就是一个有情怀的作家——这种判断法非常不幸，它就是当下的话语术之一，不仅用于评判小说，也用于评判生活。

它唯一的教益是：某一代人，青年时期向上凝视（或警惕）权力，到中年以后终于学会在同一个水平线上看着大众。过去所谓向上的精英年代，大众从来没有出现过，现在他们就在那里。这会成为当下年轻人的主题，或者加入，或者反思。总之，那个文艺青年的过往，目前已经被当成是泡沫。

这种泡沫不是"文艺青年"的报应，似乎是每一代人必然的结果，讲夸张点是人类本性。美国嬉皮士一代的儿女们都老老实实去上班了，算是一个旁证。我们年轻的时候，当然也觉得老的一代过时了，而老一代在年轻时候也是这么想的。如果让时间来作证，说实话，时间也证明不了什么。时间只会把问题稀释，把经验浓缩为概念。时间的好处是它会遗忘你，但不会羞辱你。

2017 年以后，我与朋友见面，常常有一种要散场的感觉，然而言犹未尽，然而也不用再说什么。到了 2020 年，我又觉得，趁还有时间，要将情谊表达得妥帖可靠，要支持那些信得过的人。以后再怎么样就不必多想了。

祝安好!

路内

2020 年 5 月 20 日

通信人　**维舟** 时评人

维舟：
30 岁之后，我更加愤怒了

"现实"一直是一个压得我们喘不过气来的外部存在，
是房间里的大象，以至于你想不关心现实也不可得。

维舟老师：

你好哇！

我曾经看到一句话，"三十岁之前你不是愤青那你是没良心，三十岁之后你还是愤青就是没头脑。"那我完蛋了，因为恰恰相反，过了三十岁，我非但没有变得泰然平和，反而更加愤青了。我觉得可以愤怒的事情太多了，每天打开新闻，都有很正当的理由去生气——昨天丈夫砍死要求离婚的妻子，今天幼儿园女童遭受老师性侵，后天高考生被冒名顶替……在我看来，不生气才有问题，这么多危险和不公像一种隐患，随时可以蔓延到任何一个无权无势的人身上，对受害者同情之余，我感受到不安和恐惧。

不少恶性事件得到网友们的关注，在网上掀起舆论波澜后，很快得到了相关部门的涉入，有了说法和交代。我看到了舆论的力量，看到我们微薄之力如星星之火也能燎原。但这里也有一个风险，那就是缺乏全面的、权威性的报道，我们作为一个普通人很难看到事件的全貌，越来越多的调查记者离开原先的岗位，网上有人指出全国只剩下二百多名调查记者。相比社会上发生的事件，这个数字凤毛麟角，不少新闻报道如通稿，缺少记者更细致的采访和调查，难免会一叶障目，所以才会常常发生"反转"事件。

最近我在思考，为什么三十岁后自己更愤怒了。十年前，我觉得自己还有力做些什么的时候，偏偏兴趣特别多，关注的范围广泛，注意力用在各个地方，公共议题只分得一小杯羹，而大部分时候都觉得跟自己似乎没有什么关系。加上自己觉悟也没有三十岁之后高，很容易沉溺在自我情绪中，白白浪费掉很多精力和体力。另外，过去的传统媒体威力强大，调查记者们赴汤蹈火，总会给我们一个交代，个人无须在网上过分扮演媒体人的角色。人过了三十岁，更接触现实了，生活变得很具体，公共性话题一下子离自己特别近，比如生育政策的改变、离婚冷静期、老人不会使用二维码之类的事情。

这些年我非常厌恶"精致的利己主义者"，却发现我们能为这个世界改变的太少了。如果语言也是一种能力，我认为在网上为弱者发声也是一种抗争，抗争得到关注可以解决受害者的燃眉之急，但其中也有不少隐患，因为我们并不能看清真相。除此之外，每次发声也会连带被泼污水，遭受许多谩骂。我常常对一些人怀有期待，希望他们在事件面前可以挺身而出，我总会期待看到维舟老师的观点，看你帮我们梳理、评论、分析，让事件不再孤立，不再只是一个事件，而是可以成为我们共同的经验，让我们更好地理解自己所处的世界。

文艺复兴时期有了"大艺术家"这个名词，把艺术家的地位抬上新的高度，在我心中谁可以算得上大艺术家呢？一定不是那些只关心自己、只关心美、只关心自己作品价格和受欢迎程度的艺术家。毕加索的《格尔尼卡》用自己的艺术语言表达民族所遭受的苦难，把危机普遍化，让个人经验连接上其他人的苦难；诗人聂鲁达也是用自己充满艺术力量的语言，书写自己民族的集体命运。这些人都不是关心自己作品价格的人，而是关心作品背后的价值。

我在一个微信群里，这个群由不少已经退出江湖的传统媒体人组成，他们中的一半人已经不再使用微博，所以我意识到公共话语场上活跃的人已经大换血了，新一批年轻人正成为中坚力量。我就遇到了不少喜欢的年轻人，同时也发现这届年轻人似乎比我们更加保守了。

过去我们喜闻乐见拒绝读大学的韩寒和高校研究所教授舌枪唇

战，现在只能跟年轻人一起看女团了。过去我们一起看《欲望都市》，现在的年轻人会揪住影视剧中男女主三观不放，用严苛的道德标准批判他们的情感，甚至说祝英台真正应该嫁的是马文才，挣脱束缚的爱情没有被赞扬，一些年轻人主动靠拢封建礼教。托尔斯泰在小说里《魔鬼》写道："人们通常认为最保守的都是老年人，而最勇于创新的都是年轻人。其实这种看法不完全对，有时候最因循守旧的倒是年轻人。年轻人想要生活，可是他们却不去考虑，也没有时间考虑应该怎样生活，因此，他们往往选择自己过去的生活来作为自己现在生活的样板。"

原本我们每个人都可以掩盖个性，小心翼翼度日。我相信没有人可以独立生存在这个世界，我们是命运的共同体。我生性柔软，却藏着侠气，不想成为一个缺乏幽默感的抱怨者，别人隔岸观火，我坐在岸边忍不住摩拳擦掌，不惮下水，时不时愤怒，像个水性很差的愣头青。可我越来越多体会到在这个时代个体的渺小，人的无力，打不出有效的水花。能做的事情越来越少，我的义愤填膺不过是别人眼中的自作聪明，不设防的热情在别人看来不过是精力的浪费，愤懑的人总显得不合时宜，我几乎要被这种悲观的情绪吞噬了。

愤怒不同于生气，愤怒是对当下的质疑，保持愤怒，是我抵制麻木和涣散的方式。也许我是个没有安全感的人，危机意识很强，总觉得世界上发生的事情早晚会渗透到个人的生活里去，让你的生活溃烂，为了对抗这种溃烂，我只好咬牙切齿，信誓旦旦——原来是胆怯让我变得勇敢。

你觉得这届年轻人应该躺平吗？

祝羽捷

2020 年 9 月 11 日

羽捷好：

毫无疑问，我不认为年轻人应当躺平，但我也能理解你所说的这种困惑和无力感，因为我自己这些年也感同身受。这说到底，都是因为横亘在我们面前的一个坚硬的现实：在信息浪潮下，我们可能是对中国和世界看得最清楚的一代，也本能地感觉好像有哪里不对劲，但却找不到一个支点来撬动这个世界。

这显然有别于更早些年那种高歌猛进的乐观精神：当时即便不是人人都感觉"在希望的田野上"，至少全国上下都在埋头赚钱，深信只要抓住机会，日子总会一天天好起来。这种心态最奇妙的地方在于，人们其实没有真正去想过社会怎样才能不断"进步"，却坚信它一定会照此节奏按部就班地实现，因为佐证他们信念的事实看来俯拾即是：不但物质生活在"奔小康"，

214

而且周围的空气看来也日渐宽松多元，每个人也有着向上流动的机会，似乎只要梦想不太离谱，都是有希望实现的。

近些年来，这样的乐观情绪正在消失。很多人，尤其是年轻的一代，已经不再相信这个不断改善的进程将一直下去。这是因为容易改善的那些事物已经大抵完成，剩下的都是难啃的骨头。中国的发展太快，有些权利意识对年轻人而言已属天经地义，他们却震惊地发现身边的一些人仿佛和他相隔着一百年的时间差。何况网络的普及与发达，又让人们看到了社会更多、更复杂的面向，有时哪怕是一点点小小的改变，都需要反复的博弈，所谓"触动利益比触动灵魂还难"。

当下的种种分歧，或许都可看作是人们对这一现实所作出的不同反应：有些人认同；有些人也许未必认同，当认为它完全不可改变，只能"认清现实"，而随之可能是钻营、妥协，也可能是完全撤回到自己的私人生活中；最终，只剩下少数人还不肯放弃希望——我就是这少数人之一，所以也有朋友说很惊讶我竟然还能保持乐观。

我之所以还谨慎乐观，是因为我相信，中国社会已经发生了某种结构性的变化，使得真正的"倒退"变得不可能——事实上，即便是那些看起来像是"回归"的行为，也是全新的社会现象。

当然，我也承认，"新"未必就"好"，毕竟它也带来新的问题。前一阵看到戴锦华在访谈中说，她第一次放弃了与年轻人沟通，因为彼此之间已出现巨大的裂痕，现在的年轻人个体性太强，以至于在他们的世界里容不下对他人的感知。这的确是一个问题：如果一切都以自己的感受为准，那么这样一个极端个人主义的社会可能在给个人带来自由的同时，又会带来苦闷，对原子化的个体来说，"公共生活"究竟有什么意义呢？甚至，它是可能的吗？

确实，并不是所有人都会关心公共生活的。尽管在古希腊罗马社会，这被看作是每个公民的本分，以至于英语里 idiot（"白痴"）的词源本意就是"（不参与公共事务的）私人"（private man），但到了近现代，西方也出现了"公共人的衰落"，表现出一种"成熟的冷漠"，而选择退回到自己私人生活中来实现自我。

在中国社会，这个问题的争议就更多了，因为编户齐民的社会原本就缺乏那种"公共人"的传统，那是直到 19 世纪末才被通商口岸的公共空间和国家危机共同孕育出来的。中国的第一代现代知识分子，几乎从一开始就面临如何在其间安身立命的窘境。姜涛用"公寓里的塔"来标识 1920 年代新青年的两难："公寓"是一个逼仄的生活空间，而象牙塔则象征着从那个需要迫切参与的外部世界撤回到内心，化身为一个冷静的旁观者。

一百年过去了，这个问题又在新的现实中出现了——从某种意义上说，在近现代的中国，"现实"一直是一个压得我们喘不过气来的外部存在，是房间里的大象，以至于你想不关心现实也不可得。并不是你觉得太累，只想独善其身就好了，事实是，有时即便你只想"自己的事情自己作主"（例如你不想那么早结婚，又或是获得自己应有的权利），都会发现身不由己，仿佛触动了那头大象的命门。就此而言，并不是"应不应该关心公共生活"的问题，而是它迟早会逼你直视。连躺平也不是一个真正的选择。

事实上，就我的本性而言，如果可能，我更乐于去追求个人在知性上的愉悦，但近些年来我渐渐意识到，这既不明智，甚至也不可能。说不明智，是因为在一个边界模糊、主客互渗的时代，这丧失的不仅是现实关怀，还有很多激发自我的机会；说不可能，则是因为这种隐遁、自足的"内心宁静"如今恰恰只有在个人权利等公共问题已得到基本解决的情况下才有可能，在我们的现实中如果不是乌托邦，便需要强大的自我欺骗能力。

所以，我们为何要介入现实？因为我们的"不介入"其实也是在"介入"，只不过是以"放弃"的方式介入。日本政治思想家丸山真男曾提出"不作为"的责任问题，就是说你不干什么仍然意味着朝一定方向推动现实。在这个意义上，"躺平"不是"不改变现实"，而是"以不作为放弃了现实被改变的机会"。

当然，一个不可回避的问题是：如果应该做，那么怎么做？毕竟一个理想无法落到实处，那就仍然只是一个幻影。我想，至少有一件事是每个人都可以做的，那就是认清现实，但坚持做自己。就像加藤周一在自传《羊之歌》中所说的，在一个外部力量强大到足以对内心造成压迫的时代，你也可以保持内在的精神生活，做一只虽然温顺但决不随波逐流的羊。

也许这听起来有几分"消极自由"，但却是一个坚实的出发点，因为只有这样的自足的内心，才能为我们提供精神支撑。在这个基础上，我们要清楚地知道，社会的改变绝不是一朝一夕的事，但至少，我们可以尽自己所能去改变周身的这个微生态：遭遇歧视、不公，要坚定运用法律武器去捍卫自己应有的权利，也要对他人类似的处境施以援手——哪怕只是转发扩散以示支持。如果说以前的人们相信"世界会变得越来越好"，仿佛自己不用做什么，那么现在越发清楚的一点是：如果我们不做，世界是不会自动变好的。

一说到"介入现实"（且不说"改变现实"），似乎是个令人望而生畏的任务，但那其实也不过是每个人的"日常操练"——

毕竟，所谓的"现实"又是什么？说到底也是我们每个人的行为、态度所形塑的。那不需要宏大的计划，只是无数微小的自发行动的集合。我仍然相信，越来越多人会认清这样一个真相：和童话不同，逆来顺受并不能让我们最终获得幸福，如果你想要，就得自己去争取。

维舟

2020 年 10 月 5 日

吴晓波：
选择了就去努力，放弃了就不必纠结

一个独立的自己，与你从事的职业、所在的国度和与商业的远近，都无关。

吴老师：

展信佳！初夏的夜晚，像刚起开的一瓶粉色香槟，气泡新鲜强劲，像月光花一样皎洁。我走在橙色的武康路上，被一个人叫住，他慵懒地坐着一张藤椅里，目光真诚地说："你不认识我了？"

我愣住了，觉得他眼熟但又毫无头绪。这个男人的皮肤有点黑，鼻翼有雀斑，头发到肩膀，是凌乱的泡面头，额头上绑着发带，配上玩世不恭的表情，非常波西米亚。但我就是能清楚地确信：他的这种雅痞是从清秀过渡到颓废，不是天然就存在的，是都市感的反叛。不过，就算我认识一个纯正的嬉皮士也不足为奇，毕竟我也迷恋过凯鲁亚克的《在路上》，也爱听鲍勃·迪伦，也歇斯底里地蹦过迪，也开着车自驾过欧洲大陆，也交过些许杂乱无章的朋友。

"我现在变化太大了，你可能没有认出我是谁。"

"抱歉，我真有点想不起来了。"

"我做了近视手术，现在眼镜也不戴了。"

"我不欠你钱吧？"

"不欠。"

既然不亏欠他钱财，我浑身放松下来，愿意聆听他说出自己的身份。当他说出自己名字的时候，我简直不敢相信，因为在过去所有数量有限的交集里，他一直穿着精致的收身西装，戴着腕表、细框眼镜，浑身散发着爱马仕香水的气息，林林总总的符号组合在一起组成了这个时代成功人士的标配。

"你……发生了什么？"我脱口而出后才意识到自己说了一句欠缺考虑的话。

"我创业失败了。"他淡淡地、带着一点自嘲地说。

"所以你做回了你自己！"我简直是脱口而出。

他怔了一下，不敢眨眼一样地直视着我说："对，我创业前就这样，为了见投资人不得不装一下，现在不用了。创业失败的人可以做回自己……"他越是这样与己不相干地说着，我越是觉得平静背后藏着一股脱离苦海的暗喜。

很可惜没有接着聊下去，我的手机响了，约好的女朋友催我开饭。坐进餐厅，我对女友们描述刚才的邂逅，她们兴奋地说："他有女朋友吗？我简直要爱上他了。"肯定很多人不信，一个男人意气风发的时候，女人不感兴趣，创业失败了反倒格外迷人。成功人士千篇一律，失败者各有各的故事和隐晦。最后一个女朋友得出一个结论：觉得失败迷人的，那是高级的审美。

前两天我又拉黑了几个"成功人士头像"，他们无一例外穿着黑色西装，双手交叉摆在胸前，背景是蓝色的摄影布，一张嘴就是："如果你们依然需要我们的祝福，那么，奔涌吧，后浪，我们在同一条奔涌的河流。"我忍不住想骂人：我去，谁跟你在一条油腻的河流里，太有"爹味"了。

现在的社会，成功变成了唯一的价值观，不斗志昂扬地追求成功就好像对自己是一种辱没。这几年最流行的话是："站在风口上，猪都会飞。"成功的路径和标准也很单一，那就是拉投资，变现。像我这种意志薄弱的人，一度也被煽动了，真以为自己天资过人，是商业奇才，身上挂满名牌，也见了几位投资人，假装自己胜券在握。老实说，见投资人比进审讯室还难受，一样是接受拷问，在审讯室至少你不会有求于人。我常被投资人怼得耳红面赤，出门就想摔电脑，暗自质问自己：人生苦短，何必受这种折磨。说到底，还不是因为我自不量力且爱慕虚荣。

要做的事本来挺有意思的，只用数字考量一切就变得索然无味，我再也不想见投资人了，他们说话的时候我只听到了拨弄算盘珠子的声音，还有比这个更乏味的交流吗？创业的标准太单一化了，就是要流量，可为了流量你就得昧着良心说话。我对一切贩卖价值观、煽情的内容就是喜欢不来。我还不喜欢成功人士脸放在书封面的，挂在机场的，拍照一定要伸出大拇指，雄赳赳气昂昂的；还有到处开班教学的，组织闺蜜会的，试图用鸡汤教人情商智商如何嫁人的；名片上印一堆公司的……反正总想用成功唬住人的，在我看来，往往都没安好心，明明想要割韭菜非要给自己扣上大帽子。还有些明明工作做得一塌糊涂，说起来却是自己不乐意干了，"我要去创业了"，对于他们来说，创业不过是一种"障眼法"，因为不能经营好眼前的生活，只好借助一个更伟岸的借口，掩饰虚弱的现实。

"我要去创业了"，这句话大有深意。大家一窝蜂地去了。好似你要不是创业者就说明你是个超级 loser，人人都担心被时代吃掉，只好装出一副不被打倒的样子。创业应该是一件挺美好的事情，怎么我们的创业者都戴着统一的面具呢，一副满满正能量不会被打倒的样子，使用着"相信明天会更好""有梦想就一定会实现"的话术，讲给投资人听也讲给自己听。我们常常看到美发行业的员工站在大街上做广播体操，生怕动摇信念的创业者也会定期聚在一起，齐声高喊口号给自己壮胆，逼着自己亢奋和积极。

过去的人关心如何拥有美好的生活，我外公一辈子过得就挺舒坦，他可没有创业，书法写得好，算盘打得比投资人还溜，他打算盘用于娱乐而非算账，可以通过加减法把算珠排列出各式图案，颇有新装饰主义的风格，看得我们目瞪口呆。无用之美的事可真好玩啊，短暂的一辈子都不够我体验，如果谁再煽动我变得不像自己，把热血献给资本主义，我就跟他翻脸。约翰·穆勒指出过金钱的本质，告诉我们"人们并没有对它产生原始的渴望或动机，它纯粹是有益于让人得到快乐，驱除痛苦"。我想，我们活着能不能不以赚钱为目的，把自己手上的事做好顺便把钱赚了。也许今天的这些想法是因为我赚不到钱吧，赚钱实在太不好玩了，太辛苦了，生活七颠八倒，个人性情大乱——以至于我宁愿做一个失败者也不愿意遭那罪。

不知道您看过《推销员之死》吗？推销员用梦想麻醉自己，以为只要奋斗就能得到幸福，却不愿意接受自己是个失败者的事实，总是在努力，却没有所谓的自我。商业社会就是由千千万万个推销员组成的，因为不容置疑地履行社会建构出来的成功路径，遮住了眼睛，只不过现在他们还多了一个麻醉自我的方式——购买成功鸡汤学。大概因为赚不到太多钱，我在精打细算中发现，如果管理好欲望，我也不需要那么多钱哩。推销员们已经够可怜了的，这个社会还骗他们，我常常为此气得火冒三丈。

我看到不少创业的人并非发自热爱和灵感，是为了追风口，什么有机可乘就做什么，共享单车火了，就出现各种色彩的单车，一个颜色代表一个品牌，七彩的共享单车群没有拼出彩虹，却拼出了一座座过剩的山。创业充满了功利主义，每个赛道上挤满了来碰运气的人。这个社会的剩余价值已经够多了，古人打猎吃饱喝足就可以载歌载舞，寻欢作乐，洞穴里画画牦牛，印几个红手印，搞搞艺术。我们现在比古人拥有的多太多了，不用茹毛饮血，也不用担心被猛犸象攻击，却没时间享受生活，这到底是图什么呢？

有手有脚的年轻人，不想赚钱，不想创业，与其提心吊胆地做自己不擅长的事，不如守好自己的一亩三分田，毕加索说啥来着，"你要做的事情不但必须力所能及，还必须低于你的能力"。我接受自己的失败，说不定把所有的郁闷和失落收集起来，可以化成两句好诗，还可以拥有一身一事无成的温柔。

请原谅一个创业失败的人发发牢骚，失败后，我觉得生活不但回归了正轨，还被扩大了，能容纳更多无用之美了。没有强烈的求胜心遮蔽双眼，脚下的路不再是一条，而是生出了许多经纬。

祝羽捷

2020 年 10 月 2 日

小兔：

见信如晤。接到你的来信是荷花开的时节，现在坐下来回复，窗外的江南红枫已开始飘落。2020 年的下半年特别的忙碌，我仿佛一个欠债的人，趁年关将近的时候必须匆匆地把钱还掉。

人生要学习三个相处之道，一是与自己，一是与爱人，一是与金钱。说到难易，恐怕没有办法分出大小。

前几天在阿那亚碰到西川，我随口聊起他的诗歌和他的一帮诗人朋友海子、骆一禾、杨炼，西川有点吃惊地说，你不是搞财经的吗，怎么对我们还挺熟的？西川不知道，大学的时候，我在图书馆写了四年的现代诗，到今天，我的书房里起码有三分之一的书与诗歌和散文有关。

写字的人看钱，要么高看，要么低看，很少能平视的。竹林七贤里刘伶爱财，平日喜欢一个人躲在房子里数钱，他的娘子戏弄他，指着那堆钱问，这是什么？刘伶死活不肯从嘴巴里说出"钱"这个字，于是称之为"阿堵物"。

"阿堵物"很好，能够买到世上几乎所有的东西，"阿堵物"也很脏，它可以败坏世上几乎所有柔软的美好，从友情、恩情到心情。从事商业或创业，就是一个生产"阿堵物"的过程，那当然更是百转千回、无比的煎熬和充满挫折感。

阿玛蒂亚·森所谓的"身份的焦虑"，也一度困扰过我。

这些年来，我常常被问及一个问题："你是一个文人，还是商人？"说实在话，到今天，我还是无法做出明确的二选一。可能，在相当长的时间里，我也不会去做二选一。

创业于我，不仅是获得财经素材和深度了解商业世界的一种手段，同时也已经是生命体验的一部分。我享受商业给我带来的智力挑战，也在不断的挫败和质疑中去体味人生的丰富度。对我——也许对绝大多数的男生而言，这种可以被量化的、极度刺激的体验，只有在血腥的战争和商场上才可能获得。

的确，对于从事文艺的你，可以把创业看成是一种可以量化的行为艺术。它的成功或失败，与贵贱无关，与高级或低级无关，在某种意义上，只与财务报表有关。

前几天去上海的 TX 淮海，那是最近沪上最火的年轻人打卡地。有一个 95 后的姑娘看上了一个向日葵抱枕，居然售价 3000 元。旁边的男生嘟嘟囔囔地去埋单："就这么个东西，那么贵。"女生盯了他一眼，"这是村上隆的限量版，你不知道？"

那男生估计真的不知道。

村上隆是日本的潮流艺术家，据称他每年创作的艺术品及相关衍生品可以销售一亿美元。然而，就在今年的 5 月底，村上隆在自己的 Instagram 上发布了一段视频，视频中，村上隆沮丧地对粉丝们说，因为受全球疫情的影响，他的工作室可能要破产了。

与此很类似的，还有一个故事。

迈克尔·波特是全球排名第一的战略学教授，他创作的"竞争三部曲"是所有商学院的必读课本。可是，在 2012 年发生过一件轰动一时的事件，由波特发起成立的一家战略咨询公司摩立特，因经营不善，向法院提出了破产保护的申请。"战略大师也救不了自己的公司"的新闻，一度让波特非常难堪。

如果村上隆或迈克尔·波特不经营自己的公司，那么，他们一直是那个象牙塔里的"安静的美男子"，经济危机或疫情，对他们而言，仅仅是灵感的来源或研究的课题。但是一旦沾上了创业的泥巴，谁也逃不出财务报表的拷问。

跟"灵魂的拷问"相比，"财务报表的拷问"最大的不同是，它可以被量化。

并不是所有的人都适合创业，甚至大部分有专业能力的、骄傲的科学家、知识分子都不适合创业。商业上的挫折，会让他们产生难以言说的耻辱感，这将曲折地投影到他们对"阿堵物"的态度上。

其实，创业或金钱，如同我们生命途中曾经交集过的一位恋人，他没有那么的高尚，也没有那么的不堪。它仅仅是无数生活和工作的方式之一，选择它的时候，不必飞蛾扑火，离开它的时候，也不必咬牙切齿。

当下堪称是一个物质繁荣而精神苦闷的时代。相比较，商业世界倒算是一个比较公平和自由的市场，你可以在法律的红线之上，尽情放肆地冲撞和试验，前辈是用来弒杀的，偶像是用来推翻的，传奇是用来颠覆的，规律是用来证伪的。

对于当代的年轻人而言，创业或参与创业，也许算是一种反抗平庸、并在时代的身上克服自己的一个不错的选择项。

人生要思考的问题，不是我们应该离金钱有多远，而是我们离金钱有多近。在宝马雕车香满路的世俗世界里，我们终究要靠近它，亲近它，与它纠缠和搏斗，享受它带来的欢愉和苦恼。而最致命的挑战是，无论如何，我们不能被金钱吞噬，我们不能在任何的诱惑或境况下丧失自我。

一个独立的自己，与你从事的职业、所在的国度和与商业的远近，都无关。选择了就去努力，放弃了，就不必纠结。

纸短意长，一言难尽，就写到这里了。

现在，我要去到窗外，捡一片红枫的落叶，夹到正在阅读的斯文·贝克特的《棉花帝国》里。若干年后，某个情景下，也许会重读此书，又会蓦然重逢今日的心情，想起我给一身文艺气质的你写的这封不无枯燥的信。

晓波

2020 年 10 月 29 日中午

马良：
愿每个人都能发现自己并完全生活

痛苦只是生活的一面，另一面是人类的乐观主义。

人生没有胜算，但我们依然会为之努力。

马良老师：

你好哇！我昨天遇见前同事，她还在杂志社上班，犹风风火火，脚底像踩着风火轮，和我在一起竟成了浮生半日偷闲，我们换了个小酒馆叙旧，难免一起怀念起过去春风得意的日子。她说到了你和我合作的诗歌影像专题，现在看来真是不可思议，没有任何对市场和流量的迎合，也从未想过从中获利，只是纯粹想将诗歌和艺术结合起来做一件作品。

其实身处那些日子的时候，我也不知道自己赶上了纸媒最后的黄金时代，也不知道自己的忙碌意味着什么，蒙着头做事，就想着完成，胆子比现在大，对自己很诚实，策划一个杂志从未做过的选题，想找到一种突破性的语言把它呈现出来。我找到了你，虽然有点怕你和你的团队（过去没见过这么多大花臂和大胡子的男人，名字多带豹、虎、鹰等飞禽走兽），刺青、光

233

头、耳环、皮靴，每个人都散发着危险的匪气，我心里嘀咕着：原来搞艺术的人这么酷炫啊。你没有因为我的年轻和鲁莽而拒绝，我们一起冒了次险，感觉还不赖。

由此看来，人生许多重要时刻都不是立竿见影的，就像新做出来的雕塑要放段时间才有味道，人也要等多年后才能明白一点道理。之后这样的专题再也没有了，传统媒体做的事情必须跟营收挂钩。我只能远远地踮起脚尖怀念，自己曾在不安分的日子里折腾出自己的一小片天地。但话说回来，如果你站对了一个产业的黄金时代，似乎做什么都容易些，许多机会和资源会涌向你，难免有"乘上东风扶摇直上"之嫌，到底自己几斤几两，还是要等风平浪静之后好好审度，少一些错觉和幻想。

现在的我，既没有东风，也没有刚工作时的青春红利，心里倒也踏实了，一个字一个字地写，一件事一件事地做，更加专注和谨慎，在做事中整理和处理自己的观念问题，手忙的时候，心也会变得活泛。

数码产品横行，我很少拍纸质相片，也再也没有走进过照相馆，有一张是你给拍的。那不是专门为我拍的，而是一个极其好玩的一个项目——移动照相馆。我现在想起来还觉得你真是一朵"奇葩"，像一个到处给人看手相的吉卜赛人，带着一票兄弟开一辆装满服装、道具、摄影器材的"移动照相馆"，跑遍了全国大大小小的城市，为一千多人免费拍照。在这个人心渐冷，一切都变得速食的时代，人与人缺乏面对面交流，照片变得廉价而泛滥，你的影棚颇具舞台感，像一台穿越时空的造梦机，让我们回忆起小时候去照相馆的庄重，那是全家人顶顶重视的一件事，穿上新衣，洗净脸，打上发蜡，欢天喜地地去拍照。一张照片要摆弄很久才能按下快门，拍完还需经历等待，去取照片，又很隆重地为照片配框装裱，悬挂。整个流程很长，里面都是人情世故，照相馆曾是人际关系的黏合剂，是多少人友谊、亲情、爱情的见证者，是民间的文化代表。

展览越来越多了，如果说现在人们都能接受"沉浸式体验""互动艺术""偶发艺术"这些概念，我想你的移动照相馆在中国就是这些艺术形式的开山鼻祖，像带有实验性的行为艺术，参与的人数之多，每个人不自觉地成为这次表演的一部分，我看到了平等和信任。最让我动容的是你邀约父亲一起去完成一部奇幻舞台剧——《爸爸的时光机》。起因是因为父亲患上阿尔兹海默症，记忆力衰退，你希望能用舞台剧唤起父亲的记忆。我在你的艺术项目里发现一个重要的元素就是——生活，你的作品从未跟真实的生活脱节，生活先于一切，你的艺术里充满生活的经验，从不拒绝普通人，我在你身上看不到某些艺术家的职业优越感，也从未用晦涩难懂的词来阐述你的创作。

很早，博伊斯就喊出了"人人都是艺术家"的口号，仿佛把艺术和平凡生活的界限取消了，可真让人人去像一个艺术家一样思考或者做点作品，还是天差地别。艺术里可以有生活，但必须有一点超越平常，比一般人看得更深远的东西，就那一点东西就能决定你是不是伟大的艺术家。现在我对"人人都是艺术家"有了新的理解，我们每个人的体内都藏着一位艺术家，需要一个契机将他／她唤醒。这个唤醒的方式不一定是走进艺术学院，罗伯特·亨利说"有些画表现了教育，有些画表现了爱"，有些科班出身的艺术生接受过专业训练，技艺娴熟，知道如何借鉴某个流派，也很知道如何做出完成度高的作品，画面近乎完美，可你就是觉得差了一口气。艺术说到底是表达，是语言的延伸，要有话要说，有情要抒发，无论用什么媒介，或者发明一种全新的媒介，每个人至少都可以能成为一个富于创造、勇于表达的生命体，表达出难以言说的情感和反抗。

很多人对艺术家的真实生活缺乏想象，以为艺术家是一群格格不入、脾气乖张的家伙。就像很多年前，我第一次见到你，被你的外表吓得退避三舍，日久见人心，发现你初给人冷峻的印象之下，内核是心细如发、无尽的柔情。以我对艺术家们的观察，他们的生活和常人并无二致，一样的七情六欲，一样的婚丧嫁娶，一样的与世界发生摩擦。他们的神秘莫测来自他们对创作的专注和想象力，他们的敏感来自完全地投入生活。罗伯特·亨利在《艺术精神》里写道："这世上曾有过最好的艺术不过是一些人留下的印记。他们更多考虑的是充分发挥自己的

236

才能、充分完全地生活，而不是创造伟大的艺术，这样必然能创造出伟大的作品。"

艺术寓于万物，它在生活的细节中，在每个物品的间缝里，在各式各样活动的运行中。艺术在每个人的生活中，从未离席，我们每个人也都理所应当享受艺术，我们就是有这样的权利。

愿我们每个人都能发现自己并完全地生活。

祝羽捷

2020 年 11 月 25 日

羽捷你好：

好久没有认真地写信回信，居然有些紧张呢，一直迟迟不敢动笔。平时写惯了邮件，都是就事论事的，渐渐行文里已经不习惯渗入感情色彩。而曾经写信最多的时候，是在 18 岁之前，前几年我在整理旧物的时候，把那时的一些信再读了一次，那时候的笔真是踏着风火轮的，情也急字也草，像是害怕笔尖和纸的摩擦，一不小心就能燃起熊熊烈火。那岁数也没什么正经事儿，无外乎一些盲目虚掷的爱恋，或是些不着边际的梦话，可是如今再读却读出了些壮烈感，隔着时间之霾，我似乎能看见那个不知深浅的孩子，面对还未曾探索的苍天碧海，急急想要纵身一跃的姿态。写信可真是件很有少年感的事情。

所以本来提笔想先说"别叫老师"的，读着第一句就有点要检查作业的意思了，可是想想又无从纠正，是啊，你又能叫我什么呢？平时在微信里，我常提示一些初次打招呼的朋友，不用叫老师，叫"马哥"吧，但往往又只能限于同性，和女性这样瞎套近乎，也实在很不合适。去年我在健身房请了私教，那个浑身肌肉的小伙子每次在我精疲力竭的时候都会大声为我鼓劲："马老师，你可以的，马老师加油，再来一个，马老师！"喊声响彻健身房，翘臀男女们都好奇地张望过来，看着杠铃下的圆滚滚的马老师，正龇牙咧嘴无地自容。

"老师"这两个字有时就是有如芒刺在背的效果，我对自己都无法答疑解惑，怎么可以因为年纪，就成为老师了呢？如今被叫老师多年，一个"老"字已经名正言顺，可我还是无法坦然，也许有点矫情，但同时心里也有那么一点点窃喜，留着这点横竖的不适感，还是要的。对世间事都逆来顺受了的人，若皆因脸上的褶皱，就有了"教师资格"，这样的人间实在太无趣了。

言归正传，咱们合作的那个"诗歌和影像"相和的作品，我记得是在 2013 年吧？其实过去也不算太久，可真是没想到这些年已经让这个我们身处的世界发生了如此大的改变，纸媒杂志边缘化了，街头的书报亭也一夜之间就都消失不见了，当然也没有人会像我们当时那样去如此隆重地为一个杂志的专题而创作了。前段时间，我们合作的这个作品，还做了一个小型的展览，在开幕时候你有事儿没过来，我对来观展的观众聊起我们当时的这个事儿，记得是你找我聊，要给你们杂志拍个有意思的摄影专题。其实我是不太愿意拍杂志照片的，觉得商业拍摄太多限制，但又不想这样生硬回绝你，于是记得当时是提了个条件的：如果你能把我最喜欢的中国诗人的亲笔手稿，每人一首，都搜集齐给我，我才愿意做这个项目。唉，现在回想起来，这样做实在有点不像话，我自己一老爷们儿，脸皮都薄，曾经在香港遇到少年时最喜欢的诗人北岛，也没勇气走上去打个招呼，却给一个年轻姑娘出这样天大的难题。写到这里，觉得先要给你道个歉，实在难为你了。当然，如今马后炮的道歉是晚了，但当时好像你也没觉得是个事儿，因为你毫不犹豫就答应了，尽显齐鲁儿女的飒爽豪气，让我目瞪口呆。半个多月后，你拿着厚厚一摞十几位诗人的亲笔诗稿，再来找我的时候，我是真服气的，太利索了，说到做到，我也自我检讨了：看人家姑娘漂亮，就觉得必然是娇滴滴的，办不成大事儿的。我当时实在是浅薄了。

前段时间读书看到一句，心有戚戚焉，"请不要指责一个作者无法做出完美的作品，这不是错，这是他的遗憾"。很多时候，我就是怀着这样的一种巨大的遗憾，而向这个世界交付自己的作品的，内心惶恐，也苦于自己的无力，无力使其更趋完整，更靠近所有应该仰望的一切。我当时将那件作品交付与你的时候，也是一样的心情。我是很认真地做这个事儿的，竭尽了自己的情感和能力，也希望对得起你的执着，配得上那些诗句里的永恒照耀黑夜的群星。但依然满是遗憾，这遗憾于我，也是永恒的。

后来你去了英国留学，我也疏于联系。再次见，就是读你写的书了，字里行间，春风故人。你耳目一新的那些部分，也让人惊艳，时间在每个人身上做的手脚果然是不一样的，真是值得大大恭喜。过去这些年，我倒是没什么长进，摄影项目零零散散也做了几件，唯一拿得出手的却是我的戏剧作品《爸爸的时光机》，总体来说我不如刚开始做创作时候那么高产了。唯一值得安慰的，是这些年里我成了家，也有了个孩子，是个女儿，我曾经想象中最完美的孩子，我的太太和我感情也很好。唉，我曾经真的认定自己将来会孤老在自己工作室里，和我的作品一起落满灰尘的，而现在我居然有了一个完美的家庭，这是这些年来人生最重大的收获。而另一面，我的父亲从 2015 年开始罹患了阿尔兹海默症，他渐渐失去了记忆，日复一日不停失守，往事灰飞烟灭。父亲一辈子都在从事戏剧导演工作，他也曾经特别想让我继承祖业，所以我用《爸爸的时光机》试图为他的记忆留下个子承父业的完美剧终。戏我是满意的，但戏剧之外，生活继续着，不再有观众的掌声。看着完全不认识自己的父亲，每次拥抱他靠近他，他的眼睛里都是惊慌和茫然，有时我甚至觉得这沉钝的消磨，比失去的剧痛折磨人更多，尤其是对于我的母亲。但也由此，我更理解了家庭的珍贵，爱的意义。但凡有可能，在衰老之前，我们都应该去学习怎么去爱，并认真付出过爱，这样的人生才算完整。

谈回我们的工作吧，如你所言，也谢谢你的理解，正是因此种种，我一直努力将"生活"本身，将人类共有的情感体验，作为我创作的唯一一母题，并多年来为之努力，试图将艺术作为致幻剂也好，作为安慰剂也罢，希望其作用于生活的切肤之感。但这些年来，"生活"一方面造就着作为作者的我，一方面也吞噬了作为一个普通人的我。我有时也害怕，人间琐事正一一赎买着我的创作生涯，曾经那个只会纸上谈兵的"艺术家"，在生活的实战里被拆解成为一个个更具体的身份：儿子，丈夫和父亲，多一层身份便多一份担当，飞檐走壁不再可能，纵横四海也要定家庭套房了。曾经的浪子难免焦虑，但焦虑归焦虑，我也正在学着面对，知道这本来就是人生的一课，是人到中年之后必然要面对的自修题：拒绝崩塌，脸、身材和精神上的所有崩塌。

我曾经写东西特别快，一泻千里的写法，心里有无数话，就这样一股脑地倾泻在纸面上，很有快意，像是卸去身上重负一般，写完了一身轻松，拂袖而去。而如今写东西越来越慢，落笔不慢，只是后来大部分写下的字都删掉了，一篇写完到最后能留下小一半就不错了。一是年纪大些，所谓知天命之年将近，很多东西想明白了，知道纸上饶舌也是无益，二是作为一个作者，也亲眼见了太多热情，终究付之东流，难免心里泛起虚无感，留在纸上，是还念想着也许有人读了能懂，哪怕只对一个人有用。而那些删去的字，却也还在，它们依然是活着的，只是不再想示人了吧。渐渐理解了很多前辈作者，没有所谓的江郎才尽，只是沉默了而已。也明白了"老不读三国"不只是老炮爱权谋那么小儿科的解释，是真正明白了，滚滚长江东逝水，浪花淘尽英雄，是非成败转头空。高歌猛进是为了他人观瞻，曲终人散却是一个人自己的事情，有些话还是留给自己罢，冷了取暖，饿了下酒。

最后，我想起一个故事：2016年我在耶鲁大学参加一个"艺术和阿尔兹海默症"的论坛，因为我的戏也是相关题材，于是也在受邀嘉宾之列。台上除了我还有两位艺术家，和一位耶鲁大学的研究阿尔兹海默症的著名学者。我聊了我的戏剧，另外的一位电影导演也聊了他的纪录片作品，还有一位是音乐家，她分享了她的公益项目，怎么和阿尔兹海默症的失忆老人一起玩音乐。讲座结束后的提问环节，有一位观众站到了话筒前，一开口，她的声音就是哽咽的，她说："其实，你们都过分浪漫了，我照顾过患阿尔兹海默症的父亲，在我看来，生活一点都不浪漫，生活是无尽的痛苦。"这段话非常震撼，台上台下一片默然，当然，我也无言以对，因为我正在经历的一切，让我不得不承认她的话没有错。这时，那位令人尊敬的学者，拿过话筒对台下泣不成声的提问者说："是的，生活是痛苦的，疾病死亡无可避免，艺术是无力的，和现在对阿尔兹海默症的医疗一样的无能为力。但我认为痛苦只是生活的一面，另一面是人类的乐观主义。人生没有胜算，但我们依然会为之努力。"我喜欢这段话，过去很久了，我依然记得很清楚。

我也喜欢你信末的那句："愿我们每个人都能发现自己并尽情地、完全地生活。"

我一直也是这样想的，现在希望我的孩子也是，以后等她大些，我会认真告诉她：纵身一跃之后，无论你看到了什么，发现了什么，都别沮丧，更无须害怕，生活没有真相，也没有所谓目的，生活就是你眼前的那一片海，那片蓝天，那条永恒的地平线，我们所能做的，就是去海里游，往天空上飞，向着地平线出发，一去不再回头。

马良

于 2020 年 12 月 8 日

后记：我收到这封回信后，告诉马良老师，我们山东人管卖大葱的都叫老师。他哈哈大笑：那我就没压力了。

通信人　**崔树** 设计师

崔树:
生命的笃定与模糊，都在咖啡馆里

当下的人们生活状态与生活需求之间是会有化学反应的，
设计师更应该是发现者、梳理者、筹建者、总结者。

崔树：

展信佳。

本以为要写信和你聊聊设计，却因你和我面对面坐在咖啡馆，你灵光一现地说，我们聊聊咖啡馆吧。继而，你和我把眼神转向窗外，淅淅沥沥下了一天的雨已把整个城市浸透，密布的乌云提前叫来了黑夜，橘红色的霓虹灯被做成三角形金字塔，大的套小的，层峦叠嶂，本是人造的假景没有什么新奇，可恰好倒映在今天积水覆盖的路面上，水中幻月般的景致比现实世界好看，雨点打下来，像艺术家里希特用橡皮刷模糊掉的油画。霓虹灯与咖啡馆的搭配最有热闹的都市气息，被雨帘阻隔了外界时，竟最显得疏离。

我之前想写一个小说，写了半截，把故事设置在咖啡馆里，我写了一个女人爱上一个开咖啡馆的广告人，广告人的本职工作更加赚钱，对咖啡馆的态度就像对女人的态度一样不咸不淡，女人一开始为了讨好这个男人，自觉担任起咖啡馆的运营工作，用情越深就越投入，后来男人还是跟她分手和新女友去旅行了，但把咖啡馆留给了她，她日复一日在咖啡馆里坚守。故事写了一半，觉得太过传统也太好理解——世界变化太快，一切情感都不易把握，留在咖啡馆里的人象征着我们不愿意改变的部分，是我们渴望的永恒情感。

每个人都对咖啡馆有不同的记忆，就像这一刻，我们各自的回忆袭来，陷入各自的沉默，难以察觉的微妙情绪却非常具有攻击性，我的脑袋被电击了一下，想到了伦敦 Soho 区的一家咖啡馆，是我写稿的场所，也是很多人遮风避雨的地方。伦敦的天气常常如今日，像没有点亮蜡烛的厨房，忙碌但昏暗阴沉。我常常去的那家咖啡馆，有玻璃天顶，可以看到被雨水打湿的落叶毫无生气地躺尸，斑驳陆离，视线模糊。每个木桌上都趴着人，因为可以上网且每个桌子下面有电源，大家显然把这里当作共享办公室。水杯和咖啡杯都是最普通的宜家玻璃杯，咖啡香醇，可以点手冲，唯一与众不同的物件是勺子，勺子都是旧货，每把勺柄都有纹章雕像或者过去贵族的家徽，独一无二，可以舀装在同款玻璃杯里的黄糖。其实一家咖啡馆好不好喝，一闻便知，我发现好喝的咖啡馆散发的味道是苦涩的。要判断一家咖啡馆好不好喝，还可以看看里面坐着的人，西装革履的商务人士不会计较咖啡的口味，只有那些有闲没钱的文艺青年和没有喷香的咖啡就无法创作的工作者才会苦心孤诣，对什么都可以纵容，唯独不能忍受寡淡的咖啡。

同在 Soho 区的另一家咖啡馆 Bar Italia，空间像英吉利海峡一样细长，想要坐下都很难，店里面挂着火腿，意大利人开的，外面插着意大利国旗，24 小时营业，晚上路过的时候总能看到门口停着拉风的摩托车，像是一个俱乐部的聚集地。人们常常买一杯 espresso 站在门口喝，就像我们经常在米兰路边看到的那样，冬夜里似一股暖流，夏夜则像个不眠城。每家咖啡馆吸引的人竟是如此不同，又是如此别具特色。即便是害怕与人共处的人，也会找到与自己气质契合的咖啡馆，买一杯匆匆带走。这些咖啡馆多像变身之地，是你打算换一种生活节奏的歇脚处，也是整装待发的起点。

我对万事万物都有点好奇，或者更确切地说，我喜欢一切有灵魂的事物。奥斯曼人曾把咖啡称为"思想家的牛奶"，咖啡馆算不算盛放灵魂的容器呢？细细想来，我每次旅行总喜寻当地有趣的咖啡馆，常常在欧洲一些小城市看到老人们一辈子过着单调的生活，去的咖啡馆是固定的，生活节奏始终如一。在这种一成不变的配置中生活一辈子如何不厌倦呢？后来我想明白了，咖啡馆并非静止的，咖啡馆是个动词，因为每天里面坐着的人都在改变，每日的心境也不同，我模仿哲学家的口吻来说的话就是——人无法坐进同一家咖啡馆。

旅途中有很多留下深刻印象的咖啡馆，比如我去莫斯科时找到涅瓦大街上普希金故居旁的文学咖啡馆，普希金与情敌决斗前在这里喝最后一杯咖啡，其实他并未喝完，自信地说等回来接着喝。果戈里和陀思妥耶夫斯基都是这里的常客。果戈理小说《涅瓦大街》里说："绝没有比涅瓦大街更好的地方了，至少在圣彼得堡是这样；对它来说，涅瓦大街囊括了一切。"在河内我撞见一家越战主题的咖啡馆，越南咖啡极苦，玫瑰花插在各种铝制饭盒和酒精瓶里。墙上贴满老照片，照片里有很多女兵长得很好看。有人说别的地方喝咖啡是加了奶和糖，巴黎左岸的咖啡加的是文学、艺术、哲学。巴黎的咖啡馆都有自己的花名册，你可以想象跟自己的偶像坐在同一张桌子上的感觉，比如毕加索、海明威、贾科梅蒂、萨特，他们爱去的花神咖啡馆、双偶咖啡馆，照片和手稿贴在墙上。在柏林，我找到一家名叫 Ora Café 的咖啡馆，是将一家老药店原封不动改造成的，整面墙的瓶瓶罐罐，提醒着过去的人们更需要抓药看病，现在的我们更需要安抚情绪，咖啡变得非常治愈。

我曾经一度十分迷恋茨威格描写的"一战"前维也纳的样子，太平的黄金时代下，诗人、哲学家、音乐家、艺术家过着一种理想生活，全身心地追求艺术和文化。茨威格说自己作为半成人的学生时，"看书是我们最主要的事。凡是到手的书，我们全部都看。我们从公共图书馆借书，同时将借来的书交换着看。但是，我们了解一切新事物的最佳场所则始终是咖啡馆。"在他看来，咖啡馆是一个特殊的场所，是只花一杯咖啡钱，人人都可以进去的民主俱乐部。"只要花上那么一点点钱，就可以在里面坐上几个钟头，讨论问题、写作、玩牌、阅读信件，而最主要的是可以免费阅读无数的报刊……一个奥地利人能够在咖啡馆里广泛了解到世界上发生的一切，并且能够随时和朋友们进行讨论，再也没有别的地方能使人头脑那么灵活、迅速掌握如此多的国际动态了。"

咖啡馆被茨威格看成了自由平等的乌托邦，更重要的是人们需要趣味相投的集体力量，浓郁而复杂的空气中，他们交换知识和信息，寻求理解和关爱。也许这样的物理空间并非必要存在，就像莎拉·贝克韦尔想象了一座精神的咖啡馆，西蒙娜·德·波伏娃、埃德蒙德·胡塞尔、卡尔·雅斯贝斯、阿尔贝·加缪、莫里斯·梅洛-庞蒂等人很多未必谋面，但他们似乎共同参与了一场多语言、多角度对话，也许这就是咖啡馆最具有魅力的地方。我们每个人都需要一个地方，既能盛得下伤心，又能放得下生命的盎然。

前段时间，我颇费周折地去了一家汽车咖啡馆，独家供应可以占卜未来的土耳其咖啡，喝完后白色杯底留下厚而细软的咖啡渣，那个挂着长发的流浪车主颇有波西米亚气质，他举起残羹，掐指一算，说我马上会有好事发生，还压低嗓子说这是今天他观到的最好的一卦。我们总是为事物赋予莫须有的想象，才得以持续生命中的激情和灵感，有时想象比现实更可靠。虽然咖啡馆老板怎么看都像江湖骗子伪装成算命半仙来生财，但吉利的话着实令人开心，不如就把好运跟你共享一下，请接受这来自咖啡馆的锦鲤。

祝羽捷

2020 年 11 月 1 日

小兔早：

我想从我学会写信的那天起，应该也没有想到过有一天会给一位作家回信。因此这个经历本来就很神奇。

谢谢你的来信，我在等待一次飞行，因为不知道从什么时候开始，对于我来说很少能有机会可以拥有整段的时间来思考，更不要讲形成文字。我想这个状态可能不止我一个人如此，是我们这个行业的人普遍面临的问题。于是近几年我所有的文字，比如设计的文案，自我的感悟，朋友间的感谢，大部分出现在坐飞机的时间里，我自己想来最主要的原因可能是因为此刻手机没有网络，我们能得到一段相对完整和安静的时间。

这样想来，生活中有太多这样的例子，唯一的结果却含着模糊的原因。比如在飞行中的写作，是因为有了时间还是因为想要写作？比如设计师达成的创意，是因为灵光乍现还是因为经验使然？再比如我们要讲的咖啡馆，是因为喜欢咖啡还是喜欢咖啡馆，或者是喜欢让时间经过咖啡馆？我在想我们每一个实实在在的人生结果大多来自模模糊糊的缘由。可能这就是生活的魅力吧！那么作为一名作家，你是更喜欢笃定还是更热衷模糊呢？

聊起咖啡馆，这个词对我来说意义上就是多重的。从设计师的逻辑上讲，我是把喝咖啡的空间分为三个类别：第一类比如星巴克，此类咖啡产品成熟，消费逻辑清晰——我认为是咖啡店；第二类有些面积比较大，伴随咖啡还有丰富的餐食和饮品，大部分人也并不在意咖啡本身，消费空间、消费时间，咖啡只是一个主题而已——这一类我叫它们咖啡厅；第三类，也就是我喜欢的这类，它们不一定有很大的面积，也不一定有很多种的产品。但是它们一定有很好喝的咖啡和很不错的景观，无论是置于闹市还是在一个特别的地方。你总能在这儿捧着咖啡把眼睛投向别处，让时间滴滴答答地溜走——这种我叫它咖啡馆。

我不知道小兔是否还能回忆起自己的第一杯咖啡，对于我来讲那是个清晰的记忆。高中时候的我经常会在自己不喜欢的老师的课堂上睡着，不是因为主动的故意，而是因为主观的无趣感带来的嗜睡，所以曾经有一段时间我是没见过数学老师的。因为我会整个睡过去他的两节课！从他进门前到他离开。也谢谢他对我的包容，我想自己应该是安静地睡着并没有打呼噜说梦话吧！不然叫出喜欢女生的名字，我想他也不会放过我。后来觉得这样实在不好，于是开始尝试喝咖啡来熬过每天早上的数学课。当然那个时候大部分是喝的速溶咖啡。我清楚地记得我因为只喝咖啡不加奶，在那个时候还被同学看作是"能吃苦"，所以青春的逻辑中都带着天真与幼稚。毕业这么多年所能回想起来的高中味道，咖啡算一种，而另一种则是那个年代洗发水的味道。20世纪90年代的高中生不会有香水，能回忆到的可能就是这两种味道了！

后来有个经历，就是高考前的一天，我妈居然怕我在数学考场睡着，前一天大热天出去给我买了很多咖啡。讲起来像个笑话一样，怎么有妈妈对儿子这么没信心，但是今天想起来还会很感动，那个时候妈妈还在照顾我，批评和训我。她的头发还没有白，我也才十九岁。妈妈这辈子只给我买过一次咖啡，没想到那一幕是我们之间记忆很深的场景。

咖啡馆出现在我们的大学生活中，可能更多的是为恋爱的大学生提供一个空间而已。到这个阶段我还是喜欢喝黑咖啡，所以一直到十年前，我大学毕业多年好像才搞明白拿铁卡布等等一些咖啡的区别。整个大学期间我有一个黑色的保温杯，每天我都买了咖啡装到保温杯带到画室去。画室在朝着马路的二楼，大学时光充斥着画画、咖啡、满大街的车水马龙的声响。以至于到现在，我耳朵里需要一点噪声才会觉得心安、不分神，就像此刻坐飞机听着引擎的轰鸣。

十年前在北京工作，星巴克成为我的生活必需品，由于每天喝得有点多，于是加加奶。但是我却很少愿意停留在星巴克的店里，十年前星巴克可能也算网红吧，不少人拍照打卡。讲真的，十年之前的那个我热衷喝咖啡，但却没记住咖啡馆，咖啡似乎只是单纯的饮品，帮自己顶住压力和困意。我对咖啡馆这个空间的认识是在近十年开始的，不知道这个过程是代表我还是代表了我们这代人的经历。

2015年在意大利，中间有次我们去到卢卡，在一座小教堂边上有一家非常小的咖啡馆，我和Ready哥一起点了意式浓缩，当你在小咖啡馆里坐下来，旁边的狗就趴在你脚上，外边很冷，咖啡很烫很苦，饼干很甜，咖啡很苦。你能看见刺眼的阳光和暗黑的老旧木头，能听见满屋子意大利人大声地聊天和硬币的声音，时间会被放慢下来，你甚至能看见它流走的形态和颜色。在意大利的咖啡馆里更多都是我跟Ready哥一起喝咖啡的记忆。2017年他永远地离开了我们，我庆幸那些意大利的小咖啡馆里保留了我们一起用硬币买咖啡的回忆。

你是否在早上等待过一家咖啡馆开门？有一次在伦敦，我们一行人早上去参观美术馆，到了那里还没有开门。11 月伦敦的早上非常冷，几位朋友挤在一家有着黑色铸铁门面的咖啡馆门口，等着它开门喝杯热饮。我从来没有如此焦急地等待过一杯咖啡，也没有那么早去过一家咖啡馆。当拿到咖啡的时候有一种早上排队买早点的感觉。那杯咖啡的味道早就忘记了，但是唯一让我记着的是温度，还有那种满足感。

还有一段在日本喝咖啡的回忆，我在东京的小巷子里很难找到小一点的咖啡馆，可能是因为我每次在日本都把更多的时间放在探索买手店上吧，只有京都 blue bottle 的一家老店让我记忆深刻，在一所被清理到最原始的老旧结构的老房子里，年轻人都端着当下最流行的品牌的咖啡拍照。咖啡还真神奇，能成为很多事物的媒介，让不合常规的事物变得和谐——一边是安静的、遗世独立的古寺庙，一边是喧闹的、川流不息来喝咖啡的人。

在伊豆的山上，有一所由建筑师畏研吾设计的咖啡馆，咖啡馆坐落于山脚，由很多的原木堆积成一个倒三角的结构，整个外立面都是玻璃，坐在里面望向远方可以看到大海和森林。上山的路上，太太生我的气，一到咖啡馆就买了咖啡独自坐到山脚去了。我围着咖啡馆转了一圈，一边觉得设计真让人感动，一边着急找她。两年后想起来，这是我记忆最深的我俩去过的咖啡馆。虽然我都没顾上喝咖啡，但伴着她的小脾气，记忆还是挺美的。除此之外，我俩能共同记起来的咖啡馆是在海明威住过的 Key west 小岛上的一家海边咖啡馆，能记住它的原因是因为那里的猫都多一个脚趾。

如今中国人如何定义咖啡馆呢？咖啡馆这个空间更多的不是被定义，反而是随着时间的变化而产生着新鲜的质感。从喝咖啡提神，到喝咖啡的味道；从泡咖啡馆的空间体验，到沉浸在咖啡馆的时间氛围里。一切的变化都来自这些年我个人的生活经历。

作为设计师的我不得不回头观察这些，就拿畏研吾设计在伊豆的 Coed House 咖啡馆来说，那些登顶山头的人们不一定是奔着一杯咖啡，有人是为了建筑，有人是为了由咖啡馆望向海，也有人是为了路过上山的玫瑰园。但正是由于山上的咖啡馆，才让我们拥有更多的能获得的经历。所以之于设计这件事本来就不只存在于形式主义的狭隘层面，有的时候我们更应该考量的是宏观设计给结果带来的重要改变，比如咖啡厅的式样与咖啡厅出现的位置相比就不是最重要的因素了。处于山间的咖啡厅无论风格如何，那都是一个能让人梦想的目的地。

咖啡馆就是这样伴随着生活方式和生活节奏的改变出现在了我们的生活中，城市就像被阳光雨露滋养的花朵一样肆无忌惮地生长变化，生怕追不上这个时代。这些如咖啡馆一样的不同的空间环境也伴随着我们的生活层出不穷。它们参与并引导了我们的生活式样，同时也被我们主观的生活式样所营造和引导。所以在设计上你很难判断是因为需求而产生营造的必要性，还是由于营造的必要性而培育了需求。从这一点上看，我觉得当下的人们生活状态与生活需求之间是会有化学反应的，在这里设计师更应该是发现者、梳理者、筹建者、总结者。

设计本身就不是一件简单的审美表达工作，需要在逻辑的基础上去完成美好的结果，如果整体的过程还能给社会大众更多的价值，这个设计才有更完整的意义，聊到这里，我不禁在想，接下来我是否要做一家属于明天的咖啡馆了。

如今大家动动手指就能将咖啡叫回家，很多实体空间正在消失，过去的生活方式、交流习惯也都在改变，我们还需要咖啡馆吗？还需要写信吗？我们喜欢看时间流过，还是喜欢时间停驻的一刻？我并没有答案，因为对于我来说模糊总比准确要有趣得多。

崔树

2020 年 12 月 2 日

北京飞广州

李西闽　于是　沈大成　张之琪　阿枣

每个人的情绪都是流动的，

保不齐明天我们会遇见怎样的自己。

看到今日的年轻人患抑郁症的越来越多了，

不免去思考这件事，

我们到底有没有正视自己的暗面，

我们的悲伤也许更需要被看见。

当年轻人问年轻人

李西闽:
当一个抑郁症朋友没有赴你的约

抖一抖我们的心房, 你就会看到那里不但住着天使, 也住着魔鬼。
他们时而和平相处, 时而起了争执, 谁占了上风, 谁就主导着
你的情绪。

李西闽老师：

我更乐于叫你西闽大哥，在我熟知你后发现身边的人都是这样叫你的，你身上确实给人一种亲切的哥哥气！给你写信的时候恰逢阴天，我坐在书房，拉了一半窗帘，索性让光线幽暗下来，点了香薰，火苗跳动，书籍散乱躺在手边，拖鞋被踢出脚边。书房委顿，我整个人就沉浸在它安静的气氛里，并不是只有艳阳高照才让人快乐，我觉得这种昏暗也很舒服，疏影暗香。就像过去我在杂志社上班的时候，如果公司没人，我就把大灯关闭，只留自己位置上的台灯亮着，噼里啪啦地写稿。我觉得灯火通明不利于创作。虽然我极少画画，但总去美术馆看画，画总有明面，有暗面，明亮部分扩张，阴暗部分吞噬，有明有暗才有力量，它们看上去对立，实际是个共同体，相互仰仗。

之所以想到这些，是因为我想到了人的情绪，我也不能总是兴高采烈，有时觉得自己很丧，一些丧是消极的，一些丧让我得到安慰。躲在暗处时，还挺轻松，你会忍不住说：太好了，我就是这么没有追求。如果把抑郁情绪比作一场感冒的话，我当然还算幸运，总能很快就好了，说不定还暗中提高了自己的抵抗力。

其实我是个情绪挺多的人，不轻易发作，在外界留下一个温文尔雅的好印象，发作起来也是狂人一个。我看心理学家说，这个世界上真正正常的人没有几个，每个人都有几种不同程度的人格障碍。我想：心理学家可真善良啊，他们不这么说，我们得多为难自个儿，没法面对自己人格里的暗面。

读中学的时候，我的脑回路比较清奇，真正可以交流的朋友不多，但我挺欣赏一位同学，他特别内秀，跟我一起上化学补习班，我也不知道为什么我要补习化学，我每次都考得接近满分了啊，95分都是下限。过去我们从来不说话，偶尔在放学路上或者音像店里邂逅，也面无表情，但我依稀知道他喜欢听什么音乐，很合我胃口。我妈说这位老师以前负责出考题，这个班得上。上就上吧，反正逃脱不了补课的服役般的命运，可多亏上了这个班，让我收获了他这位挚友——他被我做题速度之迅速所震慑，我被他慢吞吞的性格所折服，从此我们惺惺相惜，建立了无产阶级革命友情。他身上有种难能可贵的静气，不像同龄男同学冒着傻气。在那个女生和男生有些势不两立的青春期，只有他在我的心中柔情脉脉。

说来伤感，如此情投意合的朋友自毕业之后，再也没有见过面。每次我到他的城市，本在网上约好见面，久别重逢的喜悦已经在心里吊得很高，可他总在最后一刻临阵脱逃。有回我去他所在城市的书店签售，他说一定会来，但还是爽约，让他的好朋友送来一束花，来替代他的缺席。一次次异乎寻常的消失，让我百思不解，他心有惭愧，出于对我的信任，他告诉我自己得了抑郁症（很多患者因为羞耻感不愿承认自己得了抑郁症），有时是觉得自己状态不佳不想见我，有时是因为发胖很自卑不想见我，有时是自己在床上动弹不得。我想抑郁症这个魔鬼真是无差别选人，怎么就选了这么优秀可爱的朋友呢，会把选中的人拖进无望的深渊。我相信他的痛苦绝非微信上轻描淡写的几句话，也许再多的言语也无法恰如其分地表达出来。

我听闻抑郁症患者很难结交新朋友，甚至难以维持原有的社交关系，我庆幸他还愿意跟我联系，还能交换一些音乐、电影、书籍。每当他给我发消息，问我一些形而上的问题时，我都会格外小心。有一回，他半夜问我人活着的意义是什么，我的心一下就窜到了嗓子眼，我好怕他想不开，立刻发了一堆温暖正面的鼓励，发完又觉得自己很可笑，觉得自己很无用，帮不上他。

记得第一次见到西闽大哥是好多年前的事了。我们在上海作协的会议厅里，填一些表格，说说自己的写作计划，你看上去两眼闪着光，特别和蔼友善，毫无架子，结果你告诉我你正在写自己在汶川地震中被压在废墟之下的经历，你被这段痛苦的经历折磨着，被抑郁症吞噬着，想通过书写救赎自己，也可以让更多的人理解抑郁症患者。后来我回忆第一次见面的场景，你的眼睛明亮得像发烧的病人，灼灼地看着我，好似期望我多说一些话，你看上去那么乐观，很难想象你是一个抑郁症患者。后来格桑告诉我，你在夜晚常常陷于难以自拔的情绪，产生过好几次自杀的冲动，还好最终你还是更愿意留在我们身边。

以前总有人说抑郁症是富贵病，是不愁衣食想得太多了。就像我的这位中学同学，他在很多人眼里生活很好，知识分子家庭，经济条件不差，自己学业有成，学的是自己喜欢的专业，理应见好就收。我还听有人说，抑郁症是意志力薄弱的结果，不愿意付出辛苦的努力，甘愿堕落。这怎么可能呢？了解西闽大哥的人都知道，你以前是军人，虽说不是高大威武，但身板结实着呢，为人更是刚正不阿，铮铮铁骨，连死都不怕。可见我们的社会对抑郁症还是充满偏见和不理解，得出这些偏执结论的人就好似从没感受过抑郁一样。

我想在这个时代，人们之所以不愿意太多提及自己的暗面，是因为抑郁、悲伤、脆弱、伤感这些情绪不利于实现主流社会鼓励的成功，要成为一个成功的人必须积极向上，必须战胜一切，不可以有倦怠，不可以消极，不可以不作为。人们害怕被否定，害怕失败，害怕被人轻视。可是，抖一抖我们的心房，你就会看到那里不但住着天使，也住着魔鬼。他们时而和平相处，时而起了争执，谁占了上风，谁就主导着你的情绪。

也许每个时代都有占上风的疾病，抑郁症、边缘人格障碍、疲劳综合征、注意力缺陷多动症等精神疾病在21世纪初看似更加猖獗，它们都不是传染性疾病，而是源自系统内部。如果过去的社会是福柯所说的规训社会，那么我们今天的生活就是"功绩社会"，社会的变迁导致了人类心理内部的转化，用韩炳哲的话来说，"功绩主体和自身作战。抑郁症患者是这场内在战争中的伤残者。一个社会苦于过度的积极性，因此患上抑郁症。它所反映的，是那种同自身作战的人类。"他解释了埃亨伯格的观点——抑郁症象征了"不可控"和"不可化约之物"。它产生于"无限可能性和不可控性之间的碰撞"——个体追求自主性，在不可控之物面前遭遇失败，由此产生了抑郁症。

每个人的情绪都是流动的，保不齐明天我们会遇见怎样的自己。看到今日的年轻人患抑郁症的越来越多了，不免去思考这件事，我们到底有没有正视自己的暗面，我们的悲伤也许更需要被看见。

最后好想对你们说，即便不能见面，你们也要相信自己不是孤悬一线，我们始终愿意陪伴着你们，陪你们站在阴暗的角落里，也陪你们一起沐浴阳光。

祝羽捷

小兔：你好！

因为这些日子来，身体不是很好，迟复为歉。

能够优雅地独处，是一件多么幸福的事情，特别羡慕你能够安静地沉浸在独处的快乐之中。我也是个喜欢独处的人，特别是写作的时候，很多朋友都知道我有个习惯，就是创作长篇小说时，要找个地方，将自己封闭起来写作，一个人沉浸在寂静的氛围中，只能听到手指敲打键盘的声音，文字如水般流出，那是幸福的时光，因为在做自己喜欢做的事情。

能够有效地控制自己的情绪，是幸福的，哪怕有时觉得很丧，甚至悲观得像要失去整个世界，你可以随时调整自己的情绪，从丧中转换出来，真的是很好的事情，证明你还是个正常人。你信中提到的那个得了抑郁症的朋友，触动了我的心弦。

朋友们都知道，2008年汶川大地震，我被埋废墟76个小时，由此，我得上了"创伤应激障碍"这种精神疾病，后来又有了抑郁症。有抑郁症病友说，我们这些抑郁症病人，心里都住着一个魔鬼。这个魔鬼有时沉睡，有时醒来，控制我们的大脑，让我们陷入一种极端的状态，折磨着我们的灵魂和肉体。

你说你那个患了抑郁症的朋友经常爽约，我特别理解他。我也会有这种状况，在患病的很多时候，根本就不想见任何人，而是把自己关在屋子里，大白天也拉上窗帘，独自坐在黑暗中，默默流泪。这种自我封闭，和上面提到的独处是不一样的，那是健康的独处，而这是病态的。无来由地泪流满面，是抑郁症的一个症状，更厉害的时候是疼痛，总有个地方会痛得难以忍受，有时痛得受不了了，就用脑袋去撞墙。最严重的是产生轻生的情绪。

不想见人，或者说爽约，这对抑郁症患者而言是十分正常的事情，我也有过这种情况，临出门时突然决定不去赴约。所以，你要理解这位朋友。你说有次你新书签售，他答应要来，结果没来，只是让朋友送来了一束鲜花，我想，那束鲜花代表了他的心意，他来不来已经不重要了。

说到理解，真的是十分重要的事情。我觉得，人与人之间的隔阂，很多是因为无法理解对方，或者不愿意去理解他人。而对抑郁症患者的理解尤为重要。很多人不理解抑郁症患者，认为他们矫情。我曾经有个很好的朋友，在我某次自杀未遂之后，打电话给我。他在电话里将我义正辞严地臭骂了一顿，说我不负责任，说我那么幸运从地震中获救，没有资格去自杀，等等。他根本就不知道我抑郁症发作时的痛苦，他不知道藏在我心里的那个魔鬼有多么可怕，他说的道理都对，但是对一个抑郁症患者是无效的。后来，他自己经历了某种变故，精神上也出了问题，才开始理解我，于是我们成了很好的病友，相互鼓励着往前走。

对抑郁症患者的不理解，或者偏见，主要还是对抑郁症不了解，他们不知道这是一种病态，和其他病一样的病态，而不是简单的情绪问题。说实话的，我很害怕一些正常人在我面前调侃地说："我也抑郁了。"我会觉得那是对我的一种羞辱，就像歧视抑郁症患者那样的话语："他得了神经病。"是的，很多抑郁症病友刻意隐瞒自己的病情，生怕别人知道他们得了抑郁症，会在工作的地方被同事歧视，甚至有的用人单位知道此事后，辞退他们。而这种隐瞒，我认为会加重抑郁症患者的病情，因为他们得不到最起码的尊重，更不用说来自社会的关爱。有些这样的抑郁症患者，最后选择了轻生，令人痛惜。

抑郁症患者背负了沉重的枷锁，如果没有人对他们伸出温暖的手，他们就有可能崩溃。我在新近出版的长篇小说《凛冬》中描写了一个产后抑郁症的病人，最终因婆婆和丈夫的冷漠与刻薄选择了自杀，死亡也许是她最好的归宿。家庭的温暖至关重要，如果连这种温暖都没有，那就像活在冰冷的坟墓里。我在十多年的抑郁症治疗中，家人对我的关爱起了很重要的作用。可是，抑郁症漫长的治疗中，连自己也会绝望，何况是家人。有个病友的家人经常说，人家连癌症都控制住了，你怎么吃了几年的药都不见好。他常对我说，对家人有种深重的负疚感。

负疚感和自卑是抑郁症患者的一种普遍心理，我也如此。我经常会觉得对不起人世，对不起家人，对不起朋友，对不起粮食，好像我活着就是累赘，一点用处也没有，还浪费资源，这种心态常常让我无地自容。其实我一直在对自己说，你是个勇敢者，你是个很牛的人，你活着，还可以写作，还可以去帮助别人……我知道，最终还是要靠我自己走出来，没有人可以真正地救我。

我对很多病友说，自救是最重要的出路。英国作家卡尔·弗农在《我是怎样摆脱焦虑》一书中有这样一句话："如果不采取行动，一切都不会改变。"这句话说得很好，我们必须采取行动，为了活下去，活着的意义并不是浪费粮食。

坚持吃药是自救最好的方式，不要轻易停药，因为如果不是在医生的指导下停药，那是十分危险的。运动也是自救的一种良好有效的方式，我在很长的时间里，坚持每天十公里的快走，当痛快淋漓出了一身汗，冲完热水澡后，会感觉到颅顶冒出了许多浊气，大脑也变得清醒。我一直不隐晦自己的病情，我不怕别人知道自己得了抑郁症，这种公开承认会让我更加坦然地面对自己，面对心中那个魔鬼，我相信，它总有一天会灰溜溜地离开，纵使不离开，也只是在沉睡，不再醒来。

另外，要诉说，我在情绪不好的时候，就说出来，在微博和微信，都有我在深夜的诉说，我的诉说不需要他人的反馈，也不需要安慰，我只要能够说出来，证明我还能够正视自己的疾病，而没有放弃自己，如果哪天我连话都不想说了，那才是最危险的时刻。所以，小兔，你说你那个抑郁症朋友有时会问你一些消极的问题，我觉得那是好事，你可以随意地回答他，不一定要怎么样，你的陪伴对他而言是最好的帮助。

自杀情绪对我来说，是常见的，我想，每一个抑郁症病友，都有这样的感受。我现在基本上找到了一种解决这个问题的方法，当我产生自杀情绪的时候，就会随机拨一个朋友的电话，只要和他聊上十几分钟，那种极端的情绪就会渐渐消失。所以，当你那个抑郁症朋友深夜突然给你电话，你一定要接，陪他说说话，也许你就挽回了一条宝贵的生命。很多病友特别信任我，他们碰到这种情况，也会和我说，无论什么时候，我都会停下手中的事情，陪他们说话，让他们走出死亡的阴影。记得几年前，有个宁波的女孩，深夜告诉我，她活不下去了，准备轻生。我就一直和她讲电话，天南海北地聊，天亮后，我让她拉开窗帘，我问她："你看到朝阳了吗？"她说："看到了。"我又说："你还想死了吗？"她说："不想了。"我说："那么，你可以去休息，或者洗洗去上班了，这一天一定是美好的一天。"

抑郁症的确越来越低龄化，很多未成年孩子也得了这种病，这是十分让人伤心的事情。现在的孩子承受着比上几代人更大的压力，特别需要引起大家的关注和爱护。在时代的浪潮中，破坏有时比建设更加容易，我们在关注物质生活的同时，也在加大对精神上的损害。当下我们到底能够做些什么，特别是对抑郁症患者这个特殊的群体，这是值得我们思考和探索的问题。

小兔，在给你写这封信时，我收到了一个抑郁症朋友的消息，她说因为今年的疫情，自家小区被封闭，她一直在人性撕裂中煎熬，靠读经支撑着。我除了安慰和心疼，无能为力，我希望我们都能够走出黑暗之地。她也担心着我，对我说："你是在黑暗中发过光的人，所以你要保持你的光亮啊。"我的泪溢出眼眶。我会保持自身的光亮，同时，希望所有在黑暗中挣扎的人，都能够发出一点光亮，有足够的光亮，魔鬼就无法躲藏。

小兔，今天就聊到这里，以后有空再聊。

祝冬安。

李西闽

2021 年 1 月 4 日

于是：

再也不用为不甘寂寞痛苦了

精神上保持审美的自由，甚至道德的自由，才是宅的终极意义所在；否则，就只是身体和行动的物理性局限，是逼仄空间里的蹉跎和堕落，是表演性的放弃，是假的宅人，真的囚犯。

宅女于是：

你好宅哇！你的宅今天好吗？你宅的心情还算不错吗？

上周上海书展，我全勤出门，颠簸得乒乓作响，对个人而言这是一次历史性突破，特别是辞职以后，宅着的时间比出门多。但这一周，每天披星戴月地回家，倍感疲倦，讲话多了脑仁疼，性子有点躁，刚开始还以为自己是脑震荡呢。都如此疲倦了，竟然还失眠，辗转反侧，开始怀疑人生。

我常常在外出和宅之间激荡挣扎，生出双重性格，一重性格渴望敞开，接收外界的信息，也表达自己，骚动不安；而另一重性格是封闭的，建立一种内循环，像是个在蓄能的铅块电池。总保持一种状态的话我会疯掉，在两种状态中摇摆，很难摆平，反而对生活保持了敏感和热情。

记得过去我们说到"宅男"这个词，心头还会闪过一丝贬义，心里想的是那些不出户，对外界不关心，只关注自我和小世界的人。普遍认为这个概念起源于日本，有种说法：很多日本年轻人丧失对外界的好奇，做什么都提不起精神来，就在家宅着玩游戏、追星、支持偶像养成，如果自己不想去拼搏，把欲望投影在某个年轻偶像身上，看她/他去选秀、竞争、出道也是一种快乐。关于宅的极端案例有很多，我读过一则报道，日本有位宅男，职业是汽车生产商，他唯一的爱好就是收集色情杂志，失踪六个月，被房东发现他在家被书架上的杂志翻落时给砸死，他生前搜集了整整六吨杂志。

说不定日本人不同意他们是宅的始祖，因为20世纪70年代美国人就发明了"沙发土豆"这个词，指的是那些拿着遥控器，蜷在沙发上，什么事都不干，只会在沙发上看电视的人。说美国人是始祖，金庸先生也不干，他创作了武功高强的东方不败，不想着一统江湖，反而躲在深山老林绣起了花。说东方不败是始祖，康德先生还不干，他一辈子都没有走出家乡，按着极其精准的作息生活，用东方不败的绣花精神搞创作。

过去的宅很容易炮制疯人，大家达成共识，一个与世隔绝的人非疯即傻，例如"阁楼上的疯女人"。先有鸡还是先有蛋，先疯再宅，还是宅了才疯，不得而知。但大家普遍相信，与外界不交流的人必耳目闭塞，过分关注自己，跟不上时代变化，顽固不化。如今完全无须有这种担忧，一上网就什么都知道了，甚至比外面的人更能掌握国际动态、社会时事，谁家的狗失踪了，谁家在打离婚官司……这是真正的足不出户，坐拥天下。

我听过戴锦华老师一个演讲，中间讲到："两岸三地的年轻人共同面对的一个问题是，一个前所未有的文明大突破的时代到来，但是这个文明大突破的时代未必施惠于年轻人。所以，年轻人都在经历着从小确幸到小确丧的一种生命经验，这样的一种宅生存可以成为某种保有自由和获取自由的选择，但是另一边是你已经被劳动力结构整体排斥的一种结果，你只能打点零工或者在家办公。"

今日的语境之下，"宅男""宅女"有了新解，我理解的是虽赶不上康德先生这般伟人的定力，但也说明内心丰富，一个人也能待得住，不用因烦躁撕扯自己的头皮，不用拿脑袋撞墙，自洽在自己的世界里，不觉得无聊，搞不好还能在某个领域作出一番事业。宅并非意味着出家遁世，深居简出完全不会与外界阻断。宅也从一种带着悲观色彩的亚文化成了一种大众文化，不少人写宅家做饭、宅家追剧的攻略，还有不少人喜欢拍宅家vlog，分享如何宅得更动人，宅得更有仪式感。宅还成了消费主义的新形式，博主们会推荐宅家好物，从家用电器到吃鸡神器、香薰、蜡烛、睡衣、泡泡浴，宅家健身需要的跑步机、哑铃、家用动感单车，为了宅得舒服还可以买护眼台灯、平板电脑、手机支架，懒人沙发、符合人体力学的靠枕、座椅，记忆床垫。如果事业心不忘，在家 soho 的人还可以开一家云公司，云打卡、云报表、云会议。如果预算充足，你也可以付钱找人跑腿，再也不用像神农一样跋山涉水尝百草了。

在我看来，密密匝匝地奔波过，才真的能体会回家宅着的意义。宅自有裨益：宅着不用打车，不用受交通堵塞的罪，不用呼吸汽车尾气，还可以少花钱。更何况，出门会遇到伤害，遇到失望，遇到不理解，有时伤害别人，有时伤害自己。像我这种常常多做多错，好心也会办坏事的人，减少出门就是减少犯错的机会。唯有宅在家里，心里窃喜：真好呀，折腾了一大圈，搞砸了许多事情，清楚地认识到自己的边界是什么，有多少自己不能胜任的事情，有多少不能降格的事情。该死心的死心，喜欢的人也换了一波，以后再也没有这么多欲望和兴趣了，再也不用为不甘寂寞痛苦了。

东方不败为什么不肯出山，也许是觉得万物皆空，生命虚无。跟他不一样的是，我是处处碰壁所以退回来，带着负气，东方不败是尝到了权力的滋味觉得一切不过一场梦。为什么会想到东方不败，是因为我相信很多人退回到自己的小世界里过日子，并非无力回应大千世界，他们是发现浮华不过都是过眼云烟，索性在后方操演着沙盘，尚不输真实世界里的热闹，目光更加明鉴。如果世界是一个圆形的罗马剧场，对于我们每个人来说，重要的是找到一把舒适的座椅，坐在其中，既能一起百感交集，也能独享怡然自得。我相信不少宅的人并非厌世，而是活得足够通透，他们不在乎身在何处，不在乎空间的大小和形状。

刚工作的那几年，我把家当酒店睡，门口放着不同尺寸的旅行箱，每个月都有一半的时间在出差，鞋子在门口架子上横七竖八。我见到日子过得有模有样的人，既惭愧又羡慕。其实，随意讨论宅的好处难免太过"悬浮"，毕竟还有那么多人奔波在外忙于生计，回家倒头就睡，连家都不能好好看上几眼——宅也是一种特权。

我有个朋友当了母亲后，每天早上雷打不动地盘腿打坐，约法三章，打坐期间不可有人来打扰。现在我懂了，那是她在自我被挤压的空间里，划出了一个独处的领域，人无论处于人生何种阶段，处于什么样的状态里，都需要有自留地，可以看作一叶孤舟，也可以看作是伍尔夫口中的"一个人的房间"。我小时候，吃完晚饭就回自己的房间写作业，现在回忆可能是青春期的原因，明知道父母不会随意越界，但总要把自己的房间反锁，写完作业写日记，日记本也是带锁的，封面画着田园风光和建在斜坡上的小木屋，颇有瓦尔登湖的味道。

有次听到许倬云老师说，不去争，不去抢，往里走，安顿自己。我立刻泪目。如果我能更自由地支配自己的时间，"宅"这个词对我来说程度太深了，充其量是需要一定质量的独处状态，那种状态仿佛一只潜水艇深入海洋，看到不为人知的深海景观。那些独处的时刻仿佛我那本上了锁的日记本，独自体会那些不必示人的心情和回忆。

我喜欢的女诗人玛琳娜·茨维塔耶娃有首诗里写道：我独自一人，对自己的灵魂，满怀着巨大的爱情。

祝羽捷

2020 年 8 月 18 日

小兔：

见信好！你全勤出席书展？也太厉害了吧！我上一次一连七天出门已是去年 5 月旅行时的事……不知不觉已经宅了十几个月了。再仔细回想，事实上，我已经宅了足有二十年了吧。

前几天见面时，你说起《野生作家访谈录》里的片段让你感动，这反倒让我很惭愧，说到底，不会赚钱、只会宅家、很少社交的人永远是疑似 loser 的少数派，没有任何值得骄傲的地方。我宅故我在，仅此而已。

不知道有没有跟你说过，我大学毕业那年租房独居是 1998 年。但记得很清楚是天山路水城路的一室户，五楼，朝南，冬天阳光特别好，把床摆在窗前，晒着太阳读村上春树的《奇鸟行状录》，记忆里，情节都模糊了，那片缓慢移动的梯形阳光痕迹却还很鲜明。自从有了一间伍尔夫所说的"自己的房间",我每次出门基本上都有明确的目的,能让我立刻出门的人一定都很重要。但是,曾在番禺路租屋里创下的 28 天不出门纪录已在 2020 年疫情期间被打破,同时打破的还有居家煮饭喂养自己的纪录……总之,在家是很忙的。严格来说,我不是御宅族,这个古老的名词早已消失在瞬息万变、每天出新梗的网络历史里了。但当年的御宅族现在怎样了?要是有人做个追踪报道应该很有意思。

我不沉迷于追剧和打游戏,也没有社恐,徒有宅人的美名。我也不是那些两耳不闻窗外事、"只关注自我和小世界的人"。我关注很多事情(甚至可能太多了),因为我总觉得世界在以几何倍数扩增——比如中老年人不知道的年轻人的世界,比如女性不知道的男性的世界,比如 loser 不知道的人生赢家的世界,比如南亚人不知道的中欧人的世界——通过书籍、影视、音乐、新闻、网络乃至坊间谣言,我假装知道了一些,并且对这种假装的实质保持警惕(真的有人完全地、透彻地、感同身受地知道所有的事吗)。网络促成了同类相聚,也导致了高度同质化,社会学家已定论,这很可能催生阶级固化、极端主义等退步状况。宅人都必须挂在网上,对这一点要有自知之明。

我记不清有多久没像"沙发土豆"那样懒着了。我有自己的房间,但没有伍尔夫 500 英镑的年收入(以零售价格推算,1930

年的 500 英镑相当于今天年薪 4 万美元；以收入推算，则相当于今天年薪 12.3 万美元）。工作时间表就像紧箍咒，限定了我在什么时候要做什么事情。这恐怕要归功于二十年来催稿的编辑们。他们给了我一个确定的 deadline，我就能细化出每天的时间表。我相信，你提到的那些宅家的博主们也会深深感受到时间规划的重要性。当然，执行规划更重要。在家开云端公司的人，我觉得不是宅，只是把办公室搬到了家里。根据我多年来的经验，生活空间和工作空间应该分开，否则生活质量和工作质量都会受影响——幸好我们的工作只需一台破电脑就可以了。

讲到底，宅是很人工的。衣食住行，工作娱乐，都建立在现成的社会化标准服务上，从属于消费社会。很难说宅是不是更环保，因人而异吧。至于我，每天收快递时会觉得很浪费，但也无计可施。宅的代价很昂贵，所有必需品都让别人送到家门口。

现代生活的每时每刻都是在 N 种糟糕的选项里做出相对而言更适合自己的选择，所谓两害相权取其轻，绝非最好的选择。但你说得没错，交通是噩梦，污染是噩梦，有时候，交际也会像噩梦。现代人花费在交际上的精力和时间是巨大的浪费，所以聪明人都会做减法，做取舍，而且多半都会首先舍弃没有营养的社交。不过，这种取舍的前提是已经粗略地看过世界，换句话说，没有闯荡过江湖，也就不会有真正的宅心。

谁不想在瓦尔登湖畔当梭罗呢，更何况，他的避世一方面贴近自然，一方面距离热闹的社交中心也不远。是左右逢源，而非左右为难。梭罗的《瓦尔登湖》第一章讲明了经济的幻觉，第二章就开始呼吁我们回归现实。

梭罗不是极端自然主义者，而是向往着希腊式的人性觉醒。事实上，在湖边的农作物种植项目因为严寒而失败后，他又写了著名的《抵抗公民政府》，提出了"个人高于国家"的观点。那是 1846 年。所以，一百多年后，只记得梭罗在瓦尔登湖畔的当代人多少是误解了他，把他当作避世隐居的榜样更是错得离谱。人家明明很有入世的觉悟，贴近土地绝非创造自然生活方式那么简单，湖畔小屋既是他的创作基地，甚至还是废奴者学会的年会举办地。湖畔生活让他越来越明白，个人的良知是政治生活的基础，而且，无论是个人生活还是集体生活，人类生活终究都不是大自然中最重要的事情，充其量只是比较重要的一部分而已。人的局限性不能被忽视、被低估。

你不要负气了才回家宅着，这样对家不公平，对自己也不宽容。宅的起点和终点都是安顿自己。我有朋友把独居的空间装饰得美轮美奂，沉溺于独享一切。相比而言，我的狗窝毫无风格，几近简陋，四面墙都被书堆满了，有喜欢的画也没地方挂，偶尔想买束花，坦白说，也没地方摆。花和画，和人一样，特别需要自己的空间。我把它们的空间都霸占了。

于斯曼有本书叫《逆天》（上海译文版译为《逆流》），我很喜欢，当年奥斯卡·王尔德也很喜欢，还称其为"毒书"。主人公烦透了巴黎的虚伪和浮夸，决定离群索居，闭门不出，完全依照自己的品位打造避世豪宅，对宝石、绘画、花卉、香氛、植物、古书的评论，足以见得他对世俗潮流是多么不屑。迷人的，总是这样的避世美学，看起来既沉沦又高昂。但冷静下来想，吸引我的并不是这种贵族式的避世方法，而是用自然主义的研究精神研究文学、绘画、音乐及奢侈品对精神的意义，这种写小说的方法让我觉得很有趣。事实上，从物指向精神的路径是很容易走偏的，阶级意识、物质主义、时代趋势都可能把创作者带上歧路。不说创作者，就连生活者本人也会有所迷失。

在我想来，甘愿避世的人总有沉迷的对象，必须有，无论电玩或宝石，还是书籍或影视，甚或囤积癖者的囤积物，精神总归要有聚焦的重点。既然如此，为自己好好挑选精神落脚处就是最重要的事。精神上保持审美的自由，甚至道德的自由，才是宅的终极意义；否则，就只是身体和行动的物理性局限，是逼仄空间里的蹉跎和堕落，是表演性的放弃，是假的宅人，真的囚犯。

顺祝夏凉（我快热疯了）。

于是

2020 年 8 月 20 日

285

沈大成:
相信要认识的人一定会认识

我为自己的弱点付出了代价。但相信要认识的人一定会认识，相识的机会会源源不断地从天而降，最后犹如倾盆大雨，肯定躲不过去。

沈大成：

你好哇！第一次要见你那天，我无比忐忑。因为你说，你是一个"社恐"。出门前，我在衣帽间选了好久，心想一定不能穿得太拘谨、太保守，以免你没有跟我交流的欲望；不能穿得太暴露、太前卫，不要表现出过分热情，以免惊吓到你；但我又觉得不该流露出紧张的神情，以免给你留下我心理素质很差的印象。我没有参加过相亲，但我觉得相亲的男女应该跟我彼时的状态差不多吧，手心不断出汗，连呼吸都要站在镜子前练习。

深思熟虑后，在司机不耐烦的催促声中，最终我决定穿出自我本真的模样，也决心在你面前自由自在地做自己，因为所有的掩饰和表演都有"PUA"的嫌疑，故作姿态是短暂的，唯有真实才能长久，换算成内心话就是——爱咋咋地吧，我就是这副熊样了。怀揣着死猪不怕开水烫的心，我不但下车的时候不小心撕裂了自己的破洞牛仔裤，导致半截大腿、膝盖、半截小腿都露在外面，还迟到了半小时，没有雨伞，湿淋淋地走进咖啡馆，惨不忍睹。

你非但没有动怒，还慷慨地请我喝手冲咖啡，服务员问我要哪款的时候，我觉得哥伦比亚咖啡豆太平庸，曼特宁的咖啡豆太陌生，我想告诉你我不是一个品位荒芜的人，最终就点了店员重复了三遍名字我都不能鹦鹉学舌说出的那款："我就要那个什么来自什么亚南部的什么曼什么菲。"喝咖啡的时候，我感受到你带着温度的目光，频频投向我暴露的大腿，才意识到下车时步子扯大了，牛仔裤撕坏了，赤露着白花花的肉，迭声向你解释，以免造成对我穿着总是放浪的印象。你大笑起来，说以为是今年最新的流行风尚。你用风趣幽默化解了我的尴尬。

我们瞎扯胡侃，聊得漫无目的，但兴高采烈，临时决定走出咖啡馆，穿过下雨的街道，共进晚餐。你说："你约我喝咖啡真是让我舒一口气，第一次见面就吃饭是让人紧张的，喝咖啡可进可退，留有余地。"这可能是我当天做得最对的一件事，对也是因为经验，因为我也有过很多次难以推脱的经历，最终落荒而逃——社交太难了。

跟你这样一个真正的"社恐"见面并没有我想象中那么复杂。

在我心中，"社恐"绝非变异之词，很多"社恐"特别聪明，拥有自己一个独特的小世界，自成天地。不少天才都是"社恐"，比如化学家、物理学家亨利·卡文迪许，能在家待着就坚决不出门，唯一固定参加的活动只有英国自然学家们组织的派对，但他从来不发言，社恐指数满星，如果有人想要请教他但又不想把他吓跑，只能对着他身边的空气提问，他会酌情选择，小声嘀咕答案，如念咒语。听上去他还挺酷。

有段时间我还觉得"社恐"这个标签还挺时髦的，除了我说的显得聪明以外。还带着特立独行的意味，一言蔽之，"我不爱凑热闹"。大概为了呼应一些有趣而聪明的朋友，我也试着学习社恐，说自己就不爱出门，就喜欢一个人待着。那天在家闲得无聊，我在网上做了一个"你是社恐吗"的测试，回答了一些问题，诸如"你在众人面前做了一些尴尬的事情，你会记多久？""你念自己名字时候的感受是？""你在商店买东西售货员跟着你，你的感受是？"我的答案是：十年后还会记得，想起来还会脸红；每次念自己名字的时候都觉得很古怪别扭；被售货员跟着我会浑身难受，根本无法购物。测试结果出来了，我是中度社恐患者。

难以置信，我扪心自问自己怎么可能是"社恐"呢？荒唐。就像我读安迪·沃霍尔的传记，发现他这样一个被一堆人包围的艺术家，总希望被人注意到，竟也说自己是社恐一样骇人听闻。我之所以觉得自己不像，是因为以前工作是媒体，不就是整日跟第一次见面的人打交道吗，还自认为做得游刃有余，不乏火花四射的时刻。细细回忆起来，小时候的我特别内向，一方面是因为天生的，另一方面独生子女常常孤独在家，不知道该怎么跟其他小伙伴相处，我爸妈很少带我出去串门儿，既不知道别人的生活是怎样的，也不是很自信，在外面从不敢喘大气。再看一下基因代码，我爸妈也都不是很爱交际的人，我爸寡言，我妈朋友少，我从小就不知道怎么跟人称兄道弟，也从未跟人勾肩搭背，其实内心很羡慕那种桃园三结义的友谊。当然内向和社恐是两码事，内向是你自己独处也很自洽，不觉得需要那么多社交；而社恐是发自内心对社交产生恐惧感。后天经过职业训练，我常常把自己真正的内心包裹起来，佯装着兴高采烈，常常工作完回家就像泄了气的皮球，有些交流对人是滋养，有些交流实在太折磨自己了。

在一个隆重的艺术晚宴上，我的名牌旁是摄影师于聪的名字，餐桌过于浮夸，让人没有交流的欲望，我和他尽管并肩而坐，却良久不语，甚至不看对方，化实为虚，全程用微信问候了彼此，"好久不见""要上甜品了""不错"。

不是每个朋友都需要贴面礼，让我们自由自在选择交友的方式吧。

现在我已经不像过去那么在意外界对自己的看法了，也不想成为一个处处受欢迎的人，总希望别人喜欢你是一种不自信的表现，强迫你总要端着，扮演一个小心行事的人，扮演身上原本没有的品质，做人做得太满，像紧紧拉开的弓。但现实是：突如其来的电话会刺激我的太阳穴；两个人的约会在不被告知的情况下变成群聚，我会特别气恼；一些答应的邀请，我会最后一刻决定不出门，尽管已经换好衣服；有时候我觉得小动物比人类可爱多了，我宁愿在家撸猫也不想见人……

我相信自己并非真的有社交恐惧人格，但的确有很多不想社交、不想交谈的时刻。不想交谈的时刻也很珍贵。再说了，我们也不需要跟无法交流的人扎堆，人年纪越大越需要能切入正题的朋友，越要懂得推拒，越享受清淡。我忘了在哪里看到一个说法，被我美化后大意是这样：朋友之间最重要的是接得住，接得住彼此的喜悦，也接得住彼此的坠落，接得住光明和隐晦。

愿我们能接得住彼此！

祝羽捷

祝小兔：

你好哇!

我们见了一面。

我们以前没见过，你来了，我们先相互看看。我看到一个美的和高兴的人。高兴和愉快、开心有点不同，高兴有一个外在的样子，至于心里有多少开心，我就不知道了。一瞬间我就很放心，我想你这种人是不会让我难堪的，你会把气氛弄得很好。那么你就比较辛苦了，而我这种人是比较舒服的，我们一有机会就在这方面剥削别人，所以下次你不要同情我这种人了。

几年前，我和一个朋友去日本镰仓玩，每天都去旅馆附近的便利店转一圈，一条马路之外就是大海。一次我在店里掉了零用钱，在货架周围找不到，不久看到一个年轻的日本男人手拿红色的半透明塑料拉链袋，里面装着一张 1 000 日元的钞票，还有一些小钞票，是我的。他正大光明地排在收银台前，好像要把它交给店员处理。因为我不好意思上前交谈，就走出了便利店。

还有一些类似的经历，也许当时多说几句话就能解决问题，但是我也离开了。

我为自己的弱点付出了代价。我可以付。别的性格也要付出代价，只是未必像我那次价格明确而已。

而且我马上动手写了一个短篇《海边的女人》，写女人去旅游，融进了海滨小城的梦里，夜晚的海滨会做梦，它想和陆地决裂，去海上漂泊。虽然没有写明，其实故事是以镰仓为背景的，于是我得到了稿费，镰仓把欠我的更多地还给了我。

你看，得失我也会计算，这里失去的，那里补。看起来账目的逻辑非常不清不楚，但暗中是有逻辑的。

说到"社恐"，我可能经历了两个阶段，第一个阶段想克服缺点主动社交，第二个阶段已经无所谓了。不是对像你我这样认识的过程和结果无所谓，相反，是在乎的；而是对认识的起点抱着比较自然的态度，相信要认识的人一定会认识，即使错过第一次机会，也会天降第二次机会，相识的机会会源源不断地从天而降，最后犹如倾盆大雨，你肯定躲不过去。

放松下来后，我会想象自己是某种住在沙滩上小洞里的动物，喜欢躲起来。因为，比起让人们认识和喜欢我这个人，我更愿意人们不要对我留下印象。我在网上瞥见埃利亚斯·卡内蒂的这段话："只要你不活在别人的期望里，你就是自由的。在没有人爱你的地方，你就是自由的。限制你自由的最大的阻碍就是你的名字。不知道你名字的人，不会对你有任何影响。"这道理我知道。在想象中，我作为沙滩上小洞里的动物，是没有名字的，如果需要叫它，就叫它什么，用英文叫，则叫它the thing，巨浪一冲刷，小洞被淹没，就什么都没有了，the thing is gone，我微弱的存在仿佛如此。在那弯巨浪卷起来又落下来之前，我还可以活一下，我从不远离容身的地方，只管把它建设好。我也不是一个手很长的人，妄想去抓住远方的东西。庆幸的是，世界是在变动的，一定有一些美好的事物会主动经过我附近，每当那时，我就从洞里出来，和它们击掌。

写的这些，像是我已经在社会中找到了生存办法，游刃有余。

不是，我仍然很不安。

不安来自两点，首先是对于个体的警惕。我们说到过，现在有的人攻击力很强，很容易就用肮脏的手段伤害别人，他们受无法丰富的单一的大脑指挥。我很害怕认识这样的人，或被这样的人注意到，有的人看上去是人，实际上不知道是什么。个体还会聚起来，形成一伙人，指向同一个方向，说着一样的话——小兔，这件事你怕不怕？

不安也来自每一次思考我们和世界的关系。我们这些人、我们立足的地方，本来和世界确立了一种关系，今年以来，情形变得好像是你以为拼得成熟的一幅拼图被打乱了，你看大陆、大洋、两极都在原处，但世界已经剧变，你和它的位置关系不同了，这张拼图需要重新拼。怎么拼呢，新的它会变得非常不好吗？每次想到这点，我也会感到害怕和不安。

不好意思，谈了太多自己。就在这封信里，向你展示一件"社恐"标本。

祝福你祝小兔，一切！

忧虑与想得开并存的沈大成

2020 年 7 月 4 日

通信人　**张之琪** 媒体人

张之琪：
死神来临之前不顾一切狠狠爱

一旦失去某人，我们就面临着一个谜团：
失去之中仍有秘密，失去的隐秘之初仍有未解之谜。

祝老师：

展信佳！好久没写过信了，我们这代人甚至没怎么赶上电子邮件的尾巴，就融入了移动互联网即时通信的浪潮。敲下"展信佳"三个字时，我感觉自己像个学大人讲话的孩子。而今天想聊的，似乎也是个年轻人聊起来有些轻佻的话题。

从 2017 年底到 2018 年春天，我先后目击了三次死亡。

先是我养的第一只猫因为突发心脏病去世了。它发病时我正在卧室睡觉，听到男友的呼叫声跑下楼，它已经瘫倒在地上，没有了呼吸。我们还尝试给它做了心肺复苏，最后也把它送到了医院。我看着医生把它用报纸包起来，放进储存小动物尸体的冷柜里。

297

然后是大年初十，我的姨妈在确诊为胶质瘤一年后去世。对她来说那是极为痛苦的一年，从在北京化疗到去美国做免疫治疗，先后两次开颅。她去世前的几分钟，我妈血压飙升，被我爸带到隔壁病房休息。我留下来，几乎是用力掐着我姐的手，陪她看着监测仪上的数字，一点点掉下来，又挣扎着升上去几个刻度，直到最后归零。

又过了一个月，我的姥姥脑梗住进 ICU，几天后病情急转直下。宣布死亡的时候我还在家里，赶到医院时她已经被转入太平间。我进去帮她擦拭身体、换好衣服。那是我第一次看到她的裸体，毫不避讳地摊开在所有人面前，我有些无措，不知道该看哪里，又不舍得放过最后看她的机会。

奇怪的是，回忆起这三个死亡场景，我脑子里的画面像是推理片里迅速闪过的证物特写，我记得包裹着猫的报纸，记得检测仪上的曲线，记得姥姥手上松弛的皮肤和凸起的血管。但当我想把镜头拉远，用一个更大的景别去回忆的时候，我发现我也在画面里，只有背影，没有表情。

后来我的咨询师告诉我，这其实是人的一种心理防卫机制，当人面对一个创伤性的情境时，会做出一种情感上的 detachment。我好像是作为一个田野工作者在场的，而且几乎是最理想的那一类。我的"在场"似乎带着一种道德义务上的

298

自觉，我觉得我应该在场，应该努力记住，时常回忆，甚至诉诸笔端。但在整个过程中，我的感受被屏蔽掉了，回忆这些场景时，也无法唤起太多悲伤的情绪。

朱迪斯·巴特勒在《脆弱不安的生命》中写道："一旦失去某人，我们就面临着一个谜团：失去之中仍有秘密，失去的隐秘之初仍有未解之谜。"这正是当我试图去凝视死亡的时候，所看到的东西，一团迷雾、混沌不清。我不知道我姥姥的死亡对我来说意味着什么，而如果要回答这个问题，需要先回答她活着对我意味着什么，而要回答这个问题，又需要先回答我与她之间究竟是一种什么样的关系，而这个问题最终指向的，不仅是她是谁，更重要的是，我是谁。

这样的追问像是强迫自己走进一间空屋子，空屋子有一扇门，通向下一间空屋子，如此无限地重复下去。我无法强迫自己走进这样一间屋子，我选择回避这个问题。

然而这团死亡的迷雾却不会因为我的回避而远离。在她去世两年以后，我已经意识到，在死亡制造的分离中，时间不再是线性的。如果以死亡的时刻作为原点，我们与逝者之间，既不是越走越远，在记忆的流逝中彻底失散；也不是越走越近，最终在另一个时空团圆。我们是忽远忽近的，过去会在某一个瞬间以一种近乎暴力的方式击碎现实，巨大的悲伤汹涌而来，吞没一切；又会在另一个瞬间悄无声息地隐退，遁入记忆中无人打理的杂乱角落。

我经常在毫无防备的情况下想起她，失去她的剥夺感会立刻占领我周围正在行进的现实，让我在任何环境下都可以瞬间哭出来，而后现实又会很快夺回领地，把她挤压出我的生活。最近在读孙歌老师的新书《从那霸到上海》，其中也引用了本雅明的《历史哲学论纲》，他说："过去的真正意象，只能在一闪之间呈现，过去只能在一次性的、突然闪现的意象中加以把握。如果错过了使认识成为可能的一瞬间，那就无法把握了……"大概死亡也是如此，遗憾的是，在它闪现的瞬间，我似乎没来得及、也没有能力去把握它，很快地，现实就关上了那扇门。

孙歌老师在书中说，长时间地处在一种非常状态，或者让一种非常态的认知持续，是违背人性的。即便在战争这种极端状态下，我们也很难观察到一个社会的主观认知可以长时期地处于非常状态。"人类需要哪怕是虚假的'常态'感觉，因为只有这种感觉才能让人不必付出太多精力而生存下去。"这似乎也是我们无法与死亡、与哀悼的状态共存太久的原因，它们是平静生活中的"危机"，而面对危机，我们本能的反应是解决它，恢复一种——哪怕是虚假的——常态和秩序。

写到最后，似乎不得不面对一个有些悲观的结论，我们是否无法真正地去认识死亡，哪怕是尝试去接近一种可能的认知？常态下对于死亡的阅读究竟是否真的有助于我们去理解那种"非常态"？或者我们只能在稍纵即逝的瞬间中匆忙地捕捉其中的真义？抑或维系常态化的生活本身就意味着我们始终在逃避死亡，也逃避对于死亡的认知？正如孙歌老师所说，这是一种"低能耗"的生活方式，反之则是自找麻烦。

这就是我对于死亡的感受吧，现实——或者说是常态——所携带的巨大惯性，让我每次试图接近它时，都感到阻力重重。似乎唯一可做的，就是被动地等待，等待下一次危急时刻刺穿现实的防线，希望下一次到来的时候，我可以准备得更好一点。

张之琪

2020 年 6 月 18 日

亲爱的之琪：

没想到我们第一次通信就讨论这么严肃的话题。现在我终于有勇气回信，是因为晚上发生的事情与死亡有关。今晚，我原本计划要跟朋友吃饭谈工作，难得进城，由于道路遥远，动身较早，先于朋友坐在餐厅里，刚掏出手机就接到朋友的电话，他说，"我在赶往医院的路上，最好的哥们今晚踢球的时候突然心脏骤停，我必须现在就去……"他因心急说得含糊不清。

我一边祈祷，一边等他的消息。不知道过了多长时间，他才再次发来消息"他走了"。我一时不知该如何回复，因为在死亡面前，任何语言都显得苍白无力。死神一直离我们很近，甚至就注视着我们，如影随形。因为他戴了面具又善于伪装，时而慈眉善目，时而一团和气，我们总是被骗得不轻，在许多扑朔迷离的时刻，给予我们毁灭性的一击。

比如有人告诉我，他和同寝室的人喝啤酒、吹牛皮，室友坐在阳台上，他坐在椅子上，两个人越聊越兴奋，觉得太投缘了，恨不得拜把子，在一刹那的感动中，室友仰身后倾，从阳台跌落了。比如还有人告诉我，他和朋友在西藏旅行，看到一条奔腾的河流，四周开满了艳丽的格桑花，美如天堂。朋友走到河边，愉快地戏水，他一个转身就发现身后的人不见了，河水湍湍，一如常态，却怎么也无法找到失踪的这位朋友。死亡有时候太魔幻了，你猛掐自己大腿，发现这竟不是噩梦。

外公去世的那天晚上，我正在读 J.K. 罗琳的新书《偶发空缺》。小说的开头讲到小镇的银行行长巴里·菲尔布拉泽带妻子单独出门吃晚饭，孩子们已经过了需要人陪的年纪，看得出要享受二人世界的他们心情愉快极了，就在停车场，巴里感受到头痛，痛得像一柄铅锤在砸裂他的大脑。他轰然倒下，在救护车来到之前，已经躺在自己的呕吐物中，一动不动。

我是在阅读一个人死亡的经历时接到母亲的电话并被告知：外公在家中因为一口痰没有及时吐出，等不及救护车来就因大脑缺氧离开了人世。在这之前，他虽与一些常见的慢性病如影随形，但并没恶疾傍身，我想着还有好多好多时间可以相处呢。我再也无法打开《偶发空缺》这本书，看到它就会想起外公的死亡，看到这本书的封面我都会感到窒息。亲人突然离世，对死者来说是撒手人寰，对活着的人来说是要背负伤痛走完余生。

人很难面对亲人的离去，因为再也见不到他们。为了安慰自己，人类编织了宿命论和还有来世说，但俄耳浦斯注定失败，已在阴曹地府的爱人不会被重新带回人间。我是一个经验主义的无神论者，认为这些都是慰藉的想象，却也只能在自己感到无助的时候说："去往天堂了吧。"

前两天我做了个梦，梦见自己路过旧宅，心里知道外公就在楼上，但我没上楼，一溜烟走掉了。醒来心里懊悔死了，不能原谅梦中那个不仁不义的家伙（我自己）。当天一直忙工作，不知怎地，某一瞬间脑中闪过梦中画面，鼻子一酸，眼泪出来了。我想象他在临终一刻经历了什么，也许内心惊惧，无助绝望，就像《伊凡·伊里奇之死》描述的："他就这样孤苦伶仃地生活在死亡的边缘上，没有一个人理解他，也没有一个人可怜他。"也许不忍就这么草草结束，也许像有些人说的，在将死之人眼前，一生中重要的片段纷至沓来，这个说法未免太过抒情。我无法靠想象捕捉经历死亡的感受，不能真的理解死亡，也想不出自己会以怎样的方式谢幕，更不知自己活在戏的哪一幕。

我这段时间翻译约翰·伯格的书，他有一个章节企图阐释死亡，他大概的意思就是说"熵"的概念是用科学原理解释"死亡"，熵增加的过程以热寂告终，熵意味着生命终将耗尽和消灭。类似的说法，我在帕特里克·聚斯金德的《论爱与死亡》中也看到过，他说："死亡是一种热力学现象，变形虫和飞马星座上的一个黑洞都和它有关——而我们依然对此一无所知。"我能理解他们想说死亡就是一次能量的重组，是逃脱不掉的自然规律，这样一想，我们古人为求长生不老炼仙丹或寻找长生不老的药就显得非常可笑，倒不如学学庄子，席地而坐，仰天大笑。可是在情感上排除对死亡的恐惧和对失去的悲伤实在太难了。

很多人听了许多大道理仍然过不好这一生，而我呢，听了那么多大道理，还是很怕死。别人相互见面打招呼都问"吃了吗"，我和母亲常常聊天就是相互质疑"你怕死吗"？今年春节，因为疫情的原因我们被牢牢地困在一起，时间久了没有任何新鲜话题，我们面面相觑，我心血来潮地问："妈，你现在还怕死吗？"她说："一阵一阵的，最近好像又不怕了。"

母亲的怕死是间歇性的。看上去毫无章法，但我还是在日积月累的观察中总结出了粗放的规律，那就是：不如意的时候，她比较怕死；家庭和睦的时候，她没有那么怕死。

写到这里，我马上就要把这封信的内容从丧丧的死亡转向阳光积极面了，长舒一口气——是爱让我们抵消对死的恐惧。死亡和爱在某种意义上非常类似，都是我们终其一生也解不开的谜，所以活着就老琢磨它们，而且爱和死亡都给了我们创作的动力。生命中没有爱，你肯定觉得活着没什么意思，可是没了死亡，你也不会觉得有意思，因为一件事放在现在做，还是

500 年后再做都是一样的，时间失去效力，你也不需要创作了。我就是那种总对生命的意义抱有深切忧虑感的人，一想到死后那种巨大的空虚感，人难免想找到活着的意义，甚至是比人类更伟大的意义，王小波在小说《我在荒岛上迎接黎明》里的主人公说："我不明白我为什么会死。到我死时，一切感觉都会停止，我会消失在一片混沌之中。我害怕毫无感觉，宁愿有一种感觉会永久存在。哪怕是疼。"对死亡苦思冥想后，他开始爱诗，读诗和写诗成了抵抗恐惧的方式。

"真正的爱情，往往轻而易举地而且毫无惧意地便勾起死亡的念头。"我猜有那么多人殉情，可能就是只有死亡这么高密度能量的事情才能匹配他们爱的炙热吧。你看我们也是，虽然表面讨论的是死亡，实则在说爱，骷髅伴随玫瑰。我们恐惧死亡是因为被死亡剥夺了被爱和爱的权利，爱得不够就会留有遗憾。

生活里不确定的事太多了，而我们却必死无疑。活着的时候有一个永恒的课题需要解决，就是我们将以何种方式面对自己死亡的宿命。愿我们在死神来临前爱上点什么，且不顾一切狠狠爱！

祝羽捷

通信人　**阿枣** 中英文写作者、译者

阿枣:
至少还有个地方聊以慰藉

生活里没有神圣感,

只有世俗, 其实是很乏味的。

小兔：

见信佳！也不知道为什么想跟你聊宗教，可能因为它难以回避却总是被我回避吧。

就以基督教举例好了。长久以来，我对基督教的理解面临两大障碍。其一，我过着以无神论为基础的世俗生活；其二，我接受了以西方科学为基础的通识教育。在这两大框架下，想象一种难以证明也难以证伪的抽象存在是困难的，所以我一度认为自己是不可知论者。最近一两年，我能感到这个想法在渐渐松动。起因是两个比较动人的经历。

2018 年，我研究生毕业，开始找工作。随着失败的累积，一个不可避免的心理变化，是你会渐渐将个人价值和面试成败挂钩，于是自我认知开始崩溃。忘了是第几次面试之后，我拖着脚在冬天的街上走，冷不丁抬头，望见对面教堂门前伫立的耶稣雕像。他低垂着头，双手交叉，捧着一本经书，身后头顶的墙上刻着：Come to me, all you that labor and are burdened, I will give you rest.

凡劳苦担重担的人，可以到我这里来，我就使你们得安息。

这句话带给我的释放感和解脱感，我至今记得。并不是我真的疲惫到需要寻找休憩，而是知道自己的疲惫获得了深深的理解，因此短暂的沉重也不再那么难熬。这算是我重新思考宗教之意义的一个契机。

今年早些时候，我读了约翰·拉斯金对乔托在竞技场小教堂的湿壁画系列的评论集。竞技场小教堂位于佛罗伦萨，建于1303年，用于纪念圣母马利亚。作为意大利首屈一指的画师，乔托受雇装饰小教堂内堂，画了一组讲述圣母及耶稣生平的湿壁画，从圣母的诞生讲到耶稣受难后复活升天。

最出乎我意料的是，乔托笔下的《圣经》故事充满了细节：抱着鸽子的孩子，婚礼上的酒坛，载着圣母一家夜逃的毛驴，耶稣受洗时清澈的约旦河。乔托是一流画家，他"对周围发生的一切感兴趣，用活生生的人的姿态代替了传统姿态，用活生生的人的面貌代替了传统形象，用日常生活的事件代替了传统的场景"。而拉斯金是一流批评家，他的目光一刻不曾从乔托的作品上移开，他会比对《圣经》及不同版本的伪经，考证乔托为何选择将耶稣诞生的床安放在石板上，而不是伪经中放满香火蜡烛的洞穴里。他二人对自然主义的热爱，得以将我从版本纷繁的经文中解放出来，邀请我想象它的源头，那些真实的人和他们生活过的世界。

尽管如此，我真的会信教吗？我承认我对宗教怀有戒备。《圣经》中间或流露的权威口吻让我不适，女性在其中的命运让我心惊。除此之外，我害怕被视作弱者。无论在寺庙还是教堂，信教者以老人和受苦难的人居多。就连我自己，不也是在意志松动时，被耶稣的召唤所打动的吗？作为被禁锢在理性中的现代人，我不愿被人视作相信鬼神的"异类"，不愿暴露自己的脆弱。更重要的是，作为一个不相信宿命的人，我不确定自己能放手，将自己的一部分人生，交给我之外的某种力量来决定。

然而，近来我越来越确定，人是不可能完全掌握人生的。一直紧绷绷地活着，或许迟早会出问题。就像写作一样，有时我们可能得学会放手，才能在失控中抵达真相和自由。

祝好。

阿枣

2020 年 8 月 17 日

远方的阿枣：

感谢来信。

"凡劳苦担重担的人，可以到我这里来，我就使你们得安息。"
这句话很美，很有诗意，对人也很宽容，像温柔的手臂伸过来
企图拥抱你。人们总把最诗意的想象力和艺术献给宗教，特别
是 15 世纪之前，几乎所有的欧洲艺术都是用来歌颂神，画的、
雕的、唱的都是神话和《圣经》里的故事，个人是渺小的，不
值得被讲述，只有神才让人变得有意义。

我小时候跟着外婆去庙里，庙在山上，所以用"上山"替代，
有人问："上哪儿啊？"你说"上山"，大家就都明白了。她每
次上山前马不停蹄地忙活，跟要嫁女儿似的，又是拿纸包苹果，
又是买花、买香，又是数硬币，这些都会被摆在佛像面前。

我问她自己应该带点什么给佛祖？外婆一乐："把你喜欢的带去。"我兜里揣着"汽车人"，一种廉价的很小型的变形金刚玩具，加上一本小人书，我把它摆在了释迦牟尼像前，我不敢和他对视，所有的佛像对我来说都像班主任一样威严。但我相信佛能感受到我没撒谎，我把最喜欢的东西供奉给他。长大后，我开始理解外婆的意思，人要把喜欢的东西献给佛，不分贵贱，不是竞赛，不看谁捐得多，你喜欢什么就带什么，因为佛是没有分别心的，这是后话。拜完佛，我觉得自己思路清晰，下山格外有脚力，外婆说这是佛祖显灵。不料，我又摔了一跤，膝盖都磨破了，刚刚才给佛祖磕过头，那我肯定要胡搅蛮缠了，让外婆给个公道，她又说，这是佛祖在提醒我不要得意忘形。好吧，佛祖无处不在且怎么做都对，动辄给你个启示，我当即明白了这个道理。

西方神学学者管我们说的"显灵"叫"神显"（hieophany），神显的可以是自然之物，太阳、月亮、一颗流星、一块石头、一棵树木、一条河流，甚至是宇宙，都可以成为神显的载体，还有基督教那样的道成肉身，而宗教的历史就是由无数神显的实体所组成的。耶稣扛着十字架走向死亡时，圣女维罗尼卡勇敢地冲向他面前，用自己的面纱为他擦拭脸上的血，耶稣的像就神显在了圣女的面纱上。英国国家画廊里就有这幅油画，简单地描绘了圣女手持含有耶稣圣像的面纱，我的导师指着这幅画说，这就是英文单词"icon"的来源。所以说，我们对某个符号的膜拜并非事物本身，而是神显，一种超常态的东西，让人又恐惧又尊奉。

按照奥托的理解，神圣观念的来源归结于人们内心深处的"被造感"，那是一种源于非理性情感的对"完全的他者"的敬畏。我们这些不可知论者最灵活，就是给自己留有余地，面对那些"神显"的时刻，能用心理学、自然科学、社会学、生物学、生理学、语言学解释的，就把它们去"神圣化"，不再把它们当作超自然的存在，解释不了的就坚信不可知论。

我爸就是典型的红旗下长大、绝对唯物论的簇拥者，自己坚决破"四旧"，看到别人搞"四旧"还要在旁边说"不要装神弄鬼，不要搞封建迷信"。我妈对他的要求就一点，你不信可以，但不要反对别人。有一年，我奶奶突然"中邪"，胡言乱语中完全变了一个人，嘴上振振有词，说自己钱不够花，说自己没有人惦记。我爸赶过去问她是谁，奶奶说自己是我伯父，伯父前几年去世，我爸从来没有烧过纸钱。反正奶奶就是"精神分裂"了（按照我爸的说法），怎么治都不好，大家请来神婆，放一只碗，碗里倒上水，插入三根筷子，筷子直愣愣立在碗里，看上去很不符合自然规律。神婆问奶奶一句，奶奶答一句，看着像一个正常人，神婆大怒，"赶紧走吧"，话音未落，挥掌把筷子拨倒，又嘱咐大家烧些纸钱，烧钱的时候要念叨已故亲人的名字。经过这么一番人间闹剧，奶奶还真恢复了平静。见此情此景，我妈问我爸，你怎么解释？我爸不语。我妈又说，这回信不信？我爸不语。

信与不信，一念之间。伊利亚德认为，即使那些声称不信教的人，宗教和神话也隐蔽在他们的意识深处。因为对于人类而言，宗教意识是内生性的，"神圣"是意识结构中的一种元素，而不是意识史中的一个阶段。科学就是用于除魅，在去神圣化的现代社会，人类并未真正告别过去的神圣历史，还会自觉或不自觉地从宗教中寻找意义，不然我们如何面对生命的虚无感呢。

与神圣对立的是世俗，神圣少了，世俗自然就多了。我记得有年看了一部并不让人满意的国产电影，全片就一句话打动了我，"你们中国人就是什么都不信"。这句话对也不对，我们确实进入了一个宗教信仰缺失的年代，但也有一些自己笃信的对象，比如历史的发展规律，比如经济发展，但都跟宗教无关。很多情况下，人如果不信点什么神圣的东西，就很容易成为物质的俘虏，崇拜金钱和权力，服从自己的欲望，却很容易撞上空虚。我想象五百年前的艺术家们，即便是收了金山银山，也会像为宗教献礼那样绘制壮丽的湿壁画，盖出与天连接的大教堂——金钱要向信仰举手投降，只有信仰值得他们呕心沥血，以命相抵。人类多么可爱，在短暂的一生里，愿意毫无保留地把自己奉献给信仰，敬畏超出我们知识边界的未知世界，在虚妄中建立了自以为是的意义。

生活里没有神圣感，只有世俗，其实是很乏味的。有回傍晚我在西敏寺参观"诗人之角"，赶上弥撒即将开始，唱诗班男孩们身穿白色长袍进入大厅，离场不够礼貌就留下，全程圣洁而肃穆，观众要不断站起，四个方向转动配合唱诗班演唱福音。歌词简洁诗意，旋律悠扬，歌唱的是人与上帝的关系，人性里的爱与罪恶。对于我一个非教徒来说，是思考，也是一次很好的心灵的休憩。

我发现自己会在美术馆使用一些宗教用语，"这幅作品我看出了宗教感""这位艺术家很有神性"，这些都是高到触摸到神殿的赞美。阿布拉莫维奇说："我们越是不再信仰某物，来美术馆寻找某种艺术灵感的人就会越多。"没有宗教信仰的我常常在想，能不能把艺术当成信仰，能不能把文学当作信仰，至少在现实中遭遇到种种失望的时候，还有个地方可以聊以慰藉，信仰一个事物，用它唤起心灵深处的情感，通过它感知自己在世界中的本分和命运。对一样东西既敬畏又向往是多么珍贵的感情，青睐神圣才是人的本性。

如今摄人心魄的事物越来越少了，愿我们都能在世俗中找到自己的神圣体验。

祝羽捷

苗炜　尤勇　思远　顾湘

如果我们不能出去冒险，
就看能不能在心里放下一个人，
放下一支球队，放下一幅画，
能不能放下这花花世界。

何为理想生活

通信人 **苗炜** 作家

苗炜:
但愿我们还能再次爱上花花世界

有些事永远地改变了，心中曾经生起的那种亲近之感，重又变得遥远而疏离。我们对异域的生活与艺术的热情，变得空落落的，因为有更多的事，更大的事，提醒我们，那是在异域，那是别人的东西。

小兔你好：

刚看完曼联的比赛。这个赛季结束了，曼联获得了第三，拿到了欧冠席位。英超在瘟疫中复赛，我偶尔还看转播。球场空荡荡的，转播画面中有球迷呐喊的背景声，但没有观众的球场看起来还是觉得氛围不对，像是一场练习赛。球迷去现场看球，都是很情绪化的、带着点儿攻击性，那是度过周六下午的一种方式，或者阳光明媚，或者阴雨绵绵，大家聚在一起，感受到我们的生活本身就充满了仇视、粗粝、天不遂人愿、不公，还有狂喜。按理说，这样的体验跟电视前的观众没啥关系，可我看着空荡荡的球场，觉得现场观众是替代我们这些电视观众去看球的，肩负"代入"的使命，没有现场观众，我们远隔万里看起来也觉得无聊。

不过，你也不看球，我说这些，你未必明白。

十一年前，瑞士一款手表赞助曼联足球俱乐部，我受邀去写篇软文。住到了曼彻斯特劳瑞酒店，曼联主场作战，队员前一天集结，都住在这家酒店。晚上时差睡不好觉，床头放着一本画册，就拿起来翻，L.S. Lowry，这个画家从来没听说过啊，看了两眼就喜欢上了。他画的是英国北方的工厂和工人、烟筒、厂房、黑压压的人群、滑冰场、鱼市。他画的就是曼彻斯特周边。他长期工作在索尔福德，是家物业公司的职员，走街串巷收房租，业余时间画画。后来有一次去伦敦，买了一本劳瑞画册，总希望有机会能看到他的画展，或者有机会再去曼彻斯特，去劳瑞艺术中心看看。

劳瑞画的都是工厂场景，他年轻时喜欢去索尔福德郊外画风景，29岁的某一天，他没赶上火车，从车站出来，看见工厂的大烟筒，忽然感觉眼前的东西真美。从此之后就拼命画工业区的风景，奥威尔的《通往威根码头之路》，其中对工厂和煤矿的描述，跟劳瑞在画中呈现的调子很相似。他画工业区中的人群，密密麻麻，每一个都跟"火柴人"似的，他跟艺术评论家解释自己的画：Sir，你看他们每一个都是不一样的，这个人喝多了，走路都不稳了，这两个人刚吵完架，他们每个人都是不一样的。劳瑞是一个很善谈的人，他永远称呼别人 sir，评论家说，画上的那些火柴人，都在跟自己的命运搏斗，而劳瑞就是这场伟大战事的观察员。

我年轻时不太能欣赏绘画，后来写小说，却越来越喜欢看画。

我看了你的书《人到了美术馆会好看起来》，还记得你有一张照片，是在维也纳美术馆吧？跟老勃鲁盖尔的一张画合影。想起来，我也去过维也纳，却没能去看勃鲁盖尔的画。更为可惜的是，我还没去过挪威，没去看过蒙克博物馆，也没去过荷兰，去看伦勃朗。年轻的时候，总以为有的是机会，这次没看成还有下一次，总有机会去看那些大师的画作，总有机会认识更多的画家，年纪渐长，就觉得这样的机会好像变得渺茫了。我不知道你怎么看，也许那些欧洲的晨昏，建筑和无尽的展览，你并不觉得遥远，过些日子，过一年，最多过两年，你回去一趟就能看到。可我隐隐觉得，经过这大半年的磨难，有些事永远地改变了，心中曾经生起的那种亲近之感，重又变得遥远而疏离。我们对异域的生活与艺术的热情，变得空落落的，因为有更多的事，更大的事，提醒我们，那是在异域，那是别人的东西。

我不知道我是否说清楚了，也不知道你是否听明白了。我就是怕，往后的几年，我就满足于在电视上看看曼彻斯特和伦敦，看看英超比赛，重又变得愚钝。

谢谢你听我唠叨。

苗炜

2020 年 7 月 28 日

苗师傅：

你实在是低估了我对英超的了解，我对足球确实没什么兴趣，但我对球队从曼联、曼城、阿森纳到利物浦如数家珍，有句话怎么说来着，爱情是最好的老师，爱情教会了我认识球队。我虽然不懂足球，可我历任男朋友都是球迷啊，天赐良机，我暗自庆幸他们支持的球队都不一样，让我每回学的都是新知识，每段恋爱都宛如初生。高人指路，让我得到了充分而不重复的学习，可惜学到了利物浦队就戛然而止了。不能学到所有球队不遗憾，我望洋兴叹的是没有机会学个篮球、网球、垒球啥的。

绿茵场上，红蓝相间，肌肉线条清晰的男人们像一群灵动的鱼，围聚着诱饵，并不真的吞食，而是忽近忽远、热血沸腾地嬉戏，观众的反应就是它们溅起的水花，呼喊如波涛。我不知道为什么足球对于男人来说这么重要，有球要熬夜看球，没球还要去参观空荡荡的球场。有回我们吵架，好几天不说话，我在英国拿手机拍了球场的照片，像一艘搁浅的大船。照片发过去，两个人冰释前嫌，进入到买哪件球衣的热烈商讨中，就像那些中年夫妻给小孩选学校一样激动。

都说一个人就是一支队伍，我试着从球队的战术风格和精神气质上理解他们，防守型还是进攻型，注重技术还是看重身体对抗，喜欢创新还是照搬套路……从中略知一个人的性格和习性，别说，这比星座、血型、生辰八字精准多了，建议准备相亲的姑娘们都提前研究一下。

我猜男人喜欢看球，一方面原因就好比女人喜欢看选秀或女团，在众多成员中都能找到一个自我的映射，你对自己满意就选一个性相近的，你对自我不满就选一个习相远的，他（她）替你完成一项任务，你们可以一起，融为一体，共赴未来。另一方面，你选择了球队就像选择了某个政党或军队，能轻易获得集体荣誉感，决战沙场让人血脉偾张，让男人们的狩猎好斗的基因有处安放，也正因好斗，人类才得以繁衍，生生不息。

不好斗的人都去搞艺术吗？不见得，艺术家们也好斗。米开朗基罗给西斯廷教堂画天顶，把所有的助理、工作人员统统赶出去，生怕走漏风声，他捂住自己绘画的秘密，一个人只用了四年就完工了。意大利未来主义艺术家菲利波·托马斯·马里内蒂发表的《未来主义宣言》表达了对速度、科技和暴力元素的狂热喜爱，他们这批艺术家在作品里描绘现代战场、进步的科技、人类征服自然，他们甚至认为战争是艺术的最终极形式。

还记得你多年前说让我们去那花花世界，我的前面十年还真是这样，一有机会就猛扎进花花世界，但我想了一下，我这么热衷出去转悠，不只是因为对世界好奇，也是对自己好奇，每天在家里那喀索斯式地看自己根本也只是雾里看花，水中望月，只有把自己放在更大的坐标系里去寻找才有意义，要到外面去砥砺。真的到了外面，除了参观球场，我最大的爱好是逛美术馆，人类那么璀璨的文明都不看实在太遗憾了，我承认自己贪婪，希望看得越多越好。

看艺术能不能帮助我们了解自己呢？

文艺复兴时期意大利人流行一个观点：自画像的本质是"每位画家画的都是自己"。自画像必然跟自我有关，艺术家们可以以此自我确认，也可以掺水造假，为自己包装人设，比如丢勒就曾把自己塑造成基督的样子，暗示自己像神一样具有创造力，不难看出他的雄心壮志。岂止自画像，艺术家在画任何东西时都会不自觉地把自身的东西融入进去，无论是相貌、神态、姿态、性格，还是整体造型，他们创造的角色都少不了自己的影子。艺术创作要求艺术家们先把自个儿搞明白，达·芬奇认为画家应该弄清楚自己的短处，应该先丈量自己的身体，看看自己的比例符不符合理想的标准，再画人体和造型。

艺术家可以通过作品了解自我，我们则在作品中解读艺术家，人各有异，解读的内容和体会有天壤之别，所以说作品都可以扮演镜子的角色，观者品出的都是自己的人生况味。我必须承认学习艺术对我的帮助的确很大，不是说它提高了我的审美和品位，而是让我把过去不感兴趣的学科打通了，比如人文、科学、经济、政治……最近在绘画中我开始了解了人类的经济史，莫高窟的壁画上记载着丝绸之路，从宫廷绘画和劳动人民的肖像里看到全球奴隶贸易的关系，大航海时代的版图扩张和海上争霸……从一件作品中看出一个时代，不同的关系，看透为止，我似乎也不那么追求数量了。

苗师傅，当年路过三联书店，你指着书架上的《在路上》说应该好好看看这本书，要一直在路上，要永远年轻，永远热泪盈眶。如今我们与世界之间备受阻断，远离了花花世界。我和你一样，没有以前爱出门了，出去久了会心绪不宁，也许我们都不太需要去寻找陌生体验了，眼前的生活就足够让人手忙脚乱了。独自一人的时候，我就在思索如何经营出一套整饬有序的生活，仍能在眼前的生活里摸到令自己激动不已的东西。

我还有许多地方没有去过，有些地方五百年几乎没有变化，有些地方一夜之间灰飞烟灭。遗憾永远有很多，让我更加遗憾的是，即便我们以为看过的世界，能够与其心灵相通，而在今天才知道自己多么天真，文明的外壳之下，偏见和隔阂互为表里，冷漠和敌对有增无减，人们很难真的做到相互信任、相互理解。

很多人说，全球化最好的时代已经过去了，各个国家地区变得越来越保守，在这一年里，我深深地感受到，爱抽象的知识世界并不难，难的是爱具体的生活；爱抽象的人类并不难，难的是真正理解一个具体的人。

但愿我们经历风雨后还能一如既往地爱上花花世界，花花世界也接纳我们。

祝羽捷

尤勇：
日积跬步，不舍昼夜

我的理想是恢复朴素生活，热爱自然和生活，热爱人类的文化，修养己心，不为物累，并且，尽我所能，终其一生，日积跬步，不舍昼夜。

尤勇：

你好哇！最近看到你尝试为展览做直播，我觉得既意外又惊喜，原来直播不是只有卖货，艺术展览也可以以这种形式被看到，这算不算一种进步，算不算一种全新的艺术现象？新的媒介帮我们敞开了回音室的大门，可以听见不同群体的声音。

偶然间我读到一本书叫《20世纪最后的浪漫——北京自由艺术家生活实录》，里面记录了20世纪最后十年里自由艺术家们在北京的生活，他们比20世纪80年代的艺术家们更勇敢决绝，丢掉了政府分配的公职，失去了经济保障，不少人甚至脱离了严格的户籍管制，成为北漂的"盲流"，但是他们创作出大量前卫性艺术作品。

这些艺术家们身上带着反抗和破坏性，不然不会成为"盲流"，比如星星美展出来的艺术家，喊着口号——"毕加索是我们的旗帜，珂勒惠支是我们的榜样。"珂勒惠支的艺术主张人道主义、批判社会，可见他们推翻旧规则的决心。那十年间，不光是画家，不同领域的艺术家和摇滚青年、诗人、编剧也和他们一起创作，圆明园画家村像一个大杂院，容纳了每个有梦想的人。不过画展常常没有几个观众，画也卖不出去，艺术家们生活得穷困潦倒，可见一代人有一代人的困惑，每十年大家要面对不同的大境遇，在艰难中努力建立起自己独特的人文景观。

我上海的家旁边也有个画家村，一栋栋并不怎么好看的乡间别墅，里面也住着像杨牧石这样的年轻艺术家，但更多的已经改弦更张，艺术家越来越少了。偶尔我们去小聚，看看作品，聊聊天，可终究没有书中所描绘的自由之地般的盛景——有一群愿意吃苦的年轻人聚在一起。

三十年后的今天，国内的展览多了起来，除了因工作原因不得不出席开幕活动，其他的我都尽量避免开展那天再去观看。每个展览的开幕都会刷屏朋友圈，我发现自己并不是"艺术圈"人士，因为自己的头像不会出现在这些笑容璀璨的合影中。我也不能算"策展人"，尽管很多朋友在介绍我的时候，特意为我加冕了这个美妙的头衔，实事求是说我虽在策展但备受挫折，把方案拿给两位美术馆的馆长看，一位问我有没有经济回报（赞助商、交易），一位问我能带来多少社会效益。他们问得没错，这才是游戏可以玩下去的规则，不能让人家既赔本又不赚吃喝，而我像个交不出作业的差生，站在一边，面红耳赤。

越是走入艺术的腹地，就越能体会艺术的魅力，以及行业里的艰难和复杂，过去我们不会听到艺术人士讨论"流量"和"转化"，最多讨论如何让更多的观众走进美术馆。好的美术馆往往是本地的地标，是个文化场所，又跟艺术有关，自然会对人产生魅惑，让人望而止步，美术馆又多跟城市的面子工程有关，从忽略到重视的转变仿佛只用了一夜时间，建造者对外观的投入如今也常常让西方人望尘莫及。太气派的美术馆我也去过几个，展品孤零零的，也许是因为冷气开得太足了，搞得像停尸间一样瘆人。另一个极端则是像集市一样热闹非凡，拍照容易出效果的展品前游人如织。

我有点怀念某个夜晚，大约是上班族下班奔赴晚餐的时间，美术馆里并没有落幕，只是经历一天的营业后空气变得浑浊，我的眼睛开始有一些干涩，小腿也酸胀。正要离去，发现钢琴被搬进了展厅，乐队入场，场内的人们似乎得到暗示，立刻自动消音。乐队站在巴洛克风格画作前，弹奏勃兰登堡协奏曲，音符就在天顶、地板、油画、雕像间撞击、弹跳，每一次撞击都让音乐更强烈，那一刻你觉得活着也没什么事值得烦恼。音乐婉若游龙，缠绕你的脚踝，陪伴你走过一个又一个展厅，仿佛踩在云朵之上。我的感官像被插上了放大器，浮想联翩，甚至觉得这些大艺术家们一定是在音乐的节拍中挥舞手臂的，画笔在空中跳着华尔兹，就像海明威饿着肚子逛卢森堡博物馆时，认定塞尚也是在饥饿的状态下画静物一样。

还有某个清冷的早晨，鲁本斯、伦勃朗、普桑画前的木地板上，已被人铺上一张张紫色的瑜伽垫，阳光从透明的天顶照入，让垫子有了温热，光脚踩上去柔软舒服。穿着白色运动服的教练坐在我们的面前，她闭上眼睛，缓缓地说，调整呼吸，试着把注意力完全放在此刻，关注当下。彼时我意识到瑜伽的要领竟和美术馆不谋而合——此时此地，专注当下。

我们之所以走进美术馆看展，除了有看"原作"的诉求外，就是为了体验奢侈的"即时性"和"现场感"。空间和陈列提供了我们艺术的"看"，是脱离了日常的"凝视"。显然，一幅作品有框和没框差别很大，建筑、空间、布光一系列手段一起为艺术增加了神明般的圣洁。特别到了当代，艺术是对平凡事物的美学改造，一团废纸、破旧麻袋、油桶、木门……这些日常之物只有放在美术馆才会被当作艺术来凝视，与观者建立心理距离后，这些"反规约性"的物品才会被我们以截然不同的态度审视，不是此物和彼物的区别，而是态度和态度的区别。

美术馆是公共性的，可又是私人性的，尽管你知道身边会有别的观众，但是有那么一小段时间，你希望自己进入一种与某件作品的独处时刻，靠想象建立一个冥想的域。

可有时你不得不让位给学校、旅行团和来打卡的网红们。我发现越来越看不到有问题意识的展览，大部分展览不痛不痒，又打着跨界、沉浸式的名义吸引流量。

观众一直是被动的，但我相信应该有更好的形式让观众参与进来，而并非拍照打卡，策展也需要想象力，比如让观众穿过阿布拉莫维奇和乌雷裸体组成的美术馆大门，比如迈过砖头垒出的墙，比如在美术馆排成一条长队，比如登上特拉法加广场的第四基柱做活体雕塑……

我不认为美术馆应该高高在上，每个人都应该来看看人类文明的精华，应该在这里伸伸懒腰。它是包容的，正因包容所以含有矛盾，公开和私人之间的矛盾，市场和庙宇之间的矛盾，有教育和娱乐之间的矛盾，有恭谨和佻巧之间的矛盾，有孤立和沟通之间的矛盾……

过去我总以为我们会不断出发，愿意靠近艺术、文学、哲学，也去更远的地方，走进那里的美术馆。没想到在今天，所有一切变成难以触及的远。我拿着手机，企图在网上云游美术馆，刷出一位网友分享的大卫的雕像，竟然引起轩然大波，有人批评"发在网上，不该给小孩看"，有人说"我们中华文明五千年的传统一致认为，裸体是不文明的"。骂声波涛汹涌，如果遵循民意，恐怕大卫的雕像应被乱石砸碎，苏格拉底就是被人民陪审团判了死刑的。

这不是一件孤立事件，越来越多断章取义的结论或标签出现在对文学、艺术的解读上，诸如"渣男""三观不正""女拳警告""公知""小三""手撕"……艺术不再被当作"纯然之物"来对待，不再成为审美的对象，而是认知经验的对象，标准却变得简单粗暴，只在须臾评判出好与坏，道德高尚还是有伤风化，喜欢还是厌恶。而作品本身承载的复杂信息没有人愿意花时间去解读，即便是快乐也是如喝可乐一般高效，厌烦则表现得像踩了狗屎一样，人们不再努力体会康德所说的那种愉悦感。

丹纳曾说存在一种"精神的气候"，和自然气候一样起着作用，比起不能走进远方的美术馆，我感受到一种更为压抑的精神气候，每一颗观念的种子都会受气候影响，发育营养不良，长得奇丑无比。

追溯本源，人类这么努力进化，就是为了传递基因，难以违背天性，我们接近艺术是为了传递模因（meme），互联网却让意见变得扁平化。我最近常常灰心丧气，不知道这样传递下的模因是什么？家里书架上珍藏着查建英主编的《80年代访谈录》，其中有对陈丹青老师的访谈，陈老师说："中国人的自我调节、自我蜕变的能力真厉害，特别会对人对己解释调节的理由。"我后背发凉，我们都在自觉地阉割自我。前两年我还乐观地畅想我们马上要文艺复兴了呢，一阵急速的眩晕，历史推背，标准和习惯全变了，竟走向了完全相反的方向。

你说如果时代的气候是这样，我们是不是该收起叹息，一起快乐起来？

祝羽捷

Dear 小兔：

庚子年转眼到了秋天，昼短夜长，换季还望做好防护，提高免疫力。你提到许多艺术现状的问题，都是我们共同关切的。

在信末，你提到快乐。快乐是分内又额外的奖励，但快乐也分情况。愉悦、高兴、喜乐……有很多种。转瞬即逝的乐一抓一大把，短视频刷两个笑话就能获得，但那都是属于蜥蜴脑的快乐，来去匆匆，到不了心里去。永居心间的美好，难以名状，往往也难称其为"快乐"，这种感觉世间难觅。恐怕必须穿透罪恶、死亡与苦难才能窥其真谛，那时，也未必是一种快乐，而是一种平和。

我觉得顶好的艺术，就是幻化出这个境界，将人的心灵、精神提升，直到让身体都产生非同寻常的感知力，有人口舌生津，有人表情呆滞……哪怕是残片中仅存的线条，都凝结了穿透时空的震慑力。有一回我在俄罗斯看到一个拜占庭风格的残破的脸，基督眼睛的一根线条瞬间把我抓住，说得玄乎点，那个东西很奇怪，不需要我费劲去记住它，它自然就住进了我心里。我那会儿也不知道是谁画的，后来偶然机会碰巧知道了他出自俄罗斯 14 世纪最重要的画家——安德烈·鲁布廖夫（Андрей Рублёв/Andrei Rublev）之手，这件作品的名字叫做 Christ the Redeemer（基督救世主）。

另外一次的美术馆经验跟你的类似，大概是 2014 年，我有一段时间在维也纳艺术史博物馆临摹委拉斯贵兹的《小王子普洛斯贝洛》和维米尔最大的作品《画家的画室》，其间的一天晚上，有一个博物馆之夜，是欧洲各大博物馆轮值的，那年正好轮到维也纳艺术史博物馆。每个厅都选出了画作，行为表演者在作品前半准备半即兴地作他自己的表演，你知道我不太热衷于这种形式的，但像你提到的"即时性"和"现场感"，那次的确看得我目瞪口呆。记忆深刻的有两个：有一个裸女被包住了头，躺在台子上，可能呼应了一个古希腊的典故，只见她手脚起舞，表情稍微有些狰狞；另一个是耶稣受辱的肖像前，一个裸身的男子用肢体的律动呼应这个主题。那一夜的博物馆让我体会很深，那些老头老太太们提着小凳子来来回回地看这些表演，也看着画，我突然会有些羡慕他们的生活。虽然我不是给这些表演多大的 credit，但这种文化生活，不管如何，至少它在那里，唾手可得。我多希望国内也可以，其实我们有条件的，但是没做起来。

最基础的东西我们没有搭建起来，一个可以不断被研究和被当下文化引用的永久陈列的藏品谱系。我想，文化做到实处，莫过于此事。就绘画而言，我们到目前还没有一个地方，能够看到自己的绘画史谱系，哪怕是近百年的油画史，都不能直观地接触，这是一种损失，没有巨人的肩膀可站，我们就会四散。

让我们稍微费劲回顾一下博物馆的历史，这里我参考了沈语冰在罗杰弗莱译著中的说法：博物馆（museum）一词来自希腊语的 Mouseion，是指供奉九位艺术与科学女神缪斯（muse）的神庙。公元前 4—公元前 3 世纪，亚里士多德开始了他最早的生物学研究，其中包括了标本采集和建立分类学。他的方法影响了吕克昂学园，吕克昂学园的知识及其 mouseion 进而影响了托勒密一世（公元前 367—283 年），在新亚历山大城的建设规划中吸纳和大大扩展了这些知识制度。文艺复兴运动使古典学问得以恢复，"博物馆"被改造为一条使人博闻多识的捷径——通过保存各类物品和解释它们的书籍。通过把这些收藏称为"博物馆"，创办者们利用古典的、古代最伟大的机构的权威和声望来为他们肤浅而混乱的收藏奠立学术性的语境。在 16—18 世纪，珍贵的绘画和雕塑作品作为装饰陈设而被收集和展示。从 17 世纪开始，许多皇室、贵族和教堂的收藏品对"公众"开放参观；当然，这时的"公众"通常是由限定含义的，比如特权阶层、艺术家、鉴赏家和大学生。第一间使私人藏品向公众永久开放的博物馆是建立于 1683 年的牛津大学阿什莫利恩博物馆。1753 年成立的伦敦大英博物馆也是面向公众的收藏机构。18 世纪，其他地方也有大量藏品向一般公众开放，包括大英博物馆也是面向公众的收藏机构。在 18 世纪，其他地方也有大量藏品向一般公众开放，包括卡彼托尔山博物馆的梵蒂冈藏品（1734 年）、美狄奇家族在乌菲齐画廊的藏品（1743 年）和彼奥一克莱门提诺博物馆（1772—1773 年），以及哈布斯堡家族在维也纳贝尔维德累官的藏品（1781 年）。与向公众开放的民主权利同样重要的是启蒙主义对教育功能的强调，这在对展品进行整理、贴上标签以及对绘画、雕塑和从各种物品中区分出豪华珍品的分类中体现了出来。为了创立贝尔维德累官画廊（维也纳艺术史博物馆的前身），神圣罗马帝国皇帝约瑟夫二世（Joseph II）授权把哈布斯堡家族一直收藏在城堡里的最珍贵和最有吸引力的艺术品集中起来。由于按照年代顺序、国别差异和不同艺术风格等原则对收藏品进行过整理，使皇帝的顾问、瑞士雕刻家和印刷师克里斯提安·冯·梅切尔（Christian von Mechel）在为贝尔维德累官陈列布局设计一种"艺术的可见历史"的展览时，运用了按照不同国家流派的艺术发展进行编年叙述的方法。梅切尔对于藏品的历史整理方法，使艺术史具体化，并且具有教育功能。这在 1755 年杜赛尔多夫画廊的重新布置和他的朋友、德国艺术史家约翰·约阿希姆·温克尔曼（Johann Joachim Winckelmann）的富于创造性的学问中亦可见一斑。冯·梅切尔的"有系统地"展示的方法与18世纪处理学问的倾向相一致，这明显地体现在类似德尼·狄德罗（Denis Diderot）和让·勒·容·达朗贝尔（Jean Le Rond d Alembert）的《百科全书》（巴黎，1751—1765年）等文献中。这种归序知识的集大成者，当然是卢浮宫博物馆的建立和开放。卢浮宫博物馆的建立是将近五十年来在巴黎使公众更易于接近皇室艺术藏品的努力的结果。这个过程在1750年开始于卢森堡宫，当时在这里有一个兼收并蓄的展览，每周向公众开放两天，一直持续到1779年。1793年，博物馆成功开放，其意图是向国内的批评家和外国观察家表明革命政府的稳定性、它所具有的力量和足以有效地保护国家遗产的能力。然而在博物馆内部却爆发了激烈的争论，认为博物馆应该是真正易于接近的，不仅要考虑开放的时间，更要考虑在展览陈列上具有教育的功能。新的展览"兼收并蓄"，展示了国家艺术财富的辉煌与丰富。法国当局的集权化管理、教堂和皇室财产的国有化以及贵族财富的充公，也同样导致在拿破仑所占领的城市中成立博物馆：威尼斯的学院画廊（1807年）、米兰的伯瑞拉美术馆（1809年）、阿姆斯特丹国立美术馆的前身（1808年）和马德里的普拉多美术馆（1809年）。其他几家19世纪早期的博物馆是由于法国的占领和随后的归还艺术品而建立的，其中包括柏林的老博物馆（参见杰弗瑞·艾布特著、李行远译"museum"条，见 The Dictionary of Art，Edited by JaneTurner，Vol.22，Macmillan Publishers Limited，1996）。

其实，我们国家也有成千上万的博物馆，只是文化的根系、管理方式很不同，对此我常常失落，但也常常盼望。在外部世界不可描述、充满未知变数时，如果心灵也有属于自己的"迷走神经"的话，此刻，它必然逼我们惶恐不安：要么顺时苟活，要么做点什么来改变。"葡萄"恐怕是吃不到了，就说它酸好了：求诸外不如求诸内——江山代有人才出。

宏观的多元文化可能是好的，但微观个人身上的多元是值得商榷的，人会因为喜好和选择变多而失去行动的能力，不同的价值和精神互相较量，像一窝狼崽里总得拼出个头来（这是个人价值尺度形成的必然）。这样一来，靠积累时间经验而得的水平变成了吞噬时间而不得经验造就的东西，我并不想说实践经验有多么伟大，但失去控制力的手艺已经开始烂大街了，这是现状，还不只是在绘画这个行当里。我想今天的问题出现在我们太尊重多元文化（这没有问题，可以处理宏观尺度），但这对创作者来说是一阵迷雾，让我们失去价值的确定性和稳定性，在多元的风浪中摇曳无所依。徐悲鸿的"固执己见，一意孤行"，即个体强烈的一元化，乃是社会文化多元的前提。也有一种语势稍弱的说法叫：采百家之花，酿一家之蜜。可往往花采多了，蜜就难成独特滋味。

我的体会是，没有专注，一切时间都毫无价值，今天的文艺创作，需要一颗安静下来的心。互联网的信息和社交的便利干扰打散人的注意力，从而削减了一个人在其领域深耕的能力，打扰无处不在，用息交绝游来应对这个现象恐怕都不为过。

正如你提到的，我们在许多方面也许不如 20 世纪八九十年代的青年人，比如他们对理想的热情，哪怕是潦倒穷困也在所不惜。今天的现实似乎与此相反，日子过好了要紧，理想靠边站。这让人感到无力。艺术圈成了名利场，名利比理想更可量化，艺术这么主观不可量化的东西，逐渐被市场和话语权建立的格局替代了。当人们互相给面子、照顾饭碗的时候，艺术其实是在一边哭的。我们能有什么办法？恭维从本质上说确实是一种更为微妙的侮辱方式。我会羡慕傻子、疯子，他们似乎更属于真理，而我们的世故、聪明，常常奴于谎言。

艺术的历史把我们放在一个前不着村、后不着店的时代，古代的经验在 21 世纪似乎难以提供稳定的预期，而古代的标准还在今天模模糊糊地奏效。我时常困惑，到底要如何钻营才能满足他人的眼光？于我自己还好，只要动笔，便能摆脱这个梦魇。而艺术批评对于我们的生态而言，严重的匮乏。王尔德在《作为艺术家的批评家》中说，批评对艺术至关重要，批评把握、保存、培育、提升艺术。可惜，今天少见。艺术接受被艺术传播特别是市场传播效应取代，这太方便资本而不利于人们培养自己独到的审美。关于艺术的方方面面，太热闹了，学问就容易做不深；不热闹吧，又鲜少有人去做。你在信的开头提到的直播，我很惭愧，其实是因为我们美术馆做了很好的展览，来看的人少，地理偏远、宣传无门，而直播成了一种对策。我很难想象一个观看直播的朋友会因为刷到直播而来看展，现代人的时间似乎不是这么支配的。相比于直播、卖货、下单的顺畅，通过直播让人看展、学习，是非常拧巴的流程。互联网加强了人们的联结，主要是强化了交易关系。但艺术和学问不是快餐，直播可以传播知识和观点，但不是接受艺术感性并内化的过程，艺术是耗年头、几经周折的心灵成长过程，艺术对于大众的价值，我是有点灰心的，你可能比我乐观一些。

相比于20世纪八九十年代的理想，我认为艺术过于政治化，面对意识形态有所动作，是我个人不主张的，美术学院逐渐过渡成艺术学院，艺术学院则会被观念学院替代，观念则会进军权力中心，这看似顺接的两步是危险的。我自己的主张还是回到画家的本分，去与自然造化建立美好的关系。美术创作的核心应该是美感而不是思辨与叙事的快感。当然，这个问题在实践中并不在修辞中这么二分。美感虽然最肤浅，但它最终指向人格与修养，语言不可及之处，形色及其关系仍然在说话。

总之，前途虽然堪忧，但爱可以战胜一切困苦。作为人，受制于自然与人文种种，我们本来就没有什么主动和发挥的空间，多为苟活。但正因为作为人，我们又不甘如此，能动、反动，总要将理想化为现实。我的理想是恢复朴素生活，热爱自然和生活，热爱人类的文化，修养己心，不为物累，并且，尽我所能，终其一生，日积跬步，不舍昼夜。

顺颂秋安。

尤勇

2020 年 9 月 23 日

通信人　**思远** 媒体人

思远：
我是个年轻人，我只想开书店

因为有一代代这样的人坚持打捞与积累，
那些被大时代海浪冲刷后残留的碎片，才得以重现。

思远：

你好哇！看到你的书店在上海开起来了，真替你开心。那天我正在家里读肖恩·白塞尔的《书店日记》，他记录了整整一年自己开书店的生活，包括喝大酒第二天只能歇业，他也会用一句话概括，365 天的日记放一起搞得跟行为艺术一样：养一只猫，每天赚多少钱，来几个客人，找到几本书，有的没的碎碎念。读着读着，我就想到了你，在这个阅读越来越衰退的时代，你还勇敢从北京举家迁到上海，就为开一家二手书店，令人敬佩。

小时候我们都做过一些不切实际的梦。从宇宙飞行员到公交车售票员，从啃鸡脚的吃货到专业吹泡泡的玩家，我们的梦想多么天真，多么无差别，没有被资本主义浸染，没有铜臭，不分贵贱，纯粹觉得有趣。但我从没有做过开书店的梦，因为小时候每次去连锁书店都看到穿着制服的工作人员，板着脸不说，还很不耐烦，当你的手伸向鸳蝶派小说，他们面露难色，深表忧虑，怀着对"后浪"的关怀从书架上抽出几本参考书，不容置疑地递给你。

后来我走进一些名不见经传的小书店，别有洞天，除了书以外，还有杂志、明信片、圆珠笔、跳跳糖、橡皮泥……老板往往是个神秘的家伙，不善言辞，但穿得意想不到，绝对不穿那些乏味的制服，不是牛仔裤拖在地上，就是的确良衬衫非常绚丽，一看就是很厉害的世外高人，举着一本书当令箭，威压众人，问他什么书他都成竹在胸，有时眼皮一抬，眼神指向一个角落，你就知道想要的一本书在哪里了。谁不喜欢称霸一方的高人呢，书店就是他的宇宙，他就是舰长，他就是大厨，他就是在世诸葛，请脑补我闪着星星眼的表情。也有一些阴暗的书店，你一走进去，就能闻到沉郁的霉味，书都是老款，砌满每个角落，老板戴着啤酒瓶底一样厚的眼镜，躲在书堆的后面，一副山海沉浮与老子无关的样子，很是宠辱不惊。

再后来，我看了《查令街84号》，哭得一塌糊涂。旧书将两个身在大洋两端的人系在了一起，一个书店的老板如此悉心、可靠，就像旧世界的最后一位守护者，为他远方的客人找到喜欢的书。在伦敦的书店老板弗兰克和美国女作家海伦，他们未曾谋面，到死也不知道对方是什么样子，只靠书信往来，就在寻书、找书的对手戏中，他们体会到了一种脱俗的情感，岁岁年年，惺惺相惜。海伦说："若你们恰巧路过查令街十字路84号，能替我献上一吻吗？我亏欠了它太多太多。"每个到伦敦的人，每个走在查令街的人，都会忍不住去看一眼 84 号，可我站在十字路口，发现 84 号竟是一家麦当劳店，进去点个汉堡吃完走人。查令街上的书店还好没死光，但每年都会少几家，去年我去伦敦，街角那家卖艺术书的变成了画廊，另一家成了咖啡馆。

几年前，我想在伦敦记录一些旧书店，就拍摄了查令街，我对查令街有特殊的情感，因为它在唐人街对面，每一个风雨交加的夜晚，每一个孤独寂寞的下午，每一个无所事事的白天，从唐人街的中餐馆出来，只有这里是最低廉的快乐，不买书也可以待上半天。周末，我看到老派的英国人穿着粗花呢西装，用古老的尼龙绳袋子装满旧书送到店里，再选几本自己喜欢的书带回家。查令街上的书店妙趣在地下那一层，一般游客在上面逛逛就走了，地下那层有特别多旧书，还有黑胶唱片什么的，躲在里面特别有安全感，还不用担心因迟迟不买书而遭白眼。

我喜欢买旧书，不是因为这些书散发着岁月浸染的气息，没这么浪漫，主要是因为便宜，统统三磅，三磅一本，牛皮线装的比较贵，一般放在柜子里，不轻易给客人乱摸。去大型书店买一本书都是十几磅呢，画册要三十几磅，从这点上说，我们国家的书籍真是相当物美价廉了。后来我去了北英格兰的小镇，生活平静，看不到任何波澜，周日唯一的集体聚会就是大家走进镇中心的教堂，不是做礼拜，而是拍卖，卖的东西是一些"二战"时期的旧物或者维多利亚时代的装饰品，拍卖到最后，大家手上钱不多了，越卖越便宜，古书籍就出现了，起拍价很低，有些沉睡的白发爷爷终于苏醒过来，开始举手叫价，像这样的拍卖在英国小镇上此起彼伏，延续着英国殖民时代就开始使用的瓜分从各国掠夺来的物品的规则。

再说一件难忘的事，我去威尔士的海伊小镇拍纪录片，慕名而去，这个小镇是出了名的"书镇"，我去的时候镇上还有五十多家书店，有一家的老板告诉我，再过四天他就关门了，因为没有生意，大家都在亚马逊上买书。我不想美化，这才是真的现实，尽管这个小镇用书店作自己的旅游宣传卖点，可还是很难生存，这跟我在宣传文案上看到的完全不一样。我们去了理查得·布斯的家，那是一幢乡间别墅，车在乡间小路上寻觅了很久才找到。我本想拍他的采访，但他的状况让我们出乎意料，有些偏瘫，讲话不清晰，需要用轮椅推出来。我坐在书房里等他，看到他年轻时风华正茂的照片，看到他意气风发站在自己书店门口的照片，看到他戴着毛茸茸的自制王冠，模仿英王加冕时戴的那种帽子，手里还托着象征世俗权力的宝球。他就是自封的"海伊国国王"，他配得上这个称号。理查得·布斯是镇上第一个开书店的人，1961 年毕业于牛津大学时，他没有像自己的同学一样去伦敦找工作，而是回到家乡收购了原有的老电影院、消防所、小教堂、废旧工厂等地和城堡遗迹，改造成一间间各有特色的二手书店，当地居民纷纷效仿，镇上书店越来越多，附近的居民也都开车来买书，后来发展出了海伊文化节，美国前总统克林顿来过两次，英国的老戏骨和新生代演员都会在节日期间读信，就是我们现在熟知的节目——"见信如面"。去年，理查德老爷子去世了，英国各个媒体都发了讣告。不知道海伊小镇上的书店还剩几家，但我会永远铭记他的故事，记住与他短暂会面的场景——尽管身体不适，他抑制不住的骄傲神情——"我是海伊的国王"。

开书店也许没有想象中那么云淡风轻，正如《书店日记》所记录的那么多琐碎，就像英国女作家佩内洛普·菲茨杰拉德写的《书店》那样，一个女人开书店却处处受阻挠和歧视，但还是有像你一样的年轻人奋不顾身去投入。总有人跟我说，聪明人应该去钱多的行业，什么互联网啊，房地产啊，金融啊，并建议我不要搞什么艺术，读什么文学，注定赚不到钱。这些说法虽然让人不适，但也无情地反映了现实世界。我就觉得开书店挺好，凭什么人活着就必须热爱世俗世界，凭什么年轻人只能去主流行业，我们就不能不屑吗，就不能颓废吗，就不能随心所欲吗？

我想开书店的人，内心必住着一位傲气的国王。

祝书店生意兴隆！

祝羽捷

2020 年 5 月 7 日

羽捷：

上海相会，颇感久违。我们相识在书店，重逢在书店，此刻写回信，我亦在自己的书店。很多人世际遇，看似巧合之中恰也显露了内在的必然，我想书店或许就是我们共同的气场归属。

就像《书店日记》中那些人／书／猫的故事一样，我的生活日常，也在沿着类似的轨迹向前行走。于我而言，从北京搬家到上海，正是迈出的成为一名"书商"的第一步。同时也像是小说里被安排的角色似的，某天屋里来了几只猫，它们是花园里流浪的猫妈妈和新生的三只小崽，它们遵循着"胆怯地张望——好奇地探索——熟悉地占领"的节奏，自然而然地入驻进来，与我前后脚成为了这里的主人。这简直是上海给予我和书店最好的见面礼。我们熟悉的大部分书店浪漫趣事，都必须有猫。而现在，我也不例外了，这真是一种骄傲又幸福的缘分。

这样的开场故事，已足够值得记在笔下，成为往后被翻开的昨日书。而我开启的"书商"身份的职责，也正在于经手一本本这样的昨日书。你来信中写道，我们儿时做过的那些实际或不实际的梦，我们曾经踏入过的或明或暗的面貌各异的书店，我们读到或亲历的那些悲欣交集的故事，无不构成我们深深浅浅的人生印记。只不过在我们这个时代，太多故纸被散落，太多过往被掩埋，太多当下本该发生的多元情谊与情绪，却又被景观现实社会笼罩并寡淡地统治着。我们所流失的无论当下或过往的印记，都已然太多。

于是，我试图打捞一些过去的碎片，拼凑出一番旧时面貌，并融入我的日常生活。在今天企图经营一家旧书店，自然显得有些逆流过时；但这种于别人眼中的"逆时"，却也恰是我自己的"顺势"。我过往多年书店工作的积累，旧书旧物收藏的癖好，以及对于老派生活的践行等，这些因素拼凑在一起，便促使我向前迈步，这是一种更大程度的新旧交融。就像上海这座城市，前朝风华、历史旧貌融合着新兴洋派的气质与审美，它既有民国历史深厚的人文传统，也有广泛的世界性与现代性文化的渗透。

而上海这番亦旧亦新的面貌，也正是我自己理想中旧书店该有的气质。我希望自己的小店，既有对故纸旧书中人文主义思想的探索，也有对老物件旧时风尚的提炼。就好像我所喜爱收集的那些装帧设计精美的旧书，或者民国女郎的商品广告，抑或是带有精美铜手环的老皮箱，还有那一张张虽是平常人家却总有西装领带意气风发面貌的老照片，它们并不仅仅只是一些"老古董"，实际上它们身上所拥有的，无论是旧书籍或老广告的字体与色彩、文案内容，还是老皮箱的材质与造型、制作技艺，或者老照片里"人的精神气"，都具有浓厚的"现代性"潮流美学。而这种审美的理念与态度，也正是当下我们时代所稀缺的。当我们回望，重新审视，才会发现这些小小物件中透露的是一个大时代浓厚思想与美学的光热余烬。

而这就正如你提到的理查德·布斯那遥远牛津时代的风华正茂一般，其背后隐去流逝的是一段关于电影院、消防所、小教堂、废旧工厂等地改造书店的往事。多少意气澎湃都如昨天的云，消散不再。我们感慨一个旧书商的人生历程，也伴随着旧书店本身的使命故事，有些长留，有些远去。就像我读《书店日记》，里面给我留下深刻印象的是作者关于老一派"跑书人"的描写，令人感触颇深：互联网大潮下这批最精英的手艺行当人无可奈何也无可挽回地走向消亡，因为他们吃饭的本事——毕生积累在脑海中的装帧、版本、内容、作者、价值等学识、信息、数据库——在互联网时代，只需上网一搜，人尽皆知（我过往的图书采购工作，其实某种程度上来说也正是做这样性质的事）。

但也终究因为有一代代这样的人坚持打捞与积累，那些被大时代海浪冲刷后残留的碎片，才得以重现。无论是举世闻名的查令街往事，还是英国小镇上延续的殖民时代瓜分宝藏的某个小小拍卖场景，或多或少终有些幸运的部分得以被记录成文，留在纸上。多少年后，再次循环到旧书存汰留弃的纸业历史链中去，任风吹散。

我小小的愿望与努力，便是伸手抓住飘在风中无数纸中的一张，读上一页别人的故事，然后在背面也记下一页自己的足迹，而后再次扔出，便已满足。

以后这张纸，便任它雨打风吹去吧。

思远
匆匆复上
2020 年 5 月 18 日
完稿于赵丹旧居

顾湘：
做愉快的"田野"女孩

不要用那么多力去做事，不要干什么都那么大刀阔斧、强力推行，尽量让每一个生命、每一件事都舒舒服服、自自然然地自己调整好。

远在赵桥村的顾湘：

你好哇！虽然你我都住在泛上海，可俨然就是两个村。我刚刚顶着艳阳给喜林草浇水回来，天突然变得很热，环视院子，一些叶子已经无精打采，我很怕这些鲜亮的蓝色小花干渴，为它们把水浇足，泥土的味道冲进鼻腔，露珠还挂在花瓣上。日上中天，我干完活，出了一头汗，把玻璃大门拉上，看到一对雪白的蝴蝶在阳光下嬉戏，一排竹林是它们的背景布，蝴蝶的翅膀太洁白以至于变得刺眼。回到房间路过穿衣镜，我退回半步，定睛一看，发现眼角下方不知何时冒出几个雀斑，像阴冷房间白墙上生出的霉点。常常待在户外，不抹防晒霜、不戴遮阳帽就会是这个结果。

我从未想过自己会搬到郊区生活，甚至一度以为自己绝对会住在地铁沿线上，就像处在城市的脉搏上，跟随着城市的心跳起伏，像蒙德里安画的《百老汇爵士乐》充满节奏和激情。那个时候，我在淮海路最高的一幢写字楼上班，花了一段时间克服恐高症，坐在五十三层可眺望陆家嘴的金融建筑群。那种感觉还挺好的，你感觉自己生活在时代的中心，创造着有关时代的内容，刚工作的人都渴望被认可，原来，在什么地方办公也可以变相带给自己这种满足感，以至于跟 HR 谈价钱的时候，都不敢喘粗气。午休的时候，茶水间里人来人往，微波炉隆隆作响，每次"叮"的一声，就会有人离开，她们把饭盒带回自己的位置上，白色的亚克力挡板遮住每个人的脸，但你可以通过气味猜出她们在吃什么，谁的鸭腿太油腻，谁的菜头有点老，尽在掌握中。

在高空中，大家各自孤独地咀嚼着，像一台台无声的吸尘器，吃完后把剩余垃圾倒进过道一个大垃圾桶里，态度和蔼的保洁阿姨和垃圾桶坐在一起，我挺喜欢那个穿着灰色制服的阿姨的，她比大多数同事爱笑，但过道的光线昏暗，是整个一层楼最破败的角落，我们都不愿意走进去，好像会把精致的幻觉吹灭。后来，公司的老板不允许员工从家带盒饭了，理由是像我们这样高级的传媒公司应该飘荡着香水味，而不是咸鱼炖肉味。这是私人企业的决策，我们无法反驳老板。好处是，大家有了更多交流的机会（交换公司里的八卦），另外，大家可以搭伙去饭店点上一大桌，或者一起挤在小马路的餐饮店里，人均百元之下。出去的机会多了，心就野了，我总想走到更远的远方吃午餐，穿过绿地和花园，途经书店和报亭，坐过花岗岩石和长椅，我珍惜着每一刻不用走进办公楼的时光，跟我同行的人心照不宣。

住在徐家汇，房租贵得令人咋舌，我只能当个"啃老族"，租房子的钱是向家里借的，不用还的那种。我每天睡得很晚，体内胀满起床气而醒来，易燃易爆炸，乘着地铁上班，要分几次才能挤上去，和很多白领成功地坐在一起，每个人手上提着早饭，我记得那时候政府没有颁布禁止地铁上餐食的规定，那些背着 LV 水桶包的女士捧住手里的灌汤饼，像啄木鸟一样笃笃笃地乱啃，另有挎着 Prada 黑色尼龙包的女士，一手握着便利店牌的包子，一手举着便利店牌的豆浆。这样通勤的日子我很快就厌倦了，密不透风的 CBD 办公室也不再有新鲜感，有的只有晚上加完班的疲惫不堪和逐渐僵硬的腰肌，若不是工作内容是我喜欢的，我可能会辞职吧。读书的时候，我和男友曾经站在徐家汇的天桥上，望着脚下的车水马龙，我们口袋里钱很少，他甄别着车的牌子和价格，口水滴在豪车的天窗上，如果是敞篷跑车那就抱歉了。而我比较文雅，只是默默想着：以后要住在这里，不但可以陪他数车，还能去港汇吃冰激凌，去徐汇公园散步。显然我不可能一直和一个热衷数车的男孩交往，人各有志，好心分手。在收获了腰肌劳损和入不敷出的财务状况后，我搬离了徐家汇，再也没有杀回城中，都市生活彻底在我生命里谢幕了。

我现在就是一名城市乡村女孩，去机场再也不用跨越市区，来去自如，想进城就坐一个小时的车，大部分时间住在郊区，宅在家里，亲近自然。自从过上这种低碳人生，欲望变得很低，把名牌包放在二手市场上卖了，也不需要穿高跟鞋了，原来不路过商店就不会想买衣服。最近开销主要集中在买书和买树，我靠管理欲望竟然意外走上了致富之路，忍不住留下浑浊的泪水。我的庭院是长方形的，原本为它勾勒了一张英式花园蓝图，有些地方具有文艺复兴时期的对称美，有些地方故意营造一种凌乱的花境，种了各色绣球繁花似锦，高低错落有致的植被，丰富的英式玫瑰（放我们这儿一律叫月季）。没想到，花园被人为地发展成了菜园加果园。想吃无花果，就买了两棵树回来种在院子的末端，想吃橘子，又买了棵橘子树，想吃什么我就种什么，辣椒、萝卜、柿子、茴香苗。昨天家里的包子馅是韭菜的，在自家菜园里割的，多有道德——不割别人的韭菜，也不把别人当韭菜割。

为了能让这些花卉和果树苗壮成长，我就付出了惊人的努力，一点点地更换土壤，每个早晚灌溉、施肥、松土、清除杂草，我不但回忆起儿时那少得可怜的在外公家院子里侍弄花草的经历，更重新拾起了初中学的生物和化学知识。我不能假模假样地说，种地让我变得宽厚，自然让我领悟人生的真谛，还没有这么高深的境界，我甚至愈发喜怒形于色了，因为再也不用戴面具了，遇事不憋在心里对健康有利。自从远离都市，我确实多了田园的心情。双脚落回大地上，我对四季、对天气、对时间都变得更加敏感，我身上多了植物性和动物性。早上给猫倒好粮食，给鱼缸换水，握住配水枪对着花卉们一顿扫射，体验到天主教赐福圣徒们洒圣水时的心情了，妙不可言。每天也会有一些惊喜，比如有青蛙、蜥蜴愣头愣脑地钻进来，又被我家猫太过亢奋的反应吓退。一到半夜，警惕心很强的野生浣熊在院子外面徘徊，我用手电一照，就看见两大颗猫眼石一样的眼睛，动也不动，停滞片刻又一溜烟逃跑了。

约我去安吉、莫干山的民宿？不去，我家就是民宿。约我一起玩偷菜游戏？不玩，我家菜还来不及收呢。再说了，我是那种随波逐流的人吗？

只要不跟别人攀比，只要不看别人声名显赫的事业，我觉得还挺富足的。有时我内心幽暗地想：好希望大家都不要努力工作，这样就可以一起松动一下社会对剩余价值的需求、对物质的标准、对成功的定义。我们的祖先每天工作三小时，不照样载歌载舞，还能在洞穴画壁画吗？日本在21世纪初出版过一本书《下流社会》，描述的就是缺乏工作热情、消费愿望不强、拒绝趋势、懒得与世界同步的人群。我觉得这样不错啊，干吗非要都追求上流生活呢，把更多的时间留给发呆、种花、撸猫、想象，不失为人间至高的享受。

祝我们成为愉快的"田野女孩"！

祝羽捷

363

祝小兔：

你好呀！

听你说了很多上班还有住高楼的事，我从来没有住过很高的楼呀，除了一两天外宿的时候。我小时候和爸爸一起住在虹口的弄堂里，整个建筑也只有三楼，我们家在一二楼。天井里种了很多东西，竹子啦、月季啦、桂花啦，各式各样的花，我上初中的时候有从学校采籽带回来种的玉帘和虞美人，还有一棵枇杷树。它每年都结果子，现在正好又快到可以摘枇杷的时候啦，这个时候我就会回家，爬到人字梯上帮我爸爸摘枇杷。我家的天井里，还曾经露天放着兽爪浴缸，里面养金鱼。小时候晚上出去，就看见一缸黑色里闪着光的水，感觉像宇宙一样深！这样听起来，是不是觉得天井很大呀？其实一点也不大，泥地大概四平方米？我估计。别的邻居家还种了无花果，我小时候去攀上墙偷摘过，不知道邻居知不知道、生不生气。说起来，无花果可真好吃呀！

之前我住在六楼，老工人楼的顶楼。我对六楼的一个印象是，从六楼看下去，一只猫怎么显得这么大，总是比我以为的要大不少。说明我可能觉得六楼已经很高了，但其实没有那么高。

我现在住在三楼。窗外的广玉兰已经比房子还要高了，枝繁叶茂得要命，我要时不时用高枝剪剪一剪，不然它要把我的窗户都遮得严严实实。大树里面住着很多鸟，我每天早上被白头鹎叫醒，它一般叫四个音节。

就连上过的班也不在高楼上，是几楼来着？我竟然完全不记得了。去问了一个以前的同事，他也不记得了，看来我们真的是不大爱上班。总之不怎么高，窗外看出去是歌剧院长草的屋顶，也看不见什么人，也是一所老房子。它的氛围比起淮海路写字楼里时髦的办公室，更接近那些老派的报社一点。

对了，我在淮海路写字楼时髦办公室里也上过两天班，好像真的只去过两天，一天是上班，还有一天是去办离职。我连地铁站出去坐电梯，都觉得转不清楚呢，而且写字楼里的人都穿得很时髦，还好那个工作是不需要去坐班的，不然我会觉得上那个班很麻烦，作为一个随和的、不喜欢突出的人，我大概也会去买一点稍微时髦一点的衣服穿穿，好混进时髦的人群中。不是为了亮眼，而是为了不起眼，而购买时髦衣服的理由，听起来也蛮奇怪的，但我想，那些时髦的人里，也有很多是这样的吧。

去重庆的时候，看到他们都住在那么高的楼上，觉得太厉害了！重庆人了不起。

又想起来，在莫斯科的时候我住过八楼，在北京的时候我也住八楼，那是我住过最高的楼层。不过窗外看出去都没有什么繁华的景象，都挺冷清的，空空旷旷的。我记得北京的窗外望出去，除了没人的小区一角，更远是一片小树林，小树林那边隐隐约约是铁轨，再远就不记得了，好像也没什么东西。所以我说从来没住过很高的楼，包含的意思还有：从来没有住过可以俯视一大片建筑群、街区之类的地方，没有"时代中心"的感觉。

说起来，我好像就是一个跟"中心"啊、"时髦"啊都没有什么关系的人。

我现在很喜欢去看鸟。我也不去参加什么观鸟活动，从我家走出去两百米以后就可以看见很多鸟了。除了那些城市里也常见的鸟，我这里最常见、也最喜欢的鸟是夜鹭和黑尾蜡嘴雀。夜鹭啊，每天都站在河边的一棵构树上，多的时候一棵树上有四五只，有时也只有单独一只站着，或是站在小河中凸起的一点点什么枝丫上，远看就像独自站在水上。脑袋后面细细的白冠羽飘呀飘，可爱极了。黑尾蜡嘴雀就是叫声特别明显，你听到它的叫声，就会立刻认出它来。我前几天在长宁路上也听到过它的叫声。树长得很快，可能比你想象的还要快，前几天的林中小径，一两天没人走，就要被草木吞没了。到了5月，树林里的光线一天比一天暗，因为叶子越长越多，树林里比冬天时暗，鸟也没有那么容易看到了。但我还是听到黑尾蜡嘴雀的叫声，就知道它们还在，就很开心。什么大山雀、黄头鹡，都是非常可爱的鸟。大山雀叫起来"丕叽丕叽丕叽"的，像捏一个小汽球。希望它们都能好好生活下去。

我们这里快要拆了，好像是要造地铁。因为不可能对一些居民说"你们就不要通地铁了"，这样对他们不公平，所以造地铁是没办法的事。但是希望在规划绿地的时候，做决定的人可以对湿地、原生树林、鸟类和其他动物也多一点体贴爱护，不要追求造出表面整齐干净好看、但缺乏生命力的树林。不要用那么多力去做事，不要干什么都那么大刀阔斧、强力推行，尊重自然，尽量让每一个生命、每一件事都舒舒服服、自自然然地调整好自己，我喜欢这样平等、友善、和谐的世界。

不久就要离开赵桥村的顾湘

2020 年 5 月 21 日

后记 / 祝羽捷:
往"有信"的方向行走

亲爱的朋友：

很荣幸这封信能够被你读到。对我来说，写信就像挖井打水一样古老，像坐绿皮火车一样怀旧，像喝汽水一样畅快，像思念一个人一样魂不守舍。人总要经历一点磨难、焦虑、彷徨，数着手指，翘首以待，才觉得眼前之事真实可信，所得之物分外可贵。这就跟我这一年多来通信的感觉差不多，写信时字斟句酌，怀疑暴露了自己思考的幼稚，等信时又忐忑不安，期待着每封回信都闪烁着金石之言。

写信很花时间，避免了便捷，慢是它的特征。意料之外，有的老师手写了回信，一笔一画，倾注了更多的情感和思考，纸张因吸了墨水而凹凸不平。也有的信笺有去无回，因为对方特殊状况缠身，或者无法假装对生活有热情，因而写不出来，还有的说他小学时候给女朋友写信，被爸妈抓了现行，从此立誓不再写信，而我的注意力全部集中在了他小学就已经有女朋友这件事上。事因难能，所以可贵，我更加感激给我回信的老师和朋友们了，庆幸他们没有写信的童年阴影。

一开始我也不知道能把信写给什么样的人，能写到什么地步，能遇到怎样的灵魂。这个过程就像坐进漂流的小船，河流潺潺，鱼群做伴，两侧的山麓是闪烁的辞藻，弥散的水雾是萦绕心头的怅惘，头顶的飞鸟是我们的逗号，每一个码头是句号，放任漂流。我在这个过程中体会到，我们彼此本来如同孤岛，如今却在靠拢。同时，写信不但是写给对方，也是写给自己，是一场自发性的提问，也是自我净化，适合像我这样思绪乱如麻的人，让内心的声音流淌出来，穿越云山雾罩，拨开层层荆棘，逐渐看到一个真实的自己。

有些信提出了过去我未曾深入去想的问题，比如沈大成写到的社交恐惧症，比如黎戈老师提到文艺青年当了妈，比如阿枣提出的问题——这个时代我们的信仰还在不在。信写完，我常常处于等待的焦灼中，会为没有回音而感到遗憾，比如我写给贾樟柯导演的信，那段时间我几乎又重新看了他所有的电影，可他自平遥电影节后就很少出现。我确实很想用读一封信的时间走进他们的生活，知道他们的想法。当然焦灼和遗憾也是整件事必然的一部分。

显然我们写的信已经做好了被大家阅读的准备，但我尽量坦诚，说出了心中的怕与爱。如果你读过全书的话，相信你已经注意到了我们关于许多问题的探讨。那些郁结在我心中的困惑如今得到了一次全面的疏解，我受益于一些没想到的观点，自己原本处于半成品状态的想法也得到了塑造巩固，如果思考是一片疆土的话，不少地方被点亮了。

我一度以为很了解的朋友，在信中让我看到了他们从未展现在外的一面。我们总以为人们在朋友圈、微博发表的状态和言论就是他们的全部，这些通信证明了那只是错觉。当远方的石康老师谈起自己在种的花，作家于是谈起自己宅在家里的生活，苗炜老师说自己不再像过去那样向往远方……我发现每个人的生活都是动态的，对世界的关注点不同，有不同的审美趣味，我们经历着的自我蜕变，可不像呈现在手机上的碎片信息显示得那么轻松。

"有信！"小时候常常听到这样的呼唤，是不带情感的告知，却预言着有更多的信息朝你扑来，不知道掀开的是焰火还是寒风，是缱绻还是绝情。对我来说，这本书最棒的地方就在于它让我重温了过去的体验。书的体量有限，还有许多通信没有收入进来，那些信也很珍贵，同样感谢信的作者们。如今我比过去更希望通信计划可以一直持续下去，谦逊地发问，真诚地作答，这些对话将是我最珍贵的回忆。

在写这本书的过程中，我产生过很多自我怀疑，得到过许多帮助；我是个很怕被拒绝的人，却得到了许多回应。谢谢每位通信的老师、朋友，谢谢中信出版·大方出版这本书，谢谢施宏俊、蔡欣老师的信任，谢谢猫弟、边边、小奇、田田等多位同事的付出，谢谢设计师刘恺为书做了封面，谢谢赵松老师给予我的期待和要求，谢谢刘平陪伴我多年，一路给我鼓励。尽管每次跟你们一起开会总是刀光剑影，毫不留情，但背后却是浓得化不开的温情，特别适合我这种容易拧巴且过度感性的作者，让我不会再因任何怀疑、批评、软弱而动摇。在我青春的尾声，如果没有你们就没有这本《羽来信》。

好啦，我的信先写到这里，希望你和我都能把在读信中获得的领悟放进生活里。这本书本身就是一个良愿——我们都是一生"有信"的人。

祝羽捷

2021 年 1 月 10 日